藝術文獻集成

萬壽祺集

〔清〕萬壽祺

浙江人民美術出版社

圖書在版編目(CIP)數據

萬壽祺集 / (清) 萬壽祺著；余平整理. —杭州：浙江人民美術出版社，2019.12 (2025.4重印)
（藝術文獻集成）
ISBN 978-7-5340-7510-0

Ⅰ. ①萬… Ⅱ. ①萬… ②余… Ⅲ. ①中國文學－古典文學－作品綜合集－清代 Ⅳ. ①I214.92

中國版本圖書館CIP數據核字(2019)第152526號

萬壽祺集
〔清〕萬壽祺 著
余 平 整理

責任編輯 霍西勝 張金輝 羅仕通
責任校對 余雅汝 於國娟
裝幀設計 劉昌鳳
責任印製 陳柏榮

出版發行 浙江人民美術出版社
（浙江省杭州市體育場路347號）
網　　址 http://mss.zjcb.com
經　　銷 全國各地新華書店
製　　版 浙江新華圖文製作有限公司
印　　刷 三河市元興印務有限公司
版　　次 2019年12月第1版
印　　次 2025年4月第2次印刷
開　　本 880mm × 1230mm 1/32
印　　張 16.75
字　　數 252千字
書　　號 ISBN 978-7-5340-7510-0
定　　價 89.80圓

點校説明

萬壽祺（一六〇三—一六五二），字年少，又字若、介若、内景，江南徐州（今屬江蘇）人。生有夙慧，童子時即能誦二十餘萬言。崇禎三年（一六三〇）鄉試中舉，然時局已壞，遂無意於仕進。國變後與陳子龍、楊維斗、顧炎武、閻爾梅等人積極從事抗清活動，以至友人有「私念誰當生處去，忽聞君自死中來」之歎。事敗，隱於僧，易名曰沙門慧壽，世稱萬道人。事蹟詳見所撰《自志》及孫運錦撰《明孝廉萬先生傳》。

萬氏以多藝能著稱於時，「古文清迴拔俗；詩擅大曆十子之長；書由王内史入，後參用顔平原法，而胎息始終在晋人；畫法倪高士，兼工白描佛像、仕女」，他若琴棋刺繡、岐黄占卜，無不通曉。故而雖僅得中壽，其著述却頗爲宏富，除詩文作品而外，在書畫、篆刻、蓄墨、醫藥、天文、占卜等方面亦均有建樹，有《印説》《墨表》

《内景禁方》《算天文法》《占周易法》等。

萬氏詩文著作生前編有《内景堂詩》《己丑詩》《二雨齋文選》等數種，然皆爲一時一地之作，其一生著述未作系統董理。而僅此數種，後來亦未見傳世。萬氏病故，門人吕維揚不忘門牆之誼，奔走南北，蒐輯編成《隰西草堂詩》一卷，於康熙間付之剞劂。此後清廷文網日密，萬氏詩文遭禁，「清初刻本無一存，其後人亦莫敢藏弆」，故此本存佚遂難詳知。

至道光間，鄉人孫運錦得萬氏手書文稿殘本，又合丁泗吉所抄録詩作，編成《隰西草堂集》。因貲力維艱，書稿至咸豐元年（一八五一）纔由湘鄉左茂桂、左茂樹兄弟在高郵付梓。全書甫成，太平天國兵燹即起，書版遂由孫運錦載歸徐州。是本包括《隰西草堂詩集》五卷、《隰西草堂文集》三卷，并附《遯渚唱和集》一卷，是現存萬氏著作最早的系統整理本。

由於左氏所刻《隰西草堂集》「雖經王寬甫農部、夏瘦生明經校正，字畫尚多訛舛」，孫運錦遂又於咸豐七年（一八五七）命門人張介、張達重加細校，監工剔補，成正誼草堂本。是本未作擴充，僅補入張氏兄弟跋語一通，説明刊印原委。此爲萬氏文集存世諸版本中較精審者。

光緒間，徐州知府桂中行得萬壽祺、閻爾梅二人詩文集，有感於二人詩文「激楚之音，怨悱之旨，并足鼓吹變雅，針砭頹俗」，因延請馮煦選輯二人詩文，合爲《徐州二遺民集》。此本改《隰西草詩集》五卷爲二卷，《文集》三卷爲一卷，删詩一百七十一篇，删文十一篇，校勘之功不抵妄删之過，故爲後人所訾病。

除了以上系統整理外，此際萬氏著作尚有零種單行，如《墨表》四卷即有黄丕烈嘉慶二十三年（一八一八）及藏修書屋光緒十六年（一八九〇）刊本。孫運錦所編《隰西草堂集》僅録《論墨》一文，與《墨表》對勘可知乃節録本。據黄氏刻本書尾諸跋可知，是書所據底本乃「丁丑除夕延陵習隱木雀從于東借録」，習隱即長興吴権，是本乃其抄録。後來吴氏抄本爲鮑廷博所得，鮑氏欲將其刻入《知不足齋叢書》而未果。嘉慶間，戴光曾又從鮑氏借録，黄丕烈代其刊刻成書。而戴氏抄本亦尚存世，藏於河南大學圖書館。是知《墨表》一書流傳有序，信而有徵，確爲萬氏著作。而在内容方面亦述作兼俱，彌足珍貴，「所論墨法、所記墨品俱極精」，在蓄墨文獻中頗負盛名。

清末民初，萬壽祺資料的整理出現了一個高峰。鑒於其遺民的特殊身份，此際無論是號召排滿的革命派還是以遺民自居的清代舊臣，均參與了萬氏存世文獻的整理。例如，鄧實曾據萬氏墨蹟整理《萬年少遺詩》一卷，收録於《古學彙刊》；而羅振玉則積數年之力，從事萬氏年譜的編訂及詩文佚篇輯録工作，有《萬年少先生年譜》及《隰西草堂集拾遺》等。現將此時期具體整理情況分述如下。

民國二年（一九一二），鄧實主持的國粹學報社刊行《萬年少遺詩》。據跋語知，此集所據底本乃竇存我所藏萬氏自寫遺稿：「壬子秋，竇君存我自邳州來，攜示其家藏萬年少自寫遺稿一册，云竇之數世，原有四册，亂後散失，祇存此册。」鄧氏取之與《徐州二遺民集》比對，發現其中未刊者不下數十首，於是録之出版。

民國八年（一九一九），遜清舊臣羅振玉因不滿於《徐州二遺民集》的删改，認爲「遺民之作，隻字皆關史事，不可删也」，故重新取孫運錦所編原本排版印行，收入《明季三孝廉集》中。是本除照録《隰西草堂集》外，另附有《隰西草堂集拾遺》一卷，收録孫氏輯録本所未收詩、文、詞多首。及十餘年後，萬氏鄉人欲重新鈎稽其著作之佚篇，以成足本，却終未能較《拾遺》有大幅增加，羅氏此本之價值可見一斑。

民國二十一年（一九三二），徐籍名宦董士恩「慨慕先民，大懼善本湮没，無傳於後」，因請鄉人張從仁、陳弢素等人主持刊刻《隰西草堂集》。是本雖據孫氏本編定，但調整了原書體例：置文集及雜著於卷首，詩詞次之，末附李輔中所編《萬年少先生年譜》及孫運錦《明孝廉萬先生傳》等，共計十二卷。其中雜著部分增入《墨表》；而輯佚部分雖云抄録羅振玉《拾遺》，實際增入一首，并填補了不少羅氏刊本中未能辨認的文字。誠如張伯英所云：「萬集無多於此本者。」

另外，民國間尚有大量相關資料出版：王果亭於民國三年（一九一四）石印出版《徐州二遺民墨蹟》，收録萬氏崇禎十三年（一六四〇）抄録王氏詞作手蹟；神州國光社亦於同年刊行《顧禹功畫萬年少書東海誌交册》，而此後該社陸續出版的《美術叢書》中又收録了《墨表》《古今墨論》及《印説》等；余紹宋則在所主編的《金石書畫》中刊布其所藏萬氏爲顧炎武所作《秋江别思圖卷》；段拭以舅氏張伯英所藏書畫文獻資料爲基礎，并廣泛參考其他公私收藏，撰成《萬年少先生書畫記》《萬年少先生事蹟彙集》等文章，刊印於當時的雜誌。他若鄧之誠、張伯英、徐淩霄及紀庸等人亦均有相關文章，對了解萬氏生平和梳理萬氏著述頗有裨益。

近些年來，隨着學術研究熱點向明清時期轉移，萬壽祺又重新進入學界視野，出現了不少研究文章和論著。例如，南京大學所編《全清詞·順康卷》即整理了萬氏詞作，并作了輯補；而朱則傑、嚴迪昌所撰兩部《清詩史》亦均辟有章節，紹介評價萬氏詩學成就，認爲「作爲遺民詩群的領袖人物之一，萬壽祺具有他那個時代封建文化所陶冶、所孕育的最高素養和才能，實無愧於一代佳士之稱。其始以才子名士之風流稱於世，終以遺民節士矢志不衰完其節，因而他又可目之爲特定歷史時期華夏文化之一精英」（嚴迪昌《清詩史》）。

然而，如此「一代佳士」，迄今尚無較爲完備的文集整理本，實屬遺憾。故此我們不揣譾陋，黽勉爲之。此次整理，包括了《隰西草堂詩集》五卷、《隰西草堂文集》三卷、《遯渚唱和集》一卷、《墨表》一卷、《輯佚》一卷，并附録時人貽贈作品、書畫題跋彙編、傳記評論資料、年譜彙編補正及諸版本序跋，力求爲讀者提供一部較爲完備的萬氏研究資料。

整理過程中，雖然得到了諸多師友的大力幫助，并借鑒了前人和時賢的研究成果，但是限於水平和時間，訛誤之處難免，敬請專家和讀者批評教正。

點校者於霜柿鄰屋

二〇一四年十一月七日

點校凡例

一，此次整理，以羅振玉所刊明季三孝廉集本爲底本，校以正誼草堂本、徐州二遺民集本及銅山董氏校輯本。

二，陳濟生《天啓崇禎兩朝遺詩》、卓爾堪《遺民詩》以及徐釚《本事詩》成書較早，保留了大量有價值的異文，故此次整理予以參校。

三，《遯渚唱和集》有墨蹟傳世，藏於徐州博物館。此部分即以墨蹟爲底本，校以正誼草堂本、徐州二遺民集本、羅氏三孝廉集本及銅山董氏校輯本。

四，《墨表》卷二爲墨人姓名，記録了諸墨製作者姓名，卷三爲藏墨式樣，記録了諸墨的銘文、花紋等情況。爲確保直觀精準，同時考慮排版的需要，《墨表》部分以董氏校輯本爲底本予以整体影印。

五，《隰西草堂文集》所録《論墨》保留，其中較《墨表》卷一、卷四所闕文字，則據董氏校輯本予以迻録補充，并以校勘記形式標明。

六，詩文輯佚部分，以羅振玉《隰西草堂集拾遺》爲底本，校補以鄧氏刊刻本、董氏校輯本。而從李輔中《萬年少先生年譜》、段拭《萬年少先生事蹟彙集》等文獻輯得者，則依次臚列於後，於末尾注明出處。

七，近年來萬氏書畫、篆刻等作品見諸拍賣者頗多，然泥沙俱下，真僞難辨，故本次整理未予收録。

八，明季三孝廉集本爲排印，文字多有手民誤置者，故形近而訛的文字，如「已」作「己」、「戌」作「戍」、「林」作「杕」等，均徑改而不出校記。

九，本書附録包括時人貽贈作品、書畫題跋彙編、傳記評論資料、年譜彙編補正及諸版本序跋彙編等五部分，以見萬氏其人之品格及文字述作之價值。

胡序

彭城壽道人居江北，予居江南，江山千里，數緘詩相勞，每得其寸緘孤詠，輒如采杜若於芳洲，吹玉笛於滄海，風景依稀，使人自遠。客有過河渚者，言道人結草堂於隰西，含真體道，益游心荒古之上。嗟乎，以予觀於古志士仁人多矣。女貞不字，則寧蹈遼海，潛歸柴桑，正也。壯趾多凶，遯尾知厲，介石之幾，則蟠樹其屋，先蝸其廬，闃土其室，正且變已。審時之宜，與道卷舒，則景句曲，亮隆中，通河汾，正與變泯，斯其至已。客言隰西接平田廣陌，草屋荻門蕭然。道人之廬，其遼海耶，柴桑耶，蝸廬土室耶？句曲之高蹈、隆中之蠖處與河汾之深矚遐攬耶？知若者當自知之。嗟乎，予因是慨然有感於古也。跽進履者興劉矣，彼受履者何如人？獨拜牀下者分漢矣，彼牀上者何如人？食芋者相李矣，彼授芋者何如人？孔子曰：「我見老子，其猶龍乎。」道人倘有意乎行，與道人勉之。錢塘胡介彥遠撰。

旅堂與萬頭陀非特文章詩史頡頏千古，而慷慨氣誼不相上下處，有前不見古人後不見來者之概。余雖弗悉其汪洋海若之度萬一，而與二人交最深，二人雖往矣，而此心豈能想忘於旦夕也。今吕子藺龕不忘門牆之誼，奔走南北，蒐刊《隰西詩》見寄，讀之儼聞車過腹痛，安能贅語，因録旅堂《隰西詩序》奉復，聊以誌追仰之無盡云。中峰退叟西蜀本晳拜書。

劉序

乙丑之秋，吾友吕子青履，自彭城買舟過江，訪予於婁署，出示吾師萬年少先生《隰西草堂詩》一卷。予自成童時，即同吕子執經受業於先生之門，時先生年方壯，文章氣節矯矯鶴立，且學貫天人，精通象緯，閒以緒餘寓意書畫，超絶時輩，而詩歌尤清新俊逸，兼庾、鮑之長，當代數通才者，無不爲先生首屈一指。戊寅、己卯閒，中原寇熾，爰卜築淮陰之西湖，予每過淮，乃得一侍函丈。甲申後，先生益屏跡嘉遯，予亦捲書村居，遂不獲追隨杖履矣。閒從縑素見先生所爲詩詞書畫，或稱僧，或稱道人。晚年惟以一字自識，曰壽。先生於此隱姓氏，匿文采，經歷坎壈，甘心窮困，跡其用意，誠有所不得已也。先生書追南宫，畫嗣雲林，片楮寸箋，寶若南金，凡此皆不足爲先生多。獨先生之詩，冲和雅澹，逼近淵明，而行誼亦如之。惜篇什散軼，搜羅莫備，吕子乃能廣葺成帙，屬予付之剞劂，俾先生藉以不殁，豈徒重文字淵源哉！《書》有之：「詩言志。」先生之詩，先生之志也。先生不欲自白其志，因以不欲自傳其詩，而呂子不欲歿先生之志，因以不敢歿先生之詩，先生得呂子，又何憾焉。然則詩如之何，曰：「國風哀而不傷，小雅怨而不怒。」先生之詩之謂也。讀者當曉然於先生之爲先生矣。康熙乙丑季春，古豐門人劉湘拜手題於婁庠之觀海樓。

丁序

玉鈎秋冷，釣起無聊；羌笛霜清，吹來昔夢。生非長爪，空饒心血一腔；閒莫搔頭，偏占光陰幾寸。檢籠中芍藥，盡夸異代名流；插架上珊瑚，最愛吾鄉先輩。《隰西草堂詩》者，義熙遺文，開元舊曲。撥自劫灰之內，一卷冰霜；唾諸蘭咳之餘，滿懷日月。沈淪什伯，散幼安東海之魂；搜輯若干，聚臯羽西臺之淚。故咀其臭味，自爾含香。苟雒彼生平，能無隕涕乎？蓋彭城霸國之區，萬氏名家之裔。金張宅第，青蘿緑野之奇；王謝衣冠，綴月流雲之致。起仙郎之草畫，城中徧識青驄；夢才子之蘭錦，幄內横飛白鳳。北堂煽枕，東閣圍氈，西苑探花，南樓醉月。擬美人之獨立，號國士而無雙。格愛簪花，足動夫人之泣；神傳阿堵，還添道子之豪。筆花五夜常開，笑江文通被人探去；藜火三冬自足，怪劉子政倩鬼然來。憑弔山川今古之餘，留連楚漢興亡而後。於是未射春宮，已叨鄉薦。平湖緑水，花明賀監之船；大道青樓，春罨牧之之夢。爲雲爲雨，江北江南。美無度矣王孫，若有人兮蘇小。桃花扇底，寫來燭淚蠶絲；楊柳梢頭，吟斷曉風殘月。比他新詠，定是如何；解得憐香，云胡不爾。若其海内訂蘭，人閒傾蓋。尊開北海，誰號大兒；榻下南州，人呼孺子。何來秋水長天之句，令主人拍案以驚；偶出微雲疏雨之吟，致和客投箋而罷。則黄昏對壘，伴我西窗；慷慨申章，送君南浦。或銷來玉貌，悼潘令之瑶簪；抑賦就丹山，分宏農之采筆。真所謂世閒詩伯，天上文星者也。何期江海陸沈，乾坤澒洞。二陵闕外，蟻子齊飛；萬歲山前，龍髯忽斷。社邊薰鼠，驅來翻地火龍；橋上聞鵑，叫起渡江泥馬。嗟乎，十年越膽，詔進蟾酥；四面楚聲，停歌燕子。北府之朱旗掉地，一木徒然；南朝之鐵鎖沈江，片幡出矣。悲先生欲存夏祀，已難藉手於一成；想當日倘有秦庭，寧憚倚牆於七日。然猶忠流甲帳，義奮兵闌。肯遽鴻飛，漫思虎嘯。粉鬢蛺蝶，貪烘西舍之香。白面書生，恨擊中流之楫。乃青天不墜，碧海難乾。漢皆已得楚乎，南八惟餘死耳。祇分委身致命，好自千秋；不圖君義臣忠，居然兩得。斯時也，江山有恨，風雨無情。留屐齒一雙，散家僮三百。晞髮子名真多事，何妨稱弟子於如來。抱朴翁號亦空傳，幾欲寄先生於烏有。爰謀小築，用卜隰西。薇葉商山，桃花漢月。杜甫之東西瀼畔，鷗翻春水千谿。子山之長短亭邊，人立斜陽一片。望美人而不見，悵公子其何歸。妾自有夫，君其知我。江湖來往，半是羊裘馬磨之賓；筆硯縱横，大都賸水殘山之燼。思友篇，懷舊賦，往事淒其；一尊酒，半籬花，餘生了却。悲夫！天荒地老，淚下銅仙；物换星移，秋横鐵笛。來兮魂魄，去矣風流。况乎嵇康之宅苔封，彦昇之兒葛帔。未免有情，其曷能已。至於鳳有遺毛，象無棄齒。雖南山霧重，僅存豹尾之斑；幸北牖鐙青，敢吝蠅頭之楷。述其本末，聊當小傳千言；望爾精靈，便是大招一則。邑後學靖山丁泗吉拜題。

孫序

昔陶靖節當晋宋之際，賦《歸去來辭》，棄官彭澤，而託之不以五斗米折腰事鄉里小兒，此其意豈真爲束帶見督郵哉？故論者推爲六朝第一流人物。而詩亦稱是，流傳於今者，清遠閒放，淵懿樸至，絶無志微噍殺之音。山水贈答外，多言飲酒力田、人生日用之常，而寄興無端，藴含靡盡，欲言難言之隱，時時流露於語言文字之外，不獨詠荆軻、記桃源也。後之學者，右丞得其清雋，太祝得其樸實，左司得其沖澹，柳州得其俊潔，皆陶之一體，非具體也。蓋無陶公之境遇與陶公之藴蓄，雖章摹而句追之如東坡者，亦衹成其爲東坡之詩耳，陶詩云乎哉！吾鄉萬年少先生，爲有明名孝廉，國變後隱居不仕，儒衣僧帽，賣卜傭書，逍遥吴楚間，與諸畸士遺老，弔半壁之滄江，續六朝之昔夢，臺城衰草，廣陵怒濤，日月不居，山河如故，一切可泣可歌之事，悉寄之於詩。晚乃卜築淮浦，抱甕灌園，故里之華屋委爲山邱，良田鞠爲茂草，不復顧也，殆亦靖節南村之志歟！顧其爲詩，高華朗俊，不名一體，古作本漢魏而兼六朝，近體由大曆以溯開寶，非盡清微古澹爲宗也，而要其感興無端，蘊含靡盡，使讀者自得於語言文字外者，與靖節後先合揆。吾故謂王、儲、韋、柳與蘇之和者，非陶詩，而先生之詩乃真陶詩也。讀者亦求諸語言文字外，以讀陶詩者讀先生詩也可。道光龍集甲申，邑後學孫運錦沐手敍。

目録

隰西草堂詩集卷二

隰西草堂詩集卷三

隰西草堂詩集卷四

隰西草堂詩集卷五

隰西草堂文集

隰西草堂文集卷一

隰西草堂文集卷二

隰西草堂文集卷三

遯渚唱和集

墨表

詩文輯佚

詩

文

詞

附録

隰西草堂詩集

隰西草堂詩集卷一　樂府　五古　七古

觀滄海

山行至海，東奔萬里。碣石巄嵸，地脈隱起。鹵水不息，草木秋萎。悲哉日月，出没勞苦。巡視郡縣，旌旗璀璨。三山在前，從官皆見。幸甚至哉，歌以言志。

土不同

都邑在北，貢道有程。四海輻輳，鄉土不同。中多賢姦，成此帝京。王者不問，乃能兼容。知人則哲，用人則愚。黄金成邱，焉用讀書。幸甚至哉，歌以言志。

龜雖壽

齋居三日，端筴啓櫝。王者受命，爰告枯骨。神龜曳尾，安知戳穀。壽命千歲，以靈見戮。至人守道，閉思潛明。委心貧賤，用求長生。幸甚至哉，歌以言志。

冬十月

木葉黄落，疾彼繁霜。北風厲威，十月之陽。手足皸裂，心志不傷。調爾弓矢，以向遐方。官吏用命，屈此群醜。中外丕定，天子萬壽。幸甚至哉，歌以言志。

枯魚過河泣

勞爾水火力，自言是枯魚。生不見江湖，過河徒作書。

賢哉行為袁重其母作。

大道一何脩脩，良人所悲，君子所求。一解
吾聞袁氏之婦，賢哉賢哉。家有男子，左手指天地，右手持酒杯，委身赴清流。二解
上有蒼蒼之天，下有黄口小兒，誰知余苦。夜坐織室，教子以讀書爲賢謀。三解
賢哉賢哉，安貧樂道，以養其母。母大悲泣，汝父地下，吾爲汝獨留。四解
吴郡太守，上計事明堂中，陛下大稱善，遣徹侯。東鄰有孤子，讀詔書，夜起傍皇生繁憂。五解

讀曲歌

椒子熊膽羹，炊豆作中酺。願落歡口中，粒粒知辛苦。
不願與歡飲，不願與歡眠，願歡口中言。

莫參差，槿花嫁蜉蝣，爲歡當及時。

郎目睛炯炯，好醜易品鷺。紅日行當中，公道照顔色。

江頭颿婀娜，天風吹四面。歡心似江颿，隨風日日變。

雙鳩啼清晝，坐儂樓東頭。疑郎乘晴來，戲儂日上樓。

戲摘紅豆蔻，打郎郎不語。少年無心腸，禍胎從此始。

露臺上，月光太分明，放下百子帳。

儂坐六萌車，郎騎五花馬。路回各相見，招摇大隄下。

儂有五丈絲，與郎織褌幅。養蠶屢作筐，纏綿郎雙足。

寄語人閒歡，儂年纔十五。開過碧桃花，無心摘梅子。

春風雙桃花，灼灼照園裏。憶歡初見儂，看花儂不喜。

歡騎青驄來，手持玉麈柄。不知何處儂，脱手便相贈。

人言歡多情，問儂儂不許。請問昨夜風，吹歡何處去。

鶒羽不孤飛，隨郎過塘去。莫采芙蓉花，芳蓮自有主。

歲歲出門去，發鼓向宜陽。春風吹露草，何處得成霜。
垂簾珠百琲，摇月雙玲瓏。幼學拜星月，遥避歡窺儂。

青草曲

妾住秦淮浦，郎居湖水〔一〕涯。來時踏青草，相送碧桃花。
來時青草路，踏久成白道。今年郎不來，處處生青草。
春風吹不已，青草一何多。郎在春風中，妾如春草何。

隴頭行

軍書三十卷名字，多是六郡良家子。朝牽馬出射鵰鶚，日暮合圍歸堡裏。隴頭女兒好顏色，去年嫁人向西市。高秋沙起胡兒來，不敢殺傷載回去。今年隴頭好酒漿，隴頭不見窈窕娘。

守堡材官不敢射殺賊，恐來報仇在昏黑。層冰峨峨天風寒，胡漢兩家俱不出。布沙隴頭出入道，無人敢步沙中草。笑爾胡兒，入漢探事計不密，韈綫在底沙印直。

戰城南

桑乾河水層冰立，軍馬一時飲不得。前驅轉戰黃河源，後隊徘徊道迷失。天寒草枯骨血僵，殳斨在手手自戟。去年天子下詔書，和戰之策孰第一。列侯覈議戰爭苦，材官散歸各罷息。今年背盟射城下，健兒踉蹌騎駿馬。關塞無兵大帥憂，老卒補伍不放假。日暮風起東西呼，縛火夜戰慚力寡。軍書征調久不來，彼帥用兵亦無暇。未知士卒去幾里，城下片時皆礫瓦。策敵如神昔何人，世久承平懷大雅。

薊門會飲

鬱鬱懷夏林，繁亭臨軌區。君子秣良馬，直入坐上隅。攬物委經傳，通洽争大儒。神氣妙超忽，朗照收斯須。廣院列几席，好風揚卷舒。酒食日側動，技器安有大道張修路，鄙心抱憂餘。二三執法友，臨事多清紓。佳懷當前軒，俯仰常中虛。黑理花帶脚，厥性多雄虞。安知異代士，泯泯争掃除。

燕集詩同彭大賓張大溥陳大子龍吴大偉業楊大廷鑑

惠雨濯清池，朔風吹錦鱗。哀月展高興，端居序主賓。層軒凌涼飔，雲物殷玄纁。堦下羅紅藥，一一臨石垠。遵彼玄霜路，當塗繁荆榛。蹇躬涉遠域，夙昔秉人倫。高讌欣良儔，懸燀摇宵旻。陽鳥奮天翼，南北勞此身。永夕過星渚，登望牽牛津。嘉樹偃流蔭，商林舒城闉。丹砂出流水，言從南澗濱。二三列友執，尊罍紛横陳。輂蓋謝徒衆，馳驅休旅人。大化藐骨肉，金銅鍊孤貧。

刈草

蚊蚋族千種，所産非一鄉。鋭額善覔火，豐尻專求粻。黑理花帶脚，厥性多雄張。加以青牛蟲，魚貫而雁行。夜征若盜賊，不與螢合方。聚呼申號令，遠畏熠燿光。四鼓山吐月，照我幽暉涼。起坐俯牀隅，數見細翼張。庭除露方下，仰飲多土蟗。蟗奪天元氣，蚊聞人血香。二蟲忘細微，矢行安無良。豈不愛秋夕，而與蟲聚堂。小人亦有族，蠻夷亦有疆。茁彼茸茸深，上覆高苔穰。萬動謀陰宅，公然爲垣牆。呼童行芟除，没鐵泥翱翔。親戚上天飛，友朋次散亡。土蟗俯首泣，欲隨不能颺。小僕大無道，入地恣鉏鋩。舊草戀土脈，新草流含漿。蟲腦既塗地，數尺營戰場。彼時壁上觀，尚有青牛即。嗟乎天地心，各受雨露祥。人物異巨細，殺傷同虎狼。護彼手足姿，坐令生道荒。明年視青草，依舊兼人長。

夏日由姑蘇過京口留別錢氏兄弟

南風動歸興，初自銷夏灣。平江三百里，乃見京口山。翠色動江縣，群陰相往還。我友在城屋，架竹縛黃菅。昆弟服古度，娟淑方秉蕳。好游光黃中，往來吴越閒。鴻翮翔宇宙，氣誼亦何殷。自我來南徐，蒸夏雨潺潺。井閭鬱煙火，波濤湧市闤。舟户縮脛臂，卷帙增斕斒。游雲無定隅，危峙列髻鬟。與子共天地，不能久進扳。晨渡涉煙霧，日光初破顔。樹影對江起，咫尺瓜步閒。

夏日崔泉山莊詩

過山受東靄，夏木蒼多姿。折入流水中，步見莊門池。池下蔭荷葉，魚蝦不苦饑。田鳥自在游，皎皎循香蘺。遠岸牛羊聲，落日當參差。

瀰瀰野水腹，乘夏得本志。清晨木杪低，暮夜雷雨至。麥場游鴐鵞，墟里茂棘檟。茅閣獨巍然，坐受後山庇。

柿葉大如掌，柿實不盈拳。悠然南風來，當此長夏天。山脚引稻畦，跡〔二〕腰突豐泉。白鳥上下飛，引雛芟渚邊。佳境紓我心，山水多勝年。

月出白照谷，野火隔林熾。老夫方倚門，牧畜尚未至。前山何夜號，車聲轉禾穗。路黑人又稀，狼狐已出隊。山深草木繁，宵明青如祟。

雀乳井上木，雞鳴牆頭瓦。老牸暴敗墟，𪎊黍尚在野。蠶木今年升，魚秧去年化。鄰邨知事人，雜論若水瀉。相與坐版扉，赤足懸門罅。蒲扇導微涼，月令引榆柘。豪豨公然游，高〔三〕音墜其下。始憂郭門遥，今在窮巷好。墟里昔崩落，我來乃誅草。門前流水陰，屋後榮木老。舊穀亦已稀，新麥乘侯早。日側山影黄，有酒共傾倒。登牀讀我書，涼風入懷抱。牆頭海榴花，風中紅杲杲。

京口送范大小范西還

浮雲何亭亭，百里覆城闕。下有春樹生，鳥鳴衆芳茁。大江居我前，奔濤濺如雪。胡燕憶故巢，游子悲遠道。江表同徽繩，一旦逐芳草。相思移人心，暮夜惄如擣。流飆復東來，潮聲長浩浩。

過下邳拜王先生墓

步出下邳里，遥望陽山岑。黄流貫其中，白日何森沈。恭聞王先生，託軀兹山陰。義不食新粟，高名留至今。中夏忽已没，鳴鏑相追尋。世無管夷吾，傷哉擢人心。悠悠墨胎子，千載同知音。

故舊鈔本作《贈王二猷定》。

煜煜〔四〕寶璐光，揚靈當中天。煌煌抱瑰質，上與明星躔。感君託高義，與君齊盛年。夙昔稱故舊，日月已三禪叶。兩美無嫌猜，四海知其賢。

美女篇讀王大《後婦行》傷其意，擬陳思《美女篇》以自況。

高棲明羅綺，初日光徘徊。前臨西北衢，千里生塵埃。樓中有美女，綰臂青玫瑰。翠羽雙鳳皇，一一垂毰毸。中堂散綺疏，卷幔登層臺。揚袂發浩歌，音響一何哀。自稱十五餘，春風當户開。采桑城東南，同伴無嫌猜。少小好娟潔，託體異蒿萊。結有平生心，不敢自言媒。掩面惜明鏡，日月空相催。夙夜畏行露，每逢蠖與虺。閉户向暗室，終夕不一回。顧念邱壑姿，誓當爲塵灰。結侶求古處，願言思郊禖。

平疇鉏蔬了呈南鄰諸公

陋巷不容轍，車馬來亦稀。日出犬鳴吠，居人尚掩扉。荷鉏向南郵，繁霜侵我衣。我衣敝不完，聊以禦寒威。天高晝苦短，冰雪方滿畦。編荆不盈北〔五〕，朔風晨夕吹。凍蔬託根淺，苗葉委塗泥。慚愧抱生意，不敢違天時。託業平疇中，與蔬同盛衰。家貧歲云晏，未足備晨炊。腸鳴軫中夜，叩門不能爲。抗語素心人，嚴冬浸已馳〔六〕。春風從東來，草木已先知。

送唐一還姑熟

鳴蜩振南陸，草木盛華滋。披襟臨清流，爲樂須及時。宴會慎徒侶，不爲流俗欺。人鮮静觀心，天命何由知。修名慮不揚，毋貽青史悲。大義鍊金石，壽命永不衰。與君爲親戚，徽繩同箴規。悠悠彼行路，骨肉互安危。永言懷美人，勉以長相思。

為宫大偉鏐題春雨草堂

峻峻巖下阿，青松夾門户。中有至性人，結茅立衡宇。日夕受天氣，出入斷儔侶。自言能羽化，偶向人間住。被服寶璐光，采蘭阿中渚。西望登嘯臺，涕泣淚如注。秋風方飄摇，何時受春雨。

南邨雜詠

白日〔七〕緑青谿，蒼松夾其門。仙人服朱衣，獨坐孤雲根。壽命不可紀，日月守崑崙。閉氣翕中夜，與息相存存。豈無鸞與鶴，遐舉安足論。嗟哉何世民，大道從寒暄。

築圃南湖西，淮流灌其下。仲冬天氣晴，飄霜不盈瓦。凌晨提甕行，行行適大野。綆短苦長汲，黽勉慚力寡。冉冉巖上竹，停雲相因依。粲粲江中石，白日不轉移。我行涉其野，蘭茝恒滿持。非不愛其香，所貴無人時。上山常苦危，下山常苦迫。東園桃李花，不若山中柏。

贈眭大木一

飄風發青柯，躑躅南徐道。眭子夜相求，天地發懷抱。高臥展巖岫，至性鳴幽討。疇昔敦世交，黽勉見夙好。前賢秉大忠，赴節凌蒼旻。一旦殉倫彝，萬世長浩浩。

内景堂送呂大還彭城同檀玉鉉杜生之

案，呂維楊，字青履，沛貢生，官訓導。

椽榾緣冬氣，鬱鬱儲群煙。遠風振天羽，征雁皆南還。一岸隔遥水，入路臨谿田。朝發甘羅城，夕駐清河灣。偃息秣良馬，束書懸雙鞍。愛此嚴霜辰，高帽髮連輪蹄動不息，佳興引勝緣。綺思託幽素，懷彼行路篇。淮河日已遠，黄河何濺濺。握手石梁側，縱目當遐天。丈夫安可悲，敬業尚慎旃。子歸拜堂下，堂上方盛年。

酒酣感懷手迹本此詩八首，此爲第四。

大道秉元化，萬古高鴻濛。我實斯人徒，僅與食息同。讀書與擊劍，兩者無成功。韶晳自矜少，皤然爲老翁。

送唐一

采苓鈞臺下，乃在隰西陰。南風從天來，浦水一何深。上有浮雲馳，下有游子吟。游子在江滸，願言歸故林。毛髮亦已變，歲月亦已沈。泯泯酒百壺，擊鼓鳴清琴。揚謳發妙曲，千載傷人心。誰能見安期，壽同華山岑。逝將東皋上，長謝車馬音。

暫還里門示送者

驅車長淮里，秣馬韓侯城。城中烏雀飛，青草東南生。僕夫載後車，摇摇抗前旌。送者出郭門，濁酒酌已盈。秉燭夜達旦，所論無濁清。徒爲兒女悲，嗚咽自言情。勉以加餐飯，勗以策令名。自我涉江陸，國步亦已傾。哀哉知音希，迺聞鴟鴞鳴。我田雖已确，我里雖已坑。努力事東作，尚得垂西成。胡爲曳尾龜，忽作衣繡牲。築室浦以西，架木縛黄荆。春卉啓繁枝，五色眩目睛。雞狗負至性，以時發令聲。飽食便偃臥，松風高窗平。閉目實其腹，脩精棲神明。萬物貴苟得，吾行良守貞。去去世間人，安知衡重輕。寄謝雙鯉魚，滄海方遠行。

將歸南邨留別諸公

洌洌歲云暮，四時浸以馳。鴻雁背北風，音響一何悲。策杖發西滋，載過東城湄。城闕高峨峨，樓閣與雲齊。中多富貴人，車馬光紛披。冠蓋綴纓緌，變化隨當時。往來互馳突，道旁狹且危。執手與君友，毛髮託相知。夙昔周道游，大義同箴規。浮雲與飛鳥，慚愧相因依。豈不樂詭隨，中心不可違。別君適〔八〕南邨，遵路獨言歸。行人去不息，川原紛委蛇。嚴霜摧高樹〔九〕，日氣瘦且低。稺子出門望，相隨入荊扉。桔槔中夜懸，湅綆慘〔一〇〕無爲。謝圃入其室，登牀讀我詩。我詩慘以激，我牀坦以夷。譬彼江中流，白石無轉移。寄謝四海人，勞勞將焉之。

述懷〔一一〕

朔風東南游，吹我門前棘。塵沙蔽天低，日月忽已匿。濯濯川上鱗，矯矯雲中翼。川流苦不長，東去復何極。豈無中夏人，流離適南北。南北萬餘里〔一二〕，策馬自惶惑。海燕念舊堂，越鳥戀陽國。含情馳素心，所悲在異域。

束髮行

河水東南流，坐受百川灌。日月行當中，星斗一何爛。束髮與君交，天人并相見。嗚鐘堂上坐，椎牛日高宴。大道夷且長，游戲譙與汴。出入房闥中，十步九回面。河水亦已枯，日月亦已禪。嗟我行路人，交窮勢將變。富貴不下車，相逢貧與賤。行行謝故舊，去去不轉眄。豈不託微軀，人心不可見。

家居詩

大雨公然四十日，小窗紙隙巢地蝨。晝夜草身長過人，東西垣脚墨到膝。方今六月禾黍黄，濁河鼓流奪田室。有司祈雨復祈晴，旍旗羽葆密如櫛。西郊蒼狼食農夫，北望傳烽盡盜卒。書生讀書州城廬，菽麥在前不能悉。四方勞勞天歲凶，憂時寧不學經術。夕坐短牀檐聲馳，歎息不如危樹鷸。

懊牡丹曲

七里春塘十里水，東風日日坐花市。藥欄都列賣花人，錦帶珠鬟尋隊起。日夕下山分争塗，竹肉亂聲雜作止。賣盡牡丹今賣蘭，群香窈窕碧琅玕。今歲花殘望明歲，留待牡丹春雨看。

出門

乾坤不合有日月，照我肝腸空似雪。出門結客何昂藏，閉户讀書自怡悦。天之生我負俊骨，古道向人常落穆。不合時宜思昔賢，與世委蛇盡豪傑。五株栽柳心可知，百畝種秫腰不折。千年騏騄騰康衢，萬里江湖存肘腋。

顧僕

我所思兮南山阡，白石磊磊青琅玕。飛鳥去兮游雲還，山中之人恣盤桓。一行作吏百事廢，草長没人牆委地。小閣架書空巍然，長松栽壑走魑魅。頂冠束帶驅長旌，顧彼僕夫雙馬行。因人氣勢何峥嶸，安得初服還舊京。身倚牛角酒百瓶，千秋萬歲煙冥冥。

志别

有友有友閉松閣，一旦出門游海壑。寶劍三尺走下邳，新詩一卷夢康樂。禿髮露頂擁襆被，舉手定交禮數略。七尺立地自峥嶸，雙睛向人長磊落。一從側身天地閒，古往今來事如昨。治亂勞勞何日寧，仕隱紛紛互酬酢。牢落風塵非一人，與君萬里同寥廓。

答友

涉冬徂春時再易，新雨舊雨挂車笠。念我古人雞黍盟，高齋八尺時抱膝。有客新從東郡來，啓函發書跪且讀。念君見君不得意，日日青山雙鬢禿。安能長笑向青冥，與君坐對東萊谷。

苦雨行

桃花落紅紅墮水，三尺鯉魚前谿裏。驚電熤熤昨夜明，沈雷殷殷轉不止。三月四月大麥黃，歧苞分穗從兹始。温雲濕霧苦未休，春雨聯綿無盡頭。大鳥如甕叫籬角，鰍鱔呼朋登岸游。楊柳戢戢緑對閣，荼蘼娟娟紅照樓。郊原一步不能出，鑪香茗盌銷百憂。君不見四鄙不登民菜色，萑苻盡化爲盜賊。

鬼鵋有敘

丙戌二月，江南長老以書至，云荻蘆間鳥聲如虎吼，或傳見形尾大於葦茭之車，頭猿目鷹，舉翼蔽日，兩足舒後，更兩足縮縮如也。又或大索不得，聲從水出，以爲鬼鵋。

吴江十里飛塵埃，堤長日短營門開。殺人如麻一百日，骸骨纍纍高崔嵬。四面大湖盡葭菼，西風瑟瑟吹徘徊。沈檣破艕鬼聚哭，往往白晝生陰霾。有鳥有鳥翼蔽日，四足張弛隨毰毸。猿頭鷹背踞水上，尾拂湖底驅雲雷。怒如乳虎嘯風穴，悲如鬼車吟夜陔。群飛肅肅送明月，向人幽訴聲何哀。百年丈人測往事，羽蟲沴歷金爲災。去秋坑卒東葑址，今歲屠城西湖隈。欃槍竟天不肯去，何時日月光昭回。天時人事已如此，五行變化空移推。我歸楚州已三月，日夕罷釣登嘯臺。占星望氣不復驗，持竿促艇歸去來。溶溶坐上青花甕，且盡人間濁酒桮。

雨行

桃源城西冬可憐，長隄迆岸沙漫漫。大河崩奔東南遷，百里雷吼無人煙。惡風猛雨當我前，欲行不行掣短鞭。借問道旁者誰子，長髯桀桀腹便便。箕踞古廟聊復息，燎衣割肉聳兩肩。爾我軒軒自豪舉，惟有神明可共語。

送友

昔人交道重白日，今人交道重飲食。策杖四海空歸來，蘅茝滿把無人識。今人争與昔人同，與爾殷勤淡漠中。萬里彷彿如對面，一時努力千秋通。世間碌碌生且死，富貴貧賤亦偶爾。蘇門清嘯轉眼空，君且還家我在此。

春陰樹

春陰樹中春草長，春陰未老荼蘼香。坐見海燕向簾角，欲行不行歸草堂。我昔架屋斜江沚，記得吴趨城裏事。筍芽初出〔一三〕鶯未來，楊花撲窗打窗紙。當時海内始戰争，軋軋引弓江上鳴。深山大壑盡盜賊，氈帳直與城頭平。别後四年住淮浦，浦西去城三十五。人家種田驅老蛟〔一四〕，水市引船鳴大鼓。潺湲春水西南湖，湖中日夕鵝鴛呼。魚童鮫妾不知數，短衣秃襦隨老夫。湖外人多湖内少，馬蹄蹀躞西南道。日暮車騎去不還，歲歲還歸道上老。道上傳呼稱貴人，大衣袴褶如雲屯。北向叩首不知數，感恩圖報成君臣。鴻雁蔽天駝鳴〔一五〕野，歌舞未畢吹沙塵。桃花萬樹一茅屋，中有幽人睡未足。春陰不已又秋陰，黄雞白酒對脩竹。欸乃一聲山水長，歌罷自還淮水曲。

除夕

日之夕矣歲云徂，欲明不明鐙影孤。我今擊缶君伐鼓，音長節短胡爲乎。日月不知没何處，妖螭上天龍墮湖。憶昔駱駝趨南苑，景陽宫裏血流箭。婦女爲虜男子死，倏忽浮尸蔽江面。馬上傳呼索大家，旌旗夜滿西州縣。

校勘記

〔一〕「湖」，《萬年少遺詩》作「湘」。

〔二〕「迹」，正誼草堂本、董氏校輯本作「路」。

〔三〕「高」，二遺民集本作「商」。

〔四〕「煜煜」，正誼草堂本、董氏校輯本作「煒煒」。

〔五〕「北」，《天啓崇禎兩朝遺詩》作「卝」，二遺民集本、董氏校輯本作「把」。

〔六〕「嚴冬浸已馳」，《天啓崇禎兩朝遺詩》作「嚴冬行且除」。

〔七〕「日」，《天啓崇禎兩朝遺詩》作「石」。

〔八〕「適」，《天啓崇禎兩朝遺詩》作「還」。

〔九〕「嚴霜摧高樹」，《天啓崇禎兩朝遺詩》作「麗霜摧高林」。

〔一〇〕「慘」，《天啓崇禎兩朝遺詩》作「慚」。

〔一一〕按，此詩《天啓崇禎兩朝遺詩》歸入《南村雜詠》下。

〔一二〕「萬里餘」，《萬年少遺詩》作「萬餘里」。

〔一三〕「出」，《天啓崇禎兩朝遺詩》作「茁」。

〔一四〕「蛟」，《天啓崇禎兩朝遺詩》作「駮」。

〔一五〕「鳴」，《天啓崇禎兩朝遺詩》作「滿」。

隰西草堂詩集卷二

五律

過雄縣趙北口

跨衛驅瀛水，風吹壯士心。草從魚際出，天入雁邊深。隄閣回河曲，刀環掩晝陰。於今郭隗宅，不用築黄金。

風日冥冥白，春隄漁未央。土雲盤老鸛，妖火出枯桑。隔歲軍興盡，衰時水榷荒。檀車倦恩澤，窈窕涉河梁。

甓社湖道中雜詩

淮水無聲去，東風日夜呼〔一〕。市橋春店馬，官驛晚檣烏。細雨連花節，輕寒弄柳趺〔二〕。江〔三〕城前路遠，得達石頭無。

今年農事早，驚蟄已聞雷。素蝶平田起，黃花緣岸開。米船通市井，鄉〔四〕語集城限。人事荒湖少，春潮日幾回。

歸舟臨社晚，士女見人家。漠漠雙鳧出，垂垂一岸斜。遠湖没楊柳，小艇盛魚蝦。幾日春風力，年光已杏花。

合井年年會，近鄉多古鄰。魚龍春有社，鐙火夜歸人。吹角迎田祖，擎幡賽海神。小風湖蕩裏，婀娜見青蘋。

靈風起天末，獵獵渡魚梁。遂有虹霓色，能令雲雨黃。蚌妻欺月御，龍女駕神羊。平視殘城郭，水天殊未央。

對郭葑田合，盂城多夕陽。鳴金官渡晚，賣酒女荷香。帆影移城角，人煙下驛塘。凌晨有使客，萬里到舟航。

送人

浮雲不可極，片片落秋陰。游子自千里，商聲非一林。早花湖縣暝，晚雁磧庭深，栖酒須臾事，安知行路心。

過黃大家瑞海陵署中

江鄉多儉歲，魚米湧今年。官舍疏鐘裹，嚴城夕照邊。簿書群委地，古木半參天。對榻常敷坐，陳蓄出未還。鼓角傳更箭，清宵碧宇空。落花風定後，啼鳥月明中。海氣吞城白，場煙吹鹵紅。不知桑孔外，心計幾人同。

秣陵舟讌

高讌臨丹閣，平秋啓翠甗。癯蟬謝樊柳，飛鼠亂衰嵐。肺國城如舊，心星流不堪。六朝多永歲，芳草在江南。

渡江問桃葉，河泥今有無。笛秋過檻尾，觴職講城隅。細雨臨春澍，雙鐙不夜呼。初更山月起，照見杏紅襦。自注：「不夜，樓名。」

良朋弄劍戟，束髮秉秋蕑。東過素王國，平臨蔣氏山。板軒浮小渡，文蛤照高鬟。今夕誰先醉，潮聲過一灣。

北郡長戎馬，東吴小太平。笙簫雲外出，士女鏡中行。水氣肥楊柳，秋風老杜蘅。月城雙槳去，半夜望河明。

上書

歲歲王師出，年年災祲臻。傳烽馳二輔，轉戰到三秦。貧賤誰憐汝，隱憂矜此身。上書盈北闕，夙昔賤文人。

早過楚州西湖

春風展戲謔，早出小西湖。孑孑移孤艇，戎戎衝短蒲。寺龜敷客坐，水鳥睨人呼。隔岸桃花屋，聞香有酒沽。

賦得白日掩荆扉為鄒大典

秋水抱城曲，幽居事事宜。縛荆成虎落，折徑學蟲蚑。竹木流風見，詩書閉户知。端形天地内，吟嘯有威儀。

貧賤驅高士，半椽栖水房。過橋人背緑，弄竹鳥鬢黄。暗坐睨穿壁，宵眠上大牀。歲時無一事，風雨在高梁。

厚緑畜繁響，禽蟲有異同。著書鶡冠子，避世鹿皮翁。日月自來往，鬢眉不可窮。安然坐屋底，一幅畫圖中。

游戲帝京側，往來長干閒。出城打江水，入户缺寒山。抱膝矜孤往，馳心縱獨還。何如市朝子，白日莫教閒。

楚州送客

出入韓王館，往來甘相城。山川驕勝地，人物壯平生。晚歲江湖合，高秋書劍明。三更漁唱起，河漢去無聲。

過楊維斗

橫江弄舟楫，三日過南徐。櫻筍爭新夏，圖書入舊居。遐思杳不息，高士近何如。遂叩鹿皮子，據牀方著書。

卞瑜芬

鐙火明衣角，田田香射身。東吳針作婦，西蜀玉爲人。夜夢謝靈運，日臨王右軍。墨花新暈起，白練自書裙。

寄懷陳臥子

崎嶇天地内，明發感清時。襲禹清淮北，圖秦大漠陲。四方民棄力，三歲士題碑。高座湖中日，揣摩何所爲。近得江南信，懸書日月邊。紀年昭代盛，屬草永嘉前。兵事關人志，天文動昔賢。感君多意氣，降節示言詮。寄寫相思事，家居涉素秋。園晴懷索錦，水夜數登樓。書發傷桓梆，鐙明念薊州。少年心力苦，夙夜赴風流。賢者共京國，明時願力宏。兔爰臨歲晚，荆棘雜秋登。同志思懷玉，隱憂當漸冰。莫言時序盛，山野那能憑。

同韓張甫許孟同鄭士敬錢大鶴沈伯敍月夜泛舟虎阜坐臥石軒僧院

艇腰能窈窕，移過半塘來。水氣浮全月，人聲赴遠雷。收心臨古石，分客坐歌臺。漸到三更後，雙鬟翦燭灰。

懷劉默

薰風三日雨，屋藓碧方滋。階下睡鳧雁，窗前曬鹿皮。不知丹竈外，尚有素書遺。披讀横長几，支頤正遠思。

八月虎丘夜游

虎谿谿畔路，來往看游人。士女松花社，江湖芳草鄰。鼬啼山寺燭，月滿野塘茵。何處清宵立，西風吹及晨。

秋過惠山

舠尾銜橋户，西風桂樹幽。園亭存舊姓，竹木亂新秋。山市谿中滿，人家鏡裏游。憑欄一俯仰，碧草暮雲收。

丹陽道中九日

南天不可極，泛宅近西清。舊國山川滿，深秋鴻雁平。路迷庾氏嶺，江出潤州城。久客驚時序，霜花苦盡生。

再過京口鄔四繼思宅〔五〕

不見鄔生久，重來懷舊游。江風吹〔六〕斷雁，海霧壓沈牛。漁獵荒城晚，兵戈古戍秋。傷時一樽酒，明月夜登樓。

土橋

土橋新戰處，黄霧尚漫漫。鐵鏃穿僵骨，金瘡食舊瘢。陰風高委巷，小月下營盤。水火今方急，王師誰據鞍。

答方大文

盜賊滿天地，君今住石城。蒯緱思故劍，錦瑟買新聲。不變江湖色，依然京洛名。誰能謀大隱，出處正縱横。

春日集戴公園

城南高士宅，深柳兩三家。落日江湖氣，東風草木華。張筵臨水館，開户見天涯。借問臨流客，春潮到幾楂。

早集南園送沈大

澗南初過雨，深柳巷門遮。曉霧蒸高閣，春潮漫淺沙。鶯啼平楚樹，客散冶城霞。帶甲江東盛，天涯正憶家。

將自京口移寓雲閒留別鄔大

江空天地闊，春水日紛紜。衝鷺雙帆去，啼鶯千里聞。移家逢穀雨，流寓卜橫雲。須認桃花片，門前坐待君。

京口留別諸子

不覺已花落，曉鶯啼過江。愁予臨夜雨，別爾上春艭。帶甲收銀海，囊書滿石淙。旗亭人散後，帆影去幢幢。

丙戌中秋

商聲今夕滿，何處月明多。沙磧雁方叫，洞庭秋始波。微風摇客寢，半夜起漁歌。同見關山月，誰知喚奈何。

聞雁

此夕初聞雁，居然知異鄉。驚心萬里月，回首一年霜。未敢同胡越，非因謀稻粱。天涯淪落者，半夜起旁徨。

真意

高唱園居樂，平臨萬渚田。夕風淮市月，春雨甓湖煙。客滿雲霞載，人來書畫船。濠梁有真意，乘興自陶然。

宇内

宇内兵戈滿，山川涕淚盈。浮雲傷老大，落日且縱橫。浦市人煙合，湖城⿱白儿雁生。共憐不得意，濁酒說平生〔七〕。

送客

河橋歸槳動，臨發意如何。衡嶽鴻方過，瀟湘水自波。香蘅隨岸合，碧草引人多。須憶山中客，躭幽守薜蘿。

和門人黄始郊行

落日遠天净，荒湖連野燒。飢烏寒戍起，逸馬迴川驕。獨夜關河急，窮年風雪遥。不知人境外，采蕨更誰招。暮市估船集，西風待問津。亂鴻驚健翮，擾鹿託閒身。命駕江湖遠，平居水石親。蒼蒼看不盡，落日隱行人。

同閻大湖上步月

殘靄動疏林，平疇入遠潯。月圓今夕話，風碎隔年心。蹙蹙江湖窄，瞿瞿天地深。偶傳消息好，喜慰一登臨。

小沛壯繆侯廟

沛城城北路，廟貌一時新。友道殉臣道，今人愧古人。春風看立馬，夜雨泣懸鶉。牧畜東山客，悲歌動鬼神。

題劉三城西水館

妻子還鄉里，相扶問舊廬。身經百戰後，家破十年餘。策杖隨麋鹿，抛書掩蠹魚。此君聊復隱，輟歎欲何如。
閉户依丹嶂，衡門高夕陽。平生愜幽興，遐抱託清狂。黄鳥啼官道，青桐出女牆。獨行吟未穩，風雨上高梁。
水館臨城闕，西風動碧荷。無人幽鳥浴，近渚白蘋多。明月浮空盡，流雲傍漢過。端居淹歲序，鬢髮漸婆娑。

不盡山川意，浮雲西北樓。無端天地閉，空對館亭幽。吟嘯懸千夕，登臨銷百憂。古人已寂寞，異代自長留。

門人劉湘北還〔八〕

歸人衝虎過，斜徑自淹留。春水孤邨閉，寒泉白日流。荒吟迷舊句，落木枕前丘。借問東皋子，灌園方未休。

行脚

杖鉢孤蹤去，淒其驛路閒。水喧沂北道，風撼穆南關。飛鳥移前浦，歸雲滿故山。五年江上客，今有幾人還。

憶錢大

忽憶南徐道，春風樓上年。晚鶯移浦樹，苦菜秀河〔九〕田。驛路歸人少，蛟門落照懸。如何問津者，六〔一〇〕載滯江船。

夏陽

夏陽全盛日，城闕半臨河。夜月樓船滿，春風環珮多。幾人還夢寐，十載一蹉跎。處處蓬蒿徧，花時掩淚過。

官河

官河經亂後，城堞對東山。避寇危樓起，移家旅食艱。乾坤私草澤，日月祕閒關。荒歲南湖道，春舟幾處還。

贈客

齊魯關梁道〔一一〕，千秋萬里游。詩書君孝友，金玉爾公侯。冠珮西京洛，風流南兗州。和平神思聽，伐木正相求〔一二〕。

俞大善長齋閣

雨歇爽鳩鳴，春風滿夏城。人家新亂後，盜賊尚公行。緑野雞豚少，朱門蚌蛤生。獨留書閣在，十載舊題名。

寄舊時泖澱中友人

契闊經年外，聞君同隱淪。移家三泖宅，行樂五湖濱。窗下調嬌鳥，鐙前立舞人。桃花谿口熟，莫使出漁津。

留別俞善長

淹留凡一月，晨夕坐精廬。禮佛三生後，挑鐙五夜餘。春分南郡榻，日寫會稽書。歸槳河橋動，薰風逼夏除。

送王于一廣陵兼呈張大穉恭

歲晏歸人衆，嗟君亦曰歸。盤鵰天路闊，野馬日光微。八口懸揚子，三年泣楚衣。到時梅萬樹，仲蔚在荆扉。

隰西草堂有序

戊子仲冬，徙宅於浦西，西近洪澤，南曰徐湖，北則河淮合流，東入於海，四區皆隰也。築其原爲隰西草堂，載老幼，攜瓶罍，鹿車一乘，往居之。春日下檐，秋瓜落圃，草堂中無事，負甕而已。居士曰：「吾嘗南臨石梁，北過流沙，東觀於海，西登熊耳矣。當是時，中外晏然，人物廣衍，天子方向政治，謹修攘。斥堠無警，山林之士得以其暇，秣馬山椒，懸車陸海，輕去其國，萬里比鄰也。曾幾何時，而今昔頓異，勢換人移，休西疇以税駕，汲東皋之寒泉，山川如故，哀樂傷人，能不悲乎？悲則思，思則勤，夙興夜寐，負甕出入，以毋忘吾勞苦，吾以告居草堂者。

風塵西浦外，日月草堂高。深巷編霜槿，春風閉〔一三〕露桃。天人雙劍佩〔一四〕，身世一綈袍。處處蓬蒿滿，叢蘭伴桔槔。

妻子歸東郡，艱虞念故山。一椽波上下，千里客閒關。生意〔一五〕隨魚鳥，秋風滿客〔一六〕環。獨看河渚外，雁〔一七〕羽暮雲還。

自愛草堂静，乾坤日閉門。獨知芳草意，堅守孤雲根。盤膝坐流水，荷鉏歸故園。刈蔬猶未了，明月起南邨。

老病移淮市，擔簦稱逸〔一八〕民。乾坤悲晚歲，山水憶前身。芳草舟車路，桃花秦漢人。冥冥謝弋者，雁羽在沈淪。

不見滄洲夢，風塵舊細腰。人心尚爾汝，天道賸漁樵。閉户三冬儉，挑鐙一夕遥。山中叢桂色，宇内竟寥寥。

墨胎千載後，薇草幾時生。清濁空持論，賢愚争好名。漫勞書咄咄，無可唤卿卿。五嶽年年去，層冰赤脚行。

百年天已暗，十畝草方剛。已病呻何益，無憂心自狂。巢由獨勞苦，虞夏亦炎涼。唱罷人間曲，高眠牛耳旁。

草堂冰雪裏，歲暮獨淹留。却聘堅高卧，行吟增百憂。前身非婦女，吾志在春秋。煙水茫茫去，斯人未可謀。

顔曾如可作，斯道在吾徒。濯足滄浪濁，浮生日月孤。百年同草木，七尺愧妻孥。落照中都近，柴門對泗湖。

往事悲潯泖，餘生寄楚州。衡門喧鳥雀，海宇戀蜉蝣。洪〔一九〕澤湖中月，鉢盂池上秋。所思人不見，身世兩悠悠。

答人

今古清淮道，天風蘭茝香。十年同夢寐，千里憶舟航。書畫緣前世，文章啓後後〔二〇〕。誰爲行乞者，茂草釣臺荒。

君馬黄如故，長歌行路難。干旄雲日麗，廬巷雪霜寒。兵甲城猶閉，鶯花春未闌。天涯同作客，處處問平安。

長林隨偃息，日月獨相親。落日看游子，春風多故人。嘯歌同一晚，飢餓每兼旬。自學柴桑老，門前五柳貧。

草堂向西去，斜日晚雲邊。一劍秋風裏，孤身大麓前。乾坤吹野馬，今古聽鳴蟬。莽莽舟車上，風流覺汝賢。

答蔣一

獨樹河湄上，高風廬舍開。浮雲常傍户，寒火未成灰。公子西陵路，故侯東嘯臺。共憐人不見，幾載一歸來。

客從江左至，風雨沴長登。手版前遺士，家門今老僧。行歌悲玉壘，垂涕說金陵。慰藉時相問，南山耕未曾。

數年淹夢寐，芳草滿前湖。口語悲秦吉，南行隨鷓鴣。無人天地暮，有道日星孤。相樂還相泣，山川酒一壺。

九關守虎豹，陸海隔風波。行路難如此，無家奈若何。孤身麋鹿遠，落日魍魎多。薇蕨山中路，願公無渡河。

答武進劉十

蕭條岐路意，落日大河邊。獨喜重看汝，相悲各問年。舟車江海盡，襆被雪霜懸。亂瘼何時已，言歸耕墓田。

老友閩南地，孤臣悲憤亡。獨留妻子在，跋涉道塗長。貧賤行千里，憂危入故鄉。遺章今在否，相問一霑裳。

憶君兄弟好，廿載別天涯。喪亂推京國，兵戈淹歲華。閉門深畏禍，落日再辭家。芳草江南盛，何時挽鹿車。

早雪渡江贈錢二郎大

言從廣陵渡，風雪出瓜潯。幾度來江上，今年冬令深。寒原高鳥思，孤劍蟄龍心。元直時來往，同聞梁父吟。

贈某

風雪鳩茲路，言過陳太丘。逢君年始壯，結客賦同仇。忠孝關千古，天人懸百憂。願無傷歲暮，薇蕨滿山頭。

贈彭皋南

之子江東去，徘徊感獨勞。雁更汀夜寂，鶴陣海春高。繭足城猶棘，攢眉酒暫豪。誰能念疇昔，風雨舊綈袍。

登清涼山

石城游冶地，梅柳鳳城深。山色螺春染，江聲龍晝吟。樓臺逋客淚，日月美人心。淮北風煙滿，憑高試一臨。

送荷水楊大

莽莽鍾陵路，春風吹漸深。綈袍從此去，十月過淮陰。自祕天人策，誰知忠孝心。隰西湖水闊，園〔二二〕度得相尋。

夜集

爲樂夜已足，何需憂百年。青雲君自少，白日我當仙。王子藥千粒，青蓮酒滿船。此宵容易過，閣外又春天。

送孫一還竹西

君隨青草去，幾日到蕪城。到日桃花發，門前春水生。鄉鄰誰健在，家樹再經營。莫滯南州路，歸來聽晚鶯。

游楊棚京峴諸山

暇日城邊路，東風載酒過。遠江浮樹杪，輕艣出谿河。郡縣方争米，山川半荷戈。傷心春賽者，士女尚婆娑。

送嚴大南旋

殘菊淮西路，雨風淹問津。三年同夢客，千里送歸人。慚愧餘知己，淒涼卜舊鄰。憐君天下士，今在五湖濱。

迢遞

迢遞半年別，兩逢君寄書。雪明千里道，相見復何如。人外交初合，田家禮未疏。澄懷觀道者，五嶽正踟躇。

送鄭大還吴門

同群今健在，之子獨行歌。短櫂明秋水，長鑱歸碧阿。佩蘭人不見，采藥客如何。南去蒹葭盛，百川方灌河。

送曹淡如北還

燒燭夜客盛，暗風吹檻牙。座隅悲倚樹，鶬鶊競傳花。世亂流風歇，人歸落月斜。相看重握手，珍重惜年華。荒歲悲游子，浮雲指北淮。風塵天地暗，日月磧砂埋。古道同人盛，春風異地回。江南聞歎息，深夜共登臺。數年聞暮角，悲嘯滿西郊。暗斗移星鳥，晴風起蟄蛟。小儒攻異己，大道愛同袍。漏盡鐙花落，歸心繞故巢。

張月女子

舉世皆巾幗，誰爲真婦人。獨能觀大義，一笑自千春。蘭茝充前佩，芙蓉識後身。可憐逢蕩子，辛苦已成塵。

贈某

立雪深三尺，千峰各閉門。如何傳大道，不會一人言。氣象回天地，威儀定曉昏。獨看孤迴處，真意此中存。

送躬庵還山

役役乾坤内，送君江上還。幾年緣大木，此日向深山。吾道獨遵養，雄心暫自删。試觀抱膝者，不在路塗閒。

雪胎教授普應寺中

中年始薙髮，杖履任春潯。舊業詩書晚，浮生鐘磬深。授徒開北面，洗盋蝕南金。避世同師去，名山展道心。

郭園

去隍初十里，百畝畜鞫鞫。新夏抽園莽，殘陰覆井溝。蜂租花一尾，魚婢水千頭。無事正門閉，主人時静游。

寄答鄭大敷教

獨憐淮水上，風雨日愁予。天地今如此，江湖未易居。故人春雁闊，世事夜鐙疏。禁足雙林寺，年來嬾報書。

鐙夕集方大家四首

淮陰城外路，處處接西湖。水國魚龍亂，花鐙蘭茝扶。廊腰春戲馬，屋角夜啼烏。歎息聞人語，秦聲似舊都。

抱甕時行汲，長年日閉門。結廬移遠市，漉酒滿平原。燭淚餘殘瀝，霜華暈舊痕。不需更鼓歇，送客獨留髡。

坐倚紅兒臂，歌移玉子鈴。自矜三婦豔，獨有五侯鯖。頭髮蕭然白，眼光何處青。若無千日酒，君莫説玄經。

積岸河婦〔一三〕人依故廬。城池新戰後，墟里昔崩餘。暮雨雁横塞，秋風親倚閭。天涯望消息，莫草北山書。

伯紫席上逢魏婉容

京洛曾相識，於今已十年。開元留法曲，凝碧亂繁絃。樂部慚歸院，茶商未放船。可憐零落後，猶得見非煙。

出潤州城南京峴山諸路同羅文止朱子强吴介子胡秋卿錢馭少

短轅謝城闕，出郭亂春田。烏乳薰前麓，花肥漲遠天。雲威盤澗立，雷尾入江圓。側路盈香澤，心知有並肩。

重來

落日大河氣，蒼蒼有所思。荒樓樽俎日，畫舫雨風時。接歲鼓鼙動，長淮榆柳衰。重來見書信，亂後感差池。

別去

別去不復問，孤雲千里過。寧知芳草外，尚有夕陽多。南國憂豺虎，西風驅駕鵝。客心落日裏，涕淚滿山阿。

夜步鄒一水邨

道出寺東岸，水光明一邨。夜容橋作礪，野莽緑圍門。展檻秋三尺，當樓香半園。持鐙共相見，澄目廢寒温。

雨後植蘭

積雨朝來歇，山泥挑入城。護根封蚓穴，注水斷蜉征。灌碧遥平掌，分香近短楹。知余良友意，尺寸看生成。

無題

萬柳移長夏，雙鬟立早秋。從容閑雅度，攬抱見深愁。鸞錦芙蓉襲，瑶筐芍藥投。可憐消渴甚，夜起合歡樓。

狗

載爾田車上，恭聞獫歇驕。棄人皆似晋，非主不知堯。君子慚相比，故交情更饒。狗門誰肯入，三尺亦逍遥。

争欲持門户，安能識主翁。宣淫時露合，狂吠夜雷同。甘與羊同族，誰言龍是雄。嗟哉爾且苟，逐臭一何工。

繫尾亦何益，摇頭徒熱中。雖能隨馬足，不復念車工。哭市歸邦眚，喪家非道窮。何需狡兔死，遺恨愧良弓。

留别王擎玉兼答送别之作

杖盋三年意，泗亭逢偉人。山民猶有淚，季女已無身。古道推車笠，今時忘漢秦。獨留谿壑外，與爾共沈淪。

披裘高臥處，兵甲閉郊原。咫尺人間路，馳驅泗上邨。三年悲鶡弁，千尺倚龍門。同作無家客，天涯懸夢魂。

早夏首南陸，蕭然還漱廬。草青揚子宅，樹滿槖駞書。敦好矜疇昔，孤行賴啓予。江淮期未遠，黽勉望脂車。

述懷

挽車還鄉井，門巷多荒蕪。方朔餓欲死，淵明飢所驅。乞食偶一往，荷鑱將焉[二三]徂。小兒爾自貴，去去歸舊都。

北上

時逢飲馬窟，清濟百年游。盜賊東山閉，關梁西塞愁。陰風吹大澤，白日澹沂州。處處憑高望，春雲滿故丘。

孝乾樓上〔二四〕

河漢黯將夕，微風湖上樓。如何當盛暑，天氣澹如秋。梟雁閒自浴，蒹葭動未休。因過原憲宅，策杖正科頭。

程大來說郡中祈年大張鐙火淒然有感

聞說淮陰市，春鐙鏡裏懸。魚膏煎社火，羊骨卜豐年。臏有銅駝淚，空傳白馬篇。甲申前此夕，冠佩正朝天。

草堂

言將適寥闊，雷雨北溟游。汲綆慚深井，抱關歸故丘。世多逢螾蝂，我亦類瘻瘤。芳草〔二五〕天涯裏，春風吹不休。

聞道

聞道徐轅犢，移邊平頂臺。與豐爲主客，去沛尚徘徊。日旅迎筐篚，雷聲動草萊。莫教同五校，面水已西來。

庚寅二月二十日冒雨同何一道明定巖徐大栱青山谿普賢社入西寺寺中男女春賽買螺螄放訖徐大先歸

言從普賢社，閒道向西灣。夜雨皆珠玉，春風有佩環〔二六〕。螺螄登遠市，鳩婦咽前山。遥憶草堂上，歸歟聞采蘭。

草堂

賢士蘆中去，人間未易居。衣冠皆相鬣[二七]，烹溉豈無魚。永日草堂静，停雲竹院虚。秋來湖水闊，渺渺獨愁予。

八月十五夜

四望群煙息，天空玉鏡流。光從今夜滿，酒對故人浮。簾捲階生影，風過樹欲秋。坐深清露滴，能得幾當頭。

東梁夜月

散步乘虹起，清光迥異看。緑摇千樹吼，白浸萬家寒。漏寂餘燐火，人歸冷釣竿。登臨無限意，不問夜將闌。

友人秋來善病約中秋入城不果問之

埭谿三十里，乍別又相思。近日能無病，中秋曾有詩。晨風江上信，夜雨夢來時。罷櫂歸何晚，毋虚明月巵。

舟行

平江春水闊，渡口小橋通。一葉浮何託，孤懷竟莫從。避人虚眼白，憑酒借顔紅。共喜春光好，桑麻處處同

甓社湖曉發

月落湖光滿，乘流泛小舲。枕高新漲雨，灘動欲殘星。櫂逐鵶聲亂，魚翻水氣腥。片帆無恙去，瞬息過前汀。

夜櫂

一櫂歸何晚，前邨暮靄平。疏鐙傳遠樹，寒柝出孤城。宿鳥棲還語，幽香靜更清。蒼茫煙水外，涼月送人行。

予思

憶君蕭寺寂，泝遠動予思。日落蟬吟靜，天高雁度遲。青谿秋隔雨，黄葉夢題詩。爲語窗前草，曾容客問奇。

校勘記

〔一〕「東風日夜呼」，《遺民詩》作「東風吹甓湖」。

〔二〕「細寸連花節，輕寒弄柳趺」，《遺民詩》作「細雨連春草，輕寒度白榆」。

〔三〕「江」，《遺民詩》作「蕪」。

〔四〕「鄉」原作「句」，據正誼草堂本、二遺民集本及董氏校輯本改。

〔五〕《天啓崇禎兩朝遺詩》《遺民詩》題作「過京口鄔大繼思」。

〔六〕「吹」，《天啓崇禎兩朝遺詩》《遺民詩》作「驅」。

〔七〕「平生」，二遺民集本作「生平」。

〔八〕《萬年少遺詩》題作「歸人」。

〔九〕「河」，《遺民詩》作「沙」。

〔一〇〕「六」，《遺民詩》作「五」。

〔一一〕「道」，《萬年少遺詩》作「路」。

〔一二〕「相求」，《萬年少遺詩》作「求□」。

〔一三〕「閉」，《天啓崇禎兩朝遺詩》作「開」。

〔一四〕「佩」，《天啓崇禎兩朝遺詩》《萬年少遺詩》作「蒯」。

〔一五〕「意」，《天啓崇禎兩朝遺詩》《萬年少遺詩》作「計」。

〔一六〕「客」，《天啓崇禎兩朝遺詩》、正誼草堂本及董氏校輯本俱作「珮」。

〔一七〕「雁」，《天啓崇禎兩朝遺詩》《萬年少遺詩》作「鴻」。

〔一八〕「逸」，《天啓崇禎兩朝遺詩》《遺民詩》作「道」。

〔一九〕「洪」，《萬年少遺詩》作「蒪」。

〔二〇〕「後後」，董氏校輯本作「後□」，是。

〔二一〕「園」，二遺民集本作「玄」。

〔二二〕「婦」，正誼草堂本、二遺民集本及董氏校輯本俱作「歸」。

〔二三〕「焉」原作「爲」，據正誼草堂本、二遺民集本及董氏校輯本改。

〔二四〕《萬年少遺詩》題作「李大向陽樓上」。

〔二五〕「芳草」，《萬年少遺詩》作「古今」。

〔二六〕「環」，《萬年少遺詩》作「鬟」。

〔二七〕「鼠」，二遺民集本、《萬年少遺詩》作「鼠」。

隰西草堂詩集卷三　七律

禁城春日

雙懸日月下神州，接歲風煙未肯休。楊柳夾城春戲馬，芙蓉小殿晚鳴鳩。火明鹵簿傳中使，花滿期門散子侯。自有異香回禁闕，西山翠色上鴟裘。

雨過花明接玉溝，沈沈春色曉光浮。垂楊寶馬驕珠勒，繡草香輪碾碧油。日御平臺求駿骨，月明西苑照龍虬。大家好武新承寵，緑幘青韝引翠緌。

夜泛廣陵兼言所憶

堤腰曲曲櫓聲涼，暗柳荒煙夜未央。自有感懷當境起，不知何處易神傷。美人百里同明月，好夢三分入畫堂。飄泊數宵還舊約，銀鐙寶髻照帷揚。

清江夕望

水到清江江水清，清江一曲抱橋平。人家對岸晚潮急，樯户臨流夕照明。海漲魚龍迷遠市，湖侵鳧雁上鼓城。西風落木芙蓉外，别有連天芳草情。

春興

一日一度坐湖隈，橋門春水對人開。江魚美味衝波出，野鶴風高自海來。北郡鼓鼙連碣石，西山寇盗隱蒿萊。獨慚無事躭花鳥，夜起看星上釣臺。

八月十五夜楚州西湖

桂樹無聲影自行，高秋落木意縱横。樓臺入夜涼先到，簫管當空韻自清。天近碧雲多似水，月來綺户正移甍。迢迢静夕開仙館，緱嶺何人吹玉笙。芳露垂垂碧瓦涼，芙蓉水館罷焚香。琅風千扇吹冰縠，寶月重城懸夜光。當夕蟾蜍來未已，三秋珠蛤飽初僵。更深漏轉無人見，對待明河下繡牀。

蒼雁玄雲入遠天，水侵池館夜生煙。微茫有路橋梁出，清冷不勝枕簟懸。露下朱蘭香未静，風吹碧桐鳴可憐。窗櫺月滿寒蟲動，獨掩秋衾又一年。

寄沈一崑銅

美人遲暮舊相思，廿載論交鬢已絲。閉户著書松自老，耦耕輟歎客何爲。楚遺三户供奔走，魯有諸生望羽儀。珍重山中年尚壯，側身南北一追隨。

南還

秋髮蕭疏世外身，西原古道出風塵。憐予獨作隨陽鳥，謫我從令畏室人。神劍兩丸心内事，龍鬚十丈夢中親。逍遥歸去蓬茅下，日賣詩書自療貧。

夜夢二雀翠羽丹腹雙飛月明中感而賦此既覺紀之

聞道興思瀚海遥，月明雙影見層霄。璚林朝霧迷丹穴，琪樹春晴展翠翹。天路有程雲漫漫，人閒入夢夜迢迢。祇今秦殿高臺上，尚坐神仙吹玉簫。珠箔玲瓏漲麝臍，金鐶曉日隱香閨。雲津合渡牽牛渚，油壁同隨戲馬堤。眼亂看如昏伏翼，頸回嬌殺白蛸蠐。合歡牀畔風流入，不盡人閒事事迷。

買得

買得山田半種桑，今年稗壯與蠶殤。不因世亂思移宅，每念家貧願拜郎。臘裏雷聲憂歲瘠，城中雪片過人長。紛紛行旅隨寒雁，夜半嗷嗷到草堂。

催妝詞

春風不歇草翹翹，水國多才賦楚腰。簾影雙垂居鄭旦，香心小熲夢吴姚。月明低粉交紈扇，雲護高臺吹碧簫。莫道桃花難咫尺，衹今青鳥降層霄。
珠箔玲瓏漲麝臍，金鐶曉日隱香閨。雲津合渡牽牛渚，油壁同隨戲馬堤。眼亂
看如昏伏翼，頸回嬌殺白蝤蠐。合歡牀畔風流入，不盡人閒事事迷。

同程大夜飲西隱

程生夜出步明月，西隱西邊招飲徒。夾路松陰擁豎子，滿身蘭澤挾姬雛。雲來
桂樹看濃澹，歌斷餘音聽有無。如此静游殊不惡，一天風露下蘼蕪。

春初久雪

入春能得幾時晴，日日寒雲帶雪行。江水暗潮人不見，暮山無路樹初平。邨煙
出屋纔三尺，蠟屐封泥印一城。苦憶舊時窗角下，竹旟花瓣壓書桁。
千里元雲垂宇宙，一年臘信到山川。谿邨數點遠無火，江水一痕直接天。短牖
半攲亭浩浩，寒城早閉市田田。不需掃徑堆牆角，幾陣東風吹又旋。

春游

春雲連郭帶疏林，春水平湖過舊潯。芳草日薰千里晝，落花風起一城陰。游蜂無限窺簾角，嬌鳥多言感客心。油壁未還人自遠，暗塵香滿夕陽深。

憶昔有敘

神廟初，四方無事，海内殷富，達京師者道彭城，余兒時猶及見之，迨今三十餘年。軍興以來，人物凋耗，城郭崩毀，今昔之感，爲《憶昔》詩。

憶昔神皇初握衡，玉琴風轉泰階平。尉侯萬里連三輔，圖鑒千秋號百城。海内自藏天子富，人間亦有地仙生。紛紛絡繹舟車客，都向東徐道上行。

二月夭桃三月紅，繡隄香[一]草任西東。垂簾畫閣鳥聲外，隔院游絲花瓣中。曉隊焚香聞伐鼓，春陰試馬競鳴弓。挑鐙三十年前事，細貌輕衫今老翁。

士女晨游不解愁，百年簫鼓自春秋。草荒雨漲胭脂井，花滿春喧燕子樓。星號王良臨太僕，山名樊噲祀留侯。祇今吹笛横疏影，明月依稀似舊游。
河流踉蹌依城下，千里奔檣似奔馬。遠廊帶山西南青，危樓染土東北赭。短籬小菊對客吟，長竿大棗從人打。歲時無事過旗亭，桑柘陰陰開萬野。

留别姜三垓張大澤鄒大典錢大邦芑

八月廿日余東歸，空江秋風水正肥。持螯兩手勸酬急，抱膝一人心事違。西引二楚鼠始碩，北聞三輔雁初飛。吾曹聚散亦有分，僕僕車馬徒誚譏。

有納姬於廣陵者

碧城雲幄夜浮煙，水館芙蓉有並肩。帳底玉鈴皆百子，月中金粟自千年。神人缺雪臨魚海，仙吏丹砂種鶴田。唱罷廣陵塘上曲，十三樓外正春天。

六月初七日大雨

日晴煙柳抱孤邨，駭睹長空萬里奔。雨驟風頭顛檜本，雲沈雷尾撼天根。柴門舊閉留殘照，草閣新穿見漏痕。歎息綢繆無好策，青氈篝火盡黄昏。

懷霅中

芳草無言意自閒，六年人去霅谿灣。悲風不禁金閨路，明月高懸玉女山。越鳥南枝吟自苦，雲龍北極氣將還。冥冥陸海無歸客，多少丘中賦秉蕑。

發彭城循河南下是日豫楚信至〔二〕

路接長堤窈窕横，家家風雨釀清明。望窮芳草行人出，開徧桃花春水生。落日山河臨大澤，極天烽火接高城。中原群盜今方盛，聞道西師已厭兵。

清江浦

千里清淮一綫橫，濁河鼓浪未能平。誅求西北無商賈，轉漕東南困水衡。數遣黃門催白糈，誰從鴻雁問蒼生。往來盡屬悠悠者，牽纜長隄自在行。

病中五日

晝陰不動午光催，畫閣金閨人未回。賈子投詩緣漢渚，馬卿臥病有琴臺。桐花滿院垂丹篆，艾葉當門泛碧罍。記得去年揚子渡，湘簾流水夢中來。

重晤喬一娘感舊〔三〕

隔岸蕭娘興不孤，獨留相識滿江湖。牆東待月人今古，臺上吹簫鳳有無。此日綠楊堪繫馬，前時青粉悵啼烏〔四〕。無端憶得曾梳裏，十五盈盈出畫圖。

茉莉

妖素丸丸花氣齊，小涼風折晚廊西。美人南國簪銀髮，賈客東甌種紫泥。薄暑當星圍竹簟，深更入露引香閨。獨宜給事青衣手，護惜年年過木犀。

七夕月暈

銀漢西流秋氣行，露華積澹月方明。大疑蜃母海初滃，或謂鮫人珠始纓。地氣漸升開五色，天文多瑞下千城。高梧斜倚當窗冷，今夜中閨乞巧生。

立秋後和李大向陽

風雨當門自有秋，豆花蟋蟀各爲謀。落星古道晨驅雁，舉火新畬夜飯牛。不近郭城催就稼，因留山水數登樓。笛聲從此參差甚，容易月明人盡愁。

湖園

碧窗春草繞天涯，近接東鄰第一家。三疊板橋千步竹，數灣流水幾重沙。門臨清曉聞嘶馬，柳受晴風散乳鴉。應有畏寒人未起，殘鐙猶燼夜來花。

夜報

夜報黄河決南岸，歸仁將灌泗州陵。鳳陽直北城初陷，龍背迆西山盡崩。故國不堪災異盛，新謡皆與讖符應。天文歷歷近可畏，太白經天勢漸升。

廣陵花燭詞

年年花鳥易傷神，今日重陪繡閣人。書箆自饒京兆筆，鏡臺新展壽陽顰。移鐙就坐頻斜睨，入掌嬌擎半轉身。此際陶然銷不得，夜深珮帶響麒麟。

二十四橋寶月横，珠輿驕馬照宵征。六幺曲唱人雙坐，九子鈴言漏二更。客裏爲歡多草率，鐙前對面易分明。故園自有深閨婦，獨對銀釭夢未成。

夢中賦婁東

霧偃高城俯戍臺，大荒前去接蓬萊。文章舊擅瑯琊族，冠冕今推京洛才。海日雙懸鯨夜照，天風萬里鶴春來。蠻夷門户東南遠，舟檝浮空去復回。

十月

十月之交蝃蝀明，朔當辛卯眚縱横。敵人射月鳴南鏑，大史占星知外兵。詔發黄門行屬部，符徵白羽籍空名。滔滔天下同群者，衛霍而今孰擅能。漏偃銅龍暵閣涼，紛紛諸將奏明光。高冠歲歲軀危纛，短牘人人擅智囊。或道夷吾在東省，空傳充國定西羌。中宵數起看玄象，連夕旄頭夜正芒。

甲申

甲申三月十九日，地拆天崩日月昏。皇帝大行殉社稷，樞臣從逆啓城門。梓宮夜泣東華省，廟主朝遷西寢園。身是我君雙薦士，北臨躃踴喪精魂。

御極於今十七年，勵精圖治邁前賢。臣工鈎黨争持禄，中外營私競養奸。遂使弄兵皆赤子，幾番舉火達甘泉。長安一夜陰風慘一作「烏頭白」，萬壽臺前血未乾。

初聞

天下何時始上書，中原痛哭竟何如。攀髯冀北黄雲閉，齚指南天白日虛。忠孝文章空爾汝，江湖廊廟此樵漁。祇今四海蒼生望，陵闕風塵一腐儒。

五月

矞雲五色日重光，今上龍飛豐沛鄉。藩將自稱新節度，國書初遣老中郎。侵晨旋馬入高廟，半夜焚香哭上皇。中外擁兵争定策，一時誰是郭汾陽。

曉哭

曉哭吞聲四野哀，寢園何處起塵埃。西風日送群鴻去，北闕天回萬馬來。千里蓴鱸今泛宅，昔時漁獵始登臺。不需惆悵臨岐路，君自投鞭有異才。

登淮陰城樓北望

睢水東行接大河，海門連岱鬱嵯峨。悲風萬里三城閉，凍月千營一雁過。侯騎來時塵影暗，國恩深處夜烽多。淮南草色依然碧，夜半登樓徒嘯歌。

甲申大雪前二夕同汪大嘉光包二輔挑鐙永夜

閉户陰風暮轉廊，藥鑪茶碾倚方牀。一年凍雪雲初合，此夕挑鐙夜未央。雁響自沈江渚遠，馬蹄誰踏野城荒。明朝重放雙眉角，敧帽蹣跚入酒場。

元日雨雪

西北沈雲覆苑城，旌旗百里帶江明。遺蝗十丈春飛雪，燒蠟千門夜祀羹。吴越冠裳中土思，鶯花士女隔年情。垂垂一夕天河水，可向人間洗甲兵。

乙酉二月十有一日夜同鄔大集錢氏兄弟之廬華燭既屬行觴如流樂部不傷起止有序當斯時也羈人懷土唱怨於江東雄戍當關燒烽於泗北故園摇落滄海横流夜宇漸明春風不斷此地遂為樂國矣昔人未遠今古同懷各為七言近體一首

山城春滿草堂静，燒燭當窗照酒卮。江海風來無雁度，屋梁月落有人知。荼蘼夜釀今年夢，楊柳誰攀故國枝。一夕嘯歌銅漏遠，天涯兄弟共相思。

春過京口錢大邦芑

三年不見思徘徊，今日江城共舉杯。客路青氈酒裏盡，君家春草夢中來。無端逐伴尋山去，到處看人放仗回。取次東風好顏色，豁〔五〕山深對華門開。

楊貴陽監軍南徐

瞳瞳曉日肅旌旗，花柳春江駐水師。司馬洛中看出處，夷吾江左恃安危。三山立雪雲中倚，萬里凌風天外思。滄海勝游追不盡，夢中芳草慰調飢。

楊司馬監軍南徐母夫人迎自京國是日七十歲矣衙堂開讌

東海雲霓承幰日，北堂鳩翟拜恩回。令公牙帳軍中宴，天姥霞車帝所來。鶴息三千能羽變，人生七十遇花開。不知世澤深多少，琪樹階前處處栽。

燕子磯

插江千仞勢差池，遠渚荒煙澹所思。荆楚西來多夕照，晋唐南渡有人悲。估船夜泊煙磯下，山市朝喧玉步移。汨汨古今流不去，傷心歲月數殘碑。碧磴重陰長古苔，孤亭日影見層臺。石城對岸千松合，鐵鎖當門一水來。不夜車騶雲外過，臨春香草雨中開。江冥人去蕪城遠，潮打空山歲幾回。

京口社集

東風動地曉霞明，花柳春濃鐵甕城。萬里嶓岷開海道，二潮雷雨向神京。白沙早雁晴還集，青嶼靈鼉夜獨鳴。誰領揚州持使節〔六〕，桓温北府已無兵。沙路逶迆入異鄉，舟車百里發丹陽。盧龍技擊淹三輔，吴楚衣冠動四方。星斗畫圖雲閣冷，神仙敕使露臺荒。不需更問桃源櫂，浪拍漁天一綫長。江上群磯峙二峭，密雲淰淰自西郊。樓船百粤驅蠻象，陛楯千人駕海鮫。暇日新亭多舉爵，連年舊燕竟空巢。夷吾江左名方盛，三脊何時問楚茅。

竹符郡國調紛紜，捧檄傳呼競舞文。山後熊羆方攫食，滇南鵝鸛又移軍。龍沙老將風流盡，虎觀諸生意氣分。江上駐師新報可，荆襄日夕羽書聞。

六代風流歇綺羅，本朝文獻日峨峨。寢園禮樂陪京重，畿輔營屯左掖多。五色雲明疑潁許，少微星象照巖阿。祇今天下猶吾汝，驅馬西城一嘯歌。

三山風雨起神龍，異代威儀動鼓鐘。觴飲西王黃竹晨，玉霾東岱白雲封。帆移碧落通群島，濤過金陵出附庸。當日君臣心計密，西南開道發駹邛。

桐花三月覆吾廬，櫻筍年年短犢車。米氏研山收北固，蕭家賓客起南徐。鳥啼芳樹香輪遠，人散春城碧草舒。隔得揚州煙雨外，畫樓簾影夜何如。

高樓燕客涉春潯，折柳亭西動客心。去國浮雲芳草盡，過江明月杏花深。聞鶯伐鼓開新醑，買犢耕田思故林。不用徘徊悲世事，升沈榮辱有牀琴。

讀程大邃書

與爾千峰共閉門，吴山越水舊西園。秋風瑟瑟津梁遠，天宇冥冥雁羽翻。七尺鬚眉三寸舌，十年哀樂一家言。阮生不耐窮塗哭，風雨攤書懷士元。

秋柳和錢大邦芑鄔大繼思

驚看摇落到於今，疏影條條下夕陰。收拾半年殘照去，飄零千里故園沈。螢飛塘晚西風急，鴉噪城空落葉深。待得關河人去盡，畫橋兩岸最傷心。

石城道中有感

一番風雨過高城，處處年芳花底明。瑶海暮雲吹不散，碧山春草踏還生。烏啼殘照江鄉遠，雁旅窮愁節序更。憶得故園兵甲裏，郭門晝閉斷人行。

舟近張秋遇吴玠生

盡日寒行勞水雲，短篷無侶意紛紛。新從河鼓逢星使，將見櫻桃入晋軍。家本江南知報越，身浮冀北欲空群。同舟相對芙蓉色，兩岸秋容紅不分。

廢祠

落日黄雲岡影長，百蟲嶽嶽動崩牆。牛羊遺火山邨遠，車馬無言白晝荒。鬼吏考工喧夜部，鴟雛晏寢畏朝陽。秋來風雨侵苔路，鄉老巫師罷社場。

丙戌正月一日

四十四年空讀書，先皇曾上兩公車。國仇未雪身仍在，家散無成志有餘。狼彗竟天侵次舍，鶯花振谷怨居諸。春陵公子今安否，願向東風效掃除。

坐對

兵戈十載歸〔七〕淮海，坐對桐花學誦經。白日遲遲薰緑嶼，青春寂寂向滄溟。欃槍幾夜闕宸座，熒惑何年蝕昴星。

唐一步月湖上予不果往

昨夜樓頭清嘯哀，長隄策杖失追陪。遥知對月多歸思，况有愁人共舉杯。幾處蘆笙連夕起，誰家樹影過湖來。滿身風露自回去，坐對淮陰舊釣臺。

贈顧大

新亭殘淚未曾乾，猶見江東顧彦先。襆被自攜彭蠡賦，題詩獨紀義熙年。舊京郎將才方壯，南渡君臣國屢遷。淮海登壇人在否，桑田十畝且高眠。

顧大擁姬於南湖

若有人兮洛浦游，十三瑶瑟唱清秋。客中司馬新消渴，湖上佳人舊莫愁。寶月半規門夜閉，裔雲不動露晨流。獨憐對鏡如曾見〔八〕，多少西陵怨碧油。

程六躬倩六十之年

南澗深堂柳十尋，種瓜人老近東潯。曠觀身世無知己，獨與漁樵共此心。賣藥自慚女子識，烹魚誰嗣美人音。秋風獵獵吹毛髮，天半芙蓉倚碧岑。

淮中九日

何處登高暮雨催，蓼花開後菊花開。人隨漢月投南去，雁帶腥風自北來。戰罷幾家歸井市，酒餘滿目見蒿萊。新亭故壘空回首，孤負韓侯舊釣臺。

九月十三日又雨

重陽閉户聽檐溜，冷雨酸風又十三。滿徑寒花疏洗盞，隔年衰草罷開函。家浮澤國秋如此，夢歇江東人不堪。顛倒衣裳空夜起，天涯涕淚在淮南。

答王大

楚州風雨夜徘徊，千里雙淮極望開。回首漁磯多避世，驚心喬木一登臺。二陵殘黍西風急，十郡寒笳北吹哀。君自冥冥脩雁羽，蒼茫海國獨歸來。

秋夜即席分賦

芙蓉涼月水田肥，一衲天涯人不歸。宿酒未能消夜坐，午齋今欲典秋衣。移家栗里遥懷古，泛宅珠湖自息機。我欲浮雲天外指，不知人世暗塵飛。

贈胡大介〔九〕

河渚經營託隱淪〔一〇〕，乾坤草莽一閒身。南陽高卧真名士，東海〔一一〕餘生舊黨人。十載荃蘅同入夢，三冬冰雪獨傷神。荷鉏歸去田廬閉，莫向人間學問津。

雁背清霜起遠潯，濁河古道忽登臨。周行天下思回首，到處人間見此心。抱膝不言三徑菊，擁書獨坐一牀琴。曲中歎息三年事，今日獨聞梁父吟。

和答胡大介

落木空堂夜獨還，深冬苦月冷娟娟。鹿游荒苑悲芳草，客渡清淮憶去年。三傳未成新國史，雙瞳無限舊山川。高樓百尺天涯近，尚有天涯人未旋。

冬日始還

白草黄雲鴻雁飛，天涯今日又西歸。山川不改真人氣，涕淚重霑逋〔一二〕客衣。古岸傍河留舊咽，寒城隱樹下殘暉。無端一上高原望，更有何人賦采薇。

冬日里中集王二尚質山房遂登東山

兵戈四歲各天涯，故里相逢看鬢華。元亮有莊依柳樹，憶翁無地畫蘭花。人間歌哭悲風起，天外登臨落日斜。慚愧續詩靈隱寺，化城幾處换塵沙。

正月一日登采石翠螺山留别

蛾眉亭子對江潯，客路東風載酒臨。短髮乾坤吹落照，大江日夜走春陰。縱觀天外增回首，虚寫人閒生道心。珍重故山鐘磬在，隔年玄度再相尋。

夕同唐一祖命唐三介瞿登樓時予將别姑湖

江城風雪掩春衣，獨上江樓坐翠微。海内弟兄争下拜，客中薇蕨慰調飢。徘徊燭影慚三尺，鄭重腰支笑十圍。永夕淹留君未老，百年長嘯起漁磯。

小樓百尺倚天長，襆被攤書臥大牀。諸夏經營占昴畢，中宵顛倒問衣裳。龍盤淮甸民猶昔，馬氏荆南君最良。螅磯牛渚尋常醉，明日東歸向帝鄉。

夜同杜一陳大坐杏花下

燕子不來春早晴，數枝花發夜冥冥。誰家懸燭窺疏影，何處吹簫聞歎聲。天上町畦仍自種，日邊雲霧近多情。無端憶得蘇隄外，十里林間盡月明。

留别沂公

鐵甕東風吹古臺，玉山西浦早帆開。予歸抱膝春方去，君坐撚鬚日數回。賣藥市門人不識，讀書谿[一三]館客常來。相看珍重前期在，襆被山中宰相才。

訪韓一聖秋於烏龍潭韓時將遠去

烏龍潭上泛菰蒲，舴艋三舟酒百壺。一息尚存猶道路，千秋所恃在江湖。西京冠劍曾前席，南國鶯花入大都。我始逢君君欲去，柳稊初放聽啼烏。

夜看江梅有作

寒香繞屋暗參差，客路江梅憶故枝。樹影倒階人静後，月光開户夢來時。洞簫多怨風頻落，塘曲無聲影自移。又見一年花下醉，高燒寶蠟夜何其。

春江即事

削木千林平野煙，汀花洲草入新年。遥天自有早帆去，遠縣時聞春騎還。小月於人何浩浩，東風到處又芊芊。櫂歌歸去弄山色，三泖東邊學種田。

遠問顧云美

摇落商秋客雁涼，折荷霜重下深塘。坐從瓠子歌聲上，行到芙蓉湖氣荒。别國人家誰遠近，感時天際識蒼茫。闔閭城内西風滿，柿葉應齊高士牀。

出南徐西門

連山一帶西南起，城闕平臨十萬家。細雨自抽〔一四〕江上草，條風時發院中花〔一五〕。千年依舊濤聲合，百里尋常驛路斜。今日壯游成底事，殘春空負短轅車。

舒憤

讀罷蘭亭首自搔，欲將勝跡問松醪。珊瑚色映王孫玦，涕淚清霑范叔袍。暗谷風回陰雨合，遥天雲斷雁鴻高。吕虔前路無知己，誰向窮塗解佩刀。

感秋詩

結恨花閒齧臂緣，别來長自意淒然。柳殘南浦玉難合，節逐高飈扇不圓。瘦骨支離人比菊，幽懷摇落夜如年。一灣寒月一聲雁，處處秋風倍可憐。寶瑟堂開酒數傾，鍾陵微醉别雲英。淚同殘燭當風落，情比秋蟲向夜鳴。油壁車回憐小小，草橋夢斷恨鶯鶯。臨行細語分明記，何日相尋續舊盟。分手江亭惜去程，含愁含怨喚卿卿。沈郎腰瘦緣情重，西子眉顰恨别輕。半浦落霞添遠色，一簾疏雨長秋聲。不堪病渴支頤坐，是處金壺下五更。依微碧漢照河梁，殘夢關情秋漏長。折盡曲中空有柳，看來陌上已無桑。扇頭還倩描圖貌，詩裏遥憐帶藥方。猶憶盈盈嬌侍夜，流蘇互結合歡牀。

東望

紺霧彤霞爛不收，海門東望浪花浮。超騰渤澥三千界，照燿閻浮四百州。暘谷神龍同變化，高岡鳴鳳自千秋。近來誰有賓王句，試與重登鷲嶺樓。

校勘記

〔一〕「香」，正誼草堂本、二遺民集本及董氏校輯本俱作「芳」。

〔二〕「是日豫楚信至」原闕，據《國朝詩的》補。

〔三〕《萬年少遺詩》題作「與喬翠生感舊」。

〔四〕「前時青粉帳啼烏」，《萬年少遺詩》作「前時粧閣有題烏」。

〔五〕「豁」，正誼草堂本、二遺民集本及董氏校輯本俱作「谿」。

〔六〕「持使節」，《遺民詩》作「持節事」。

〔七〕「歸」原作「歲」，據正誼草堂本、董氏校輯本改。

〔八〕「見」原脱，據正誼草堂本、董氏校輯本補。

〔九〕《遺民詩》題作「贈胡彦遠」。

〔一〇〕「託隱綸」，《遺民詩》作「把釣綸」。

〔一一〕「海」，《遺民詩》作「漢」。

〔一二〕「逋」，《遺民詩》作「過」。

〔一三〕「谿」原作「豁」，據正誼草堂本、二遺民集本及董氏校輯本改。

〔一四〕「抽」，《遺民詩》作「生」。

〔一五〕「條風時發院中花」，《遺民詩》作「東風還發苑中花」。

隰西草堂詩集卷四　七言律

南都雜詠

江東王氣孝陵開，十二層城臨古臺。三月煙波春渡急，雙峰雨色早潮來。青門花鳥芳尊滿，滄海旌旗畫角哀。時向盧龍一回首，暮雲千里正徘徊。

樂案萬雉嵯峨覆石城，東南門户舊周京。列侯第館群山抱，丞相車騶複道迎。看罷龜茲春十部，火燒靺鞨夜千檠。後庭玉樹花開未，結綺年來草不生。

聚寶門前逢早春，長干舊里百花辰。日薰古寺鳴金鐸，草繡長衢迷畫輪。婕好江梅山外市，折殘楊柳渡頭人。羽書西北今年急，絃管高樓已愴神。

清涼高閣倚崔嵬，鳳去臺空夕照來。湖近莫愁千頃合，門臨桃葉一帆開。婕好輦路飛花入，狎客宫詞羯鼓催。誰過院牆需借問，緑槐清蔭有塵埃。

蛟門西望盡川岷，淮海藩籬鎖壽春。草創威儀謀典客，家藏文獻有親臣。蠻夷校尉屯三島，吴楚樓船恃八閩。今日中興看氣象，新亭舉酒屬何人。

長安紛紛落漢月，一夕酸風萬里長。朱雀橋邊花甓積，石牛山外草悲涼。百年陵户松杉老，十代官祠日月荒。聞道金莖初罷酒，西宫夜静水沈香。

冶城楊柳颸晴煙，露榭風亭事可憐。秦代霾金誰鑿地，吴宫種草自連天。空江落月揚州路，遠浦斜陽漢口船。漁唱依稀談往事，金川猶説建文年。

岧嶤宫闕竟蘼蕪，北望山陵淚欲枯。尚有車書通百粤，漸聞戎馬逼三吴。上皇未説愁鸜鵒，壯士偕行怨鷓鴣。屈指江東人物數，伯仁曾不見夷吾。

高皇弓劍倚崆峒，地下群臣圖畫中。紫氣遥臨天仗外，黄金近出粤江東。缺。

由京口旅寓再入南都久之思還

客路江鄉春一城，旅棲又作長安行。小鬟掩淚踉蹌別，大道折腰羞澀生。麋鹿自安平野性，鳳皇空作高岡鳴。擬歸將去叩門户，秉燭夜闌愁不明。

高座寺登眺

鹿車閒却看花天，十里松陰覆鶴田。古寺閉門穿別澗，遠江銜日射歸船。隔年牽蔓緣牆户，永日飛花點几筵。回首暮煙横一路，月城簫鼓正回軿。

錢鄔二子皆予友也在南都時時憶之

鄔家伯仲古之徒，錢氏壎篪世所無。一日遂收三益友，斯文未喪彼丈夫。賦成繡虎皆飛將，笑似蒼蠅有小儒。予美天涯徒軫結，春江落月照南都。

讌集

露華積澹坐秋清，淮海風流相對傾。散盡車騶人外飲，燒殘寶蠟夜來情。平山堂上朝雲色，泗水橋邊暮雨聲。邂逅一時哀樂異，振衣千仞覺身輕。

萬柳池

柳館城陰酒未闌，東風留客駐淮安。飛花〔二〕一院淚初落，芳草百年人再看。接地兵戈空白首，高天杖盋向青巒。茫茫歸去不知路，多少春陰生暮寒。

謝客

家背西城近釣臺，草堂高臥絶塵埃。不能干謁歸田畝，豈有文章動草萊。永日琴尊高士供，兩行班劍令公來。牆頭無數鄰人看，陋巷春陰破緑苔。

何大堅自江南至

又見東風吹早春，布帆曉送江南人。入門自覺淚瑟瑟，握手空對湖粼粼。書史一囊周禮樂，身軀七尺漢君臣。干戈瀚海正未息，何處武陵容隱淪。

偶成

老夫雙鬢何婆娑，坐對落花春漸過。此日口吟淮里曲，去年面縛潯湖渦。半邨半郭閒門閉，斜雨斜風哀嘯多。百丈煙塵天地暝，碧桃空發考槃阿。

與王大

十年冰雪歸田畯，一日風塵起大荒。野草自生揚子宅，天花日滿誌公牀。選詩唐末新收萬，避世牆東舊姓王。連夕挑鐙同細論，西風不盡月蒼蒼。

丙戌重午和吴大用其起句

也將白水泛菖蒲，永日冥冥傾百壺。空與世間澆塊壘，誰能天外見菰蘆。桐花歲月人興廢，芳草東南路有無。憶得隔年傳射柳，中官拜詔覓蟾酥。

將之安宜留别諸子

乘車戴笠盡稱朋，珠水湖邊送老僧。孤嶼數聲起白鳥，回風一院冷蒼蠅。經營空谷君將隱，坐臥閒房我未能。杖盋一肩明日去，甓湖塔上望松陵。

贈閻大爾梅

天下滔滔知者稀，執鞭千里願歸依。穀城父老新黄石，衡嶽山人舊白衣。忠孝百年開纘述，文章八代起衰微。祇今日月光南極，莫老丘樊終采薇。

自下相還

一川煙雨送歸程，草色年年愁裏生。大澤龍蛇空黯澹，長林狐兔且縱横。曉風旅舍花迎路，春水人家柳向城。終日壯游成底事，幾番鐙火夜來情。

五日

五月五日又一年，楚州城西湖可憐。鬭龍蜿蜒仍故事，騎馬蹀躞何偉然。冀北人民多戰栗，江南士女罷采蓮。安能隨俗稱令節，痛哭歸來空暮天。

遣興

難後歸休歸未歸，短笻高屐敗牛衣。七[二]年種豆田猶石，五畝栽桑蠶不肥。乞食向鄰多早醉，讀書騎户每晨飢。生涯落落竟如此，厭見今人自掩扉。

過蘭陵禪寺

秋殿玲瓏秋水明，黄花碧樹寺門平。僧投退院人聲寂，月滿高城仙梵生。鐘磬六時依净土，榛苓三歲怨周京。爲詢溉釜懷歸者，誰向西方最有情。

丁亥中秋自注：是秋積潦，郭外皆漲没。

天涯風雨一潸然，客裏居諸不計年。古道聽蟬衰柳外，西鄰撲棗短籬邊。放開鶴栅青山遠，漲過龍潭白浪懸。是日中秋秋已半，中秋明月幾時圓。

劉三北還

今日何人下釣臺，泗亭秋水没蒿萊。三綱既絶逢萌去，北郡猶存越石回。讀史百年留日月，登車千里擁風雷。知君攬轡中原意，對此茫茫正可哀。

夏〔三〕陽路出請淮道，水驛屯屯向北行。家有敝廬藏舊劍，國當大故識堅城。寒山薇蕨先秋老，小縣衣冠與世平。此日西歸爲溉釜，好音珍重寄周京。

謝人

霜清雁急木聲乾，開徧黄花暮倚闌。海内弟兄誰涕淚，天邊雲雨帶辛酸。寒心知己徘徊顧，冷眼時人仔細看。唱罷陽關前後疊，不勞車馬向長安。

集賦

碧樹商風吹楚州，側身宇内共悠悠。建安詞賦劉公幹，潁許彝倫陳太丘。永日琴尊聊卒歲，故山蘿薜不知秋。搴芳相對湖塘晚，百尺瀰瀰鏡裏游。

别韓二十有七年遇於東淮

溱洧從游相後先，側身懷古共悠然。一時冠冕三千里，幾度春秋十六年。馬上白衣空想像，人間繡黼亦因緣。無端涕淚天涯滿，落木蕭蕭淮水邊。

孟春一日

日月湖西正杳冥，桃花廬舍過旗亭。春風依舊吹芳草，寒火荒涼照遠坰。閉户經營删後史，敧窗堆積讀殘經。幾回指點浮雲外，半夜蒙茸望斗星。

過閻大爾梅〔四〕

側聞抱膝空山裏，梁父高吟興不孤。自采荃蘅淹日〔五〕月，獨留詩句滿江湖。五年悲泣同嫠婦，此日〔六〕憂虞憶僕夫。向〔七〕我天涯問消息，鹿車一乘載妻孥。

登歌風臺

日暮高臺風大呼，沛宫子弟尚存無。莫言猛士今安得，已識真人先有符。楊柳岸高懸野渡，桃花沙暝入平蕪。瀰瀰泗水環〔八〕祠廟，誰見塵埃舊酒徒。百戰功成事已徂，千年劍佩過東都。獨留原廟草初碧，遥對泗亭風正呼。春社插花還俎豆，夕陽流水滿江湖。爲詢海内加威者，猛士於今尚有無。

再入沛宫〔九〕

故宫百里草芊芊，原樹〔一〇〕春雲滿祭田。父老歲時猶設醴，碑亭日月已忘年。

人心思漢皆如此，鹿[一一]走興王豈偶然。却望魚膏然火處，秦皇[一二]空使鑿重泉。

泗亭春晝一作「盡」樹婆娑，漢帝宸游不再過。魂魄有時還至沛，樓臺落日半臨河。風吹大澤龍蛇近，天入平沙雁鶩[一三]多。我亦遠隨黃綺去[一四]，東山重唱采芝歌。

閻大用卿周二黃會吳二興公夜集

銅角荒城入暮哀，白雲蒼雪滿高臺。百年身世挑鐙坐，千里風霾動地來。知己共聞天下事，端居不負掌中杯。茫茫宇宙空懷古，起看長庚夜幾回。

別俞大善長十年亂後重見齋閣

十年風雨舊知音，亂後重游涉夏潯。城郭半非今睥睨，樓臺無恙昔登臨。犢車載酒時相過，虎落藏花不易尋。回首瘡痍今徧野，先生抱膝漫長吟。

刺桐花發亂鶯飛，城闕陰陰晝掩扉。北路塵多山影暗，東軒雨過蕨茅〔一五〕肥。琴牀不改珊瑚色，簾閣長垂玳瑁衣。重上舊臺追往事，百年故國莫相違。

答王五〔一六〕槃玉

夏陽百里聽啼鶯，共詣車門看步兵。俯仰無慚人獨往，時宜不合自生平。惓懷原隰悲岐路，再紀伽藍登故城。莫向世間商去住，獨攜冠劍入蓬瀛〔一七〕。

將去夏陽留别諸公

塵世碌碌何所求，湖東高臺時一游。不需奏免孫長水，更遇鞭撻張徐州。南月娟娟倚峭壁，北風栗栗吹寒丘。出城盜賊滿郡縣，兩耳蹇驢歸去休。

秋後病中夜雨

處處西風冷釣蓑，白蘋香滿晚來多。病中藥裹蕿苓盡，枕上秋聲蟋蟀過。獨夜關河催麗鼓，一天風雨下庭柯。支牀瘦骨愁難穩，又向人閒喚奈何。

偶成

落日城西倚櫂看，幾行征雁北風酸。與君兄弟因緣重，到處關山〔一八〕行路難。

七尺經營仍負汲，一尊酬應累盤餐。獨憐天下同群者，不向人閒問考槃。

庚寅孟春一日

淮陰城外釣臺下，每到東風開畫圖。角隼入雲回北墅，妖魚吹浪起南湖。六年

夢斷人惆悵，萬里春歸信有無。芳草不言天路闊，無邊霜雪滿平蕪。

夜同徐大䌫鼓琴〔一九〕

湖外草堂煙水〔二〇〕空，一聲兩聲轉未窮。心知疇昔自歷歷，客〔二一〕與太古高濛

濛。落月照梁臨大〔二二〕壑，佩蘭何地起秋風。鐙青漏盡〔二三〕無人見，惆悵人間音不同。

贈張大璵若

北風雨雪臥寒氈，註過陰符第幾篇。慚愧稱兄時對揖，扶持拜父每隨肩。衛玆破産賢猶昔，鄧禹笑人今數年。天道未還卿未老，相將射虎北山前。

廣陵讀史

晨昏鐘鼓向西華，複道承恩出內家。大業自燒隋殿瓦，宮人誰葬玉鈎斜。江浮遠樹收殘照，月滿荒城起暮鴉。十二樓頭千載後，至〔二四〕今人面尚桃花。

贈王二猷定

天邊霜雪滿漁蓑，雁影蕭蕭起濁河。人喚奈何惟詠歎，樹猶如此且婆娑。幼安東海今方去，孺子南州時一過。睽別故人能幾祀，不堪紅袖碧騧馱。

有贈

回首蕭條徐泗空，百年多難此從容。雞鳴津吏關仍閉，龍戰鹽官路未通。郡縣索人游徼衆，江湖滿地羽儀同。冥冥避弋將焉往，又向東南涉大瀛。

讀史感懷率爾有作

爭說美人與壯士，美人壯士不勝悲。酒澆匕首登車日，淚落琵琶上馬時。帳下歌哀知氣盡，樓前魂墮見情癡。劍霾香散青山老，寄語人間少女兒。

草堂外舊梅一枝放花〔二五〕

賸得南枝疏影橫，草堂谿〔二六〕館獨淒清。百年冰雪身猶〔二七〕在，十日春風花又〔二八〕生。亂後故人猶見汝，定中居士未忘情。紛紛桃李喧城市，坐對空山共月明。

夢過留都

濤聲千尺石城哀，皇帝西游去不回。玉樹元年初教舞，黿兹十部盡登臺。故宫黯黯人閒歇，落日蒼蒼江上來。獨有孝陵馳道上，野棠風起客徘徊。

唐大允甲過訪草堂

唐生作客庚寅歲，羸馬敝車臨大河。萬里披圖淮北盡，六年溉釜海南多。浮雲天外悲春草，落日山中泣暮娥。慚愧訪予深巷裏，共看劍影夜婆娑。

隰西草堂〔二九〕

淮浦西邊開〔三〇〕草堂，荻柴槿樹列爲牆。意中笠澤千頭橘，夢裏成都八百桑。

唐室京華淹北斗，楚人歌舞思東皇。優游卒歲聊稱隱，處處蒹葭水一方。

何以家爲又葺廬，投鄰乞食且踟躇。安稱吾輩陶元亮，不識人閒華子魚。抱甕自吟東武句，開窗時讀〔三一〕豫州書。榛苓歲歲傷搖落，古道飄風揭大車。

深〔三二〕巷車〔三三〕門無是非，閉關偃息看花飛。升沈日月此茅屋，俯仰乾坤今布衣。回雁浦中雲黯澹，射魚海上〔三四〕雨霏微。著書未了復漁獵，滿地江湖人未歸。

百年喬木幾千章，淮海仍棲舊草堂。手疏〔三五〕自稱前進士，心知不是古遺狂。故山麋鹿歸寒苑，南國麒麟臥北邙。多少月明高燕羽，東風先已上雕梁。

門巷蕭條舊辟疆，先生高臥自羲皇。三冬積雪梅過嶺〔三六〕，十月停雲竹滿塘。寒火隔年留漢臘，東風五日已春王。黃精未發春糧絶，空荷長鑱歸草堂。

縹緲湖西〔三七〕百尺樓，舊時風雨一竿收。奪牛亭上人先去，啼鳥聲中客自愁。湖〔三八〕海未除看意氣，潁川如故謝交游。幾回策杖斜陽外〔三九〕，煙水蒼蒼正暮秋。

陰風吹巷偃斜陽，黃髮蕭蕭臥對牀。出自北門逢雨雪，行看西日下牛羊。蘭蓀香老無人谷，櫻豆花遮避世牆。爲問神農虞夏客，百年江海敝冠裳〔四〇〕。

我生之後逢百憂，倀倀〔四一〕天涯何所求。治圃遠〔四二〕占河絡角，攜家小〔四三〕住市梢頭。妻孥忍餓炊荑稗，里籍多遷忘郡州。架得數椽波上下，江湖萬里一浮鷗〔四四〕。

有贈

漢時京兆獨專城，不復王家畏向兵。幸有乘龍誇玉潤，况聞洗馬獨神清。芙蓉鑾錦棲春雀，芍藥花闌度曉鶯。每向習池終日醉，接䍦倒載大隄行。

孫大想園詩有序

新齋先生既貧且賤，采蘭東皋，稅駕西澨，躬耕自給，田且石矣，何有於園？曰：「吾以想爲之。」夫想則何不可也？大車周道，公子延秋，古之君子，有言之者矣。道人賦詩一首，酒酣起舞而爲之歌。

先生負耒種葭田，歲暮荒湖落照懸。披户無人聊自慰，閉門太古想當然。行求山隰榛苓外，獨展鬚眉日月邊。雨雪北風園未穩，不如抱甕且高眠。

集楊大樹德堂分賦

十年滄〔四五〕海舊知音，時向人閒一退尋。匣有昆吾能切玉，佩多蘭茝重兼金。中原戎馬歸南國，大澤龍蛇起北潯。斜日傷心陵闕暮，不堪潦倒酒重斟。

武進劉大茹征別二十年今日遠過草堂信宿遂別〔四六〕

淮陰別浦草堂邊，西偃斜陽駐客船。乍見忽驚毛髮改〔四七〕，相看獨有雪霜懸。大河風起公無渡，小巷雲深我自眠。慚愧舊時書舍裏，春〔四八〕風廿載閉苔錢。

答人

巷門深閉日初斜，高臥年年看落花。鄉〔四九〕里過從時漉酒，山川黯澹晝飛沙。屠龍有客空遺劍，如狗何人久喪家。莫問頭陀成底事，昔曾黄閣對宣麻。

仲夏送祖命還姑孰〔五〇〕

十年霜雪滿蒿萊〔五一〕，今日臨河浪似雷。獨許管寧能割席，願同杜甫一登臺。梅花五月江城落，瑶草三山海路〔五二〕開。君去〔五三〕自然逢有道，言〔五四〕從東漢黨人來。

張胎簪先生七十歲

先生高臥枕寒流，湖海曾登百尺樓。掃徑無人知仲蔚，報韓有子似留侯。朗吟散步青山暮，獨酌傷心黄菊秋。每到問年多掩淚，白雲碧樹對松楸。

同唐一夜會徐孝若草堂張大伯玉後至

夜闌鳴劍倚崆峒，合讌虚堂燭影紅。唐介直聲推慶曆，徐陵宫體擅江東。長河百里艟艫外，雜佩三年琴瑟中。更有避人張仲蔚，同時舉目送冥鴻。

送蔣一還晉陵

芙蓉花發偃秋陰，千里浮雲駐水潯。鴻雁半江沈北響，鷓鴣中夜起南音。管絃自記開元曲，舟楫誰憐異國心。莫向寒江問消息，由來精舍在山林。

參差水驛雜擔簦，歸路舟車賦采菱。亭上奪牛君自去，秦中逐鹿勢方興。攜家入海歸何晚，著屐登山看幾層。近日道塗多畏禍，逢人莫竟説東陵。

賦得半圃

蕩口西來雲物稠，錫山東去蓼花浮。荷鉏自愛河塘晚，閉户方知水國秋。叢桂臨風人不見，蒹葭裛露客多愁。乾坤如許今餘半，何處逍遥〔五五〕學鳥游。

仲秋送顧大開雍還華亭

槳動河橋折柳枝，丈夫分手不需悲。百年出處身宜審，吾道興衰心自知。海有神仙仍望祭，家餘負郭廢耘耔。佩蘭努力江東去，莫負西窗翦燭時。

寄憶鄔大繼思

甘露寺前湖水多，南徐城外晚來波。無端秋後悲芳草，若有人兮帶女蘿。采藥萬山隨鹿豕，囊書百笈枕巖阿。獨餘寤寐三年思，江上月明聞唱歌。

送葉大還越兼寄胡大介

采蘭千里涉江潯，一束生芻待玉人。乍見已知天下士，論交重憶百年身。陵園禾黍新行國，廬舍桃花舊避秦。寄語古梅堂下客，幾時河渚共傷神。

賦寄胡介時錢三在坐

海上吹簫戴鶡冠，玉人天際不勝寒。浮雲河渚三年思，落日淮陰萬里看。金管無音回黍谷，銅駝滿野咽桑乾。獨餘南去隨陽雁，飛過衡陽第幾盤。

夜渡吕梁將過迪堂呈李大向陽

霜風催雁晚來過，水落蛟門初渡河。獨夜榛苓南國遠，隔年鐘磬故山多。擔簦有客隨蓬虆，披户無人補薜蘿。幾度别君無那老，鬢眉如此奈愁何。

登北固望江水哀時念亂率然有作

日氣奔山射浪腹，垂禪倚杖一登臨。寺橋亂插老蛟睡，巖壁倒生春霆侵。書劍京華淹北騎，鉦笳江漢竟南吟。灘流浩浩自今古，瘞鶴東邊多夕陰。

彭城九日

九月九日菊有年，耆荷女柳平渚田。奔雲上山秋氣急，落日下河風影圓。雁鶩各謀稻粱地，蟹螯竟成時俗天。故鄉意境殊不惡，問汝此夕何高眠。

三月

三月桃花天氣晴，暵風遲日過清明。蕨薇振野傾筐出，鳬雁滿湖春水生。遠岸黄雲迷去騎，誰家緑樹亂啼鶯。莫愁寂寞鮮人事，酒旆花帘徧一城。

雨中同唐一祖命飲酒限韻〔五六〕

斜風細雨掩重關〔五七〕，痛醉深堂夜未還。江上競傳歌萬楚，房中誰復嗣唐山。青城咫尺居人外，白眼從容看世間。蘔澤微聞君不見，朱榕花發浦西灣。

賦寄秣陵友公

鼎湖弓劍舊江潯，獨有山人溉釜鬵。萬里流沙孤雁羽，七年周道大車音。屢聞移宅陶元亮，何處買山支道林。憶得放參殘月下，鐘聲初罷曉煙深。

登雲龍山

獨〔五八〕鶴亭西接大河，積煙蔓草望中過。頻年戰鬭逋逃盡，落日山川涕淚〔五九〕多。北枕荒城仍畜牧，東臨野水見漁蓑。放〔六〇〕聞新決澶〔六一〕淵道，回首風塵起碧波。

催妝詩爲彭舍人

芙蓉鑾錦隱星章，永夜風流縄影長。天子侍書親舉案，蜀妃抱玉不聞香。唾壺承淚皆紅色，列幃寫圖圍繡牀。近日鸞龍皆萬鎰，黃金臺上鑄鴛鴦。西從王母得青童，石葉焚香瑞氣中。冀北胭脂山盡土，周南荇菜水旋宫。屏風清夜琉璃緑，骨節重幃琥珀紅。龍鳳所銜皆百子，燕私祕祝響長櫳。

冬日同王二張一畢四家姪穆兒子睿晚登東山〔六二〕

木落東皋煙樹齊，留侯臺上望蘇隄。十年虎豹〔六三〕人家少，幾處牛羊邨舍低。荒〔六四〕日尚懸寒郭外，群山不動大河西。浮雲直下三千里，南〔六五〕斗平臨在碧雞。

夜久不寐因憶南山中門人李鑑

北斗闌干南斗横，霜天高夜獨凄清。茶炊半壁餘殘火，燭影空堂已二更。攲枕荒城笳轉急，關心芳草夢分明。遥知擁被南山客，猶撥寒灰聽雁聲。

贈唐大宜之

南州耆舊舊因緣，五體歸依二十年。普濟未能聊護法，静觀自笑類枯禪。天心將厭誰彈劍，人世多虞競著鞭。聞説放生猶有社，可憐兵甲滿山川。

重訪凌一天士於天界寺

幾度離憂客路長，相看風雨減春裝。年年周道思公子，處處名山禮法王。亂後妻孥猶對泣，江邊兄弟共凄涼。不堪重過長干里，與子同登望帝鄉。

讀王元倬南陔詩

徵君高臥掩江關，素袷芒鞵自往還。虎落籬遮猶近郭，鹿車人去向名山。周京黯澹風塵裏，天道崎嶇霜雪閒。聽讀南陔詩未罷，白雲紅樹淚潸潸。

重過京口舊邸有懷錢大兼送曾一入關[六六]

江湖[六七]孑孑一閒身，憔悴重過舊卜鄰。同澤故交猶萬里，大隄游女又三春。環江倚檻平臨楚，送客驅車西入秦。幾度相逢無那老，何年芳草見歸人。

登唐追山賦別諸公

城内春山城外舟，羈人莫上最高樓。頻年憔悴誰能壯，幾度登臨此更愁。歸路定隨芳草去，環江空見落花流。斜陽盡處春煙起，陵闕依然對戍樓。

史六

正氣歌收王業空，鐘聲敲斷景陽宮。令公父子分忠孝，故國君臣有始終。五札尚存心血碧，一杯〔六八〕常見手痕紅。蘆中人已吹簫去，江北江南恨未窮。

渡江

千里蕭蕭客路遥，西風曉發渡江舠。遠峰鐘隱聲藏霧，落月帆收槳逐潮。滄海東來誰蹈義，金陵南望欲魂招。鎖沈六代乾坤老，秋冷魚龍歎寂寥。

無題

乾雀聲中楊柳春，畫樓深處見含顰。焚香自愛垂雙袖，對鏡私憐第一人。踏草歲時游北里，窺牆昨夜向東鄰。門前桃李無行路，莫遣使君知姓秦。

懷舊

匡牀偃息草亭陰，舊事低回付碧潯。草繡池塘公子夢，花開春晝美人心。乳鴉風墮梧桐小，粉蝶香霾薜荔深。惆悵衹今滄海上，涓涓清淚泣南金。

有憶

雙蛾新約玉窗晨，鏡繞盤龍翠佩均。露滴回波秋有淚，花生倩影夜無塵。青山楚賦今宵夢，紅樹崔題去歲人。明月高樓香未冷，聞簫何日過東鄰〔六九〕。

無題

澮煙疏雨暮瀟瀟，遥對春林引絳綃。幾路紅鐙扶上馬，一灣碧水坐停橈。獨留短笛邀桓步，錯認前邨有孟橋。莫聽人閒夜來曲，玉鈴九子正無聊。

登采石翠螺山三台閣未至仰臥松下

仰息松根石上眠，側臨萬頃始茫然。獨餘寒日流雲影，何處松風響澗泉。磴道自盤琳閣外，天門遥接翠螺前。高皇戰伐遺碑在，回首滁和三百年。

登臺城東望

江梅依舊發紅花，碧宇清江滿磧沙。陵户無人朝上食，閣門懸馬夜鳴笳。兩朝禮樂風流盡，六代衣冠落照斜。暇日臺城一回首，淚痕洗面向東華。

留别夏臣

憔悴鄉關守賤貧，乾坤莽莽見斯人。登堂百拜惟予長，同澤三年舊爾鄰。懷節未還悲去國，舞衣雖敝可娱親。河橋臨發春潮滿，處處鶯花倍愴神。

留别子綺

與子同游兼數旬，江門歸去正殘春。隰西負甕田猶确，沙上懸家甑有塵。共以賤貧關大道，不知勞攘屬何人。五陵佳氣歸芳草，前路青青色正新。

夜同唐一坐月平疇時聞鵩鳴暑將闌而秋至矣

鉏蔬未了露霑衣，漉酒平疇夜掩扉。明月南湖人獨照，秋風西浦客將歸。青虬道上思公子，瑶瑟湘中鼓宓妃。近得世間書信否，五陵衣馬失輕肥。

留别武陵諸公

武陵門外緑楊絲，折得河橋第幾枝。宋苑馬嘶人醉後，春江潮滿客歸時。冥冥海國悲鴻雁，寂寂湖山聽子規。珍重東風身健在，月明千里隔年期。

送客

破衲方瓢過嗣宗，西風城闕送吴儂。一尊酒盡舟千里，十月花開霜萬重。蟋蟀堂空聞夜雨〔七〇〕，芙蓉閣閉隱昭〔七一〕容。年來久謝風塵事，又向人間聽晚鐘。

冬日還里省墓

國破歸來家已殘，墓門荆棘夜漫漫。南山無恙身將隱，東海餘生淚未乾。祖父豈知王氏臘，子孫不受北朝官。種瓜莫向青門去，獨抱松楸守歲寒。

偶作

擊劍讀書皆不成，終身碌碌爾何營。去年空隨孫破虜，此日聊爲阮步兵。回首句吴涕淚在，縱觀咸陽塵埃生。婦人醇酒亦有限，放志一時誰最精。

偶書

陋巷先生家屢空，閉門挑菜學傭工。寧教兒子舂糧絶，不與歸人巾幗同。小鬼揶揄多自取，長裾摇曳一何窮。移書近日夷齊輩，莫下西山謁太公。

入岱悵孝乾不得同游

自税籃輿上曉屏，奔峰避客不相停。私余策杖周秦觀，憐爾挑鐙山海經。險韻未安如岱石，奇情無伴况秋冥。天門南去風吹屐，遥入東徐煙正青。

夢哭先慈

慈容杳隔又年殘，旅夢依依淚雨彈。牽袂已無今日綫，檢囊還賸舊時丸。風高鶴化飛誰慰，月冷烏啼濕未乾。游子天涯悲獨語，吴山東望白雲漫。

校勘記

〔一〕「飛花」，《天啓崇禎兩朝遺詩》作「花飛」。

〔二〕「七」，正誼草堂本、二遺民集本及董氏校輯本作「十」。

〔三〕「夏」原作「憂」，據正誼草堂本、二遺民集本及董氏校輯本改。

〔四〕《遺民詩》題作「贈閻古古」。

〔五〕「日」，《遺民詩》作「歲」。

〔六〕「日」，《遺民詩》作「夕」。

〔七〕「向」，《遺民詩》作「憐」。

〔八〕「環」，《遺民詩》作「還」。

〔九〕《天啓崇禎兩朝遺詩》題作「入沛宫」。

〔一〇〕「樹」，《天啓崇禎兩朝遺詩》作「獨」。

〔一一〕「鹿」，《天啓崇禎兩朝遺詩》作「徒」。

〔一二〕「皇」，《天啓崇禎兩朝遺詩》作「王」。

〔一三〕「雁鶩」，《天啓崇禎兩朝遺詩》作「鴻雁」。

〔一四〕「去」原作「出」，據《天啓崇禎兩朝遺詩》及《遺民詩》改。

〔一五〕「茅」，正誼草堂本、二遺民集本作「芽」。

〔一六〕「五」，《萬年少遺詩》作「三」。

〔一七〕「蓬瀛」，《萬年少遺詩》作「芙蓉」。

〔一八〕「關山」，《萬年少遺詩》作「山川」。

〔一九〕《遺民詩》題作「夜同徐大青山鼓琴」。

〔二〇〕「水」，《遺民詩》作「霧」。

〔二一〕「客」，《遺民詩》作「身」。

〔二二〕「大」，《遺民詩》作「夜」。

〔二三〕「盡」，《遺民詩》作「轉」。

〔二四〕「至」，《遺民詩》作「到」。

〔二五〕《遺民詩》題作「草堂前舊梅一枝放花却賦」。

〔二六〕「谿」，《遺民詩》作「舊」。

〔二七〕「猶」，《遺民詩》作「仍」。

〔二八〕「又」，《遺民詩》作「已」。

〔二九〕《遺民詩》題作「隰西草堂雜詩」。

〔三〇〕「開」，《天啓崇禎兩朝遺詩》作「一」。

〔三一〕「時讀」，正誼草堂本作「詩接」，《天啓崇禎兩朝遺詩》作「時接」。

〔三二〕「深」原作「突」，據《天啓崇禎兩朝遺詩》《遺民詩》及二遺民集本改。

〔三三〕「車」，《遺民詩》作「重」，《感舊集》作「柴」。

〔三四〕「海上」，《遺民詩》作「島外」。

〔三五〕「疏」，《天啓崇禎兩朝遺詩》作「板」。

〔三六〕「嶺」，《天啓崇禎兩朝遺詩》作「額」。

〔三七〕「湖西」，《遺民詩》作「淮東」。

〔三八〕「湖」，《天啓崇禎兩朝遺詩》作「淮」。

〔三九〕「外」，《天啓崇禎兩朝遺詩》《遺民詩》作「裏」。

〔四〇〕「百年江海敝冠裳」，《遺民詩》作「百年身世敝衣裳」。

〔四一〕「倀倀」，《天啓崇禎兩朝遺詩》作「悵悵」。

〔四二〕「遠」，《天啓崇禎兩朝遺詩》作「仰」。
〔四三〕「小」，《天啓崇禎兩朝遺詩》作「遠」。
〔四四〕「鷗」，《天啓崇禎兩朝遺詩》作「漚」。
〔四五〕「滄」，正誼草堂本作「淮」。
〔四六〕《遺民詩》題作「毘陵劉大過草堂信宿遂別」。
〔四七〕「改」，《遺民詩》作「老」。
〔四八〕「春」，《遺民詩》作「秋」。
〔四九〕「鄉」，二遺民集本作「鄰」。
〔五〇〕《遺民詩》題作「送唐耕塢還姑孰」，正誼草堂本、二遺民集本題作「仲夏送唐一還姑孰」。
〔五一〕「十年霜雪滿蒿萊」，《遺民詩》作「十年風雨鳳城隈」。
〔五二〕「海路」，《遺民詩》作「碧殿」。
〔五三〕「去」，《遺民詩》作「出」。
〔五四〕「言」，《遺民詩》作「曾」。
〔五五〕「逍遥」原闕，據正誼草堂本、董氏校輯本補。

〔五六〕正誼草堂本、二遺民集本及董氏校輯本題作「雨中同唐一飲酒限韻」。

〔五七〕「關」原作「闕」，據正誼草堂本、二遺民集本及董氏校輯本改。

〔五八〕「獨」，《遺民詩》、正誼草堂本、二遺民集本及董氏校輯本俱作「放」。

〔五九〕「涕淚」，《同治徐州府志》作「痛哭」。

〔六〇〕「放」，正誼草堂本、二遺民集本及董氏校輯本俱作「獨」。

〔六一〕「澶」原脱，據《遺民詩》、正誼草堂本、二遺民集本及董氏校輯本補。

〔六二〕《遺民詩》題作「冬日晚登東山」。

〔六三〕「虎豹」，《遺民詩》作「豺虎」。

〔六四〕「荒」，《遺民詩》作「落」。

〔六五〕「南」，《遺民詩》作「星」。

〔六六〕《遺民詩》題作「過京口賦别曾青藜兼送令兄庭聞入秦」。

〔六七〕「江湖」，《遺民詩》作「菰蘆」。

〔六八〕「杯」，正誼草堂本、二遺民集本及董氏校輯本作「抔」。

〔六九〕「鄰」原脱，據正誼草堂本、二遺民集本及董氏校輯本補。

〔七〇〕「雨」，《遺民詩》作「語」。

〔七一〕「昭」，《遺民詩》作「朝」。

隰西草堂詩集卷五

五言絶句　七言絶句

題畫

落日谿水裏，西風處處灣。無人見秋色，孤負江南山。
去年賃湖屋，今年耕湖田。湖田多楊柳，辛苦春風天。

失題

緑葉迎春緑，寒枝耐歲寒。願持松柏壽，長奉萬年歡。

即事

流水荒江外，青山落照開。白雲無定所，時過大江來。

西峰

西峰上方處，臺殿隱蒙蘢。遠磬秋山裏，清猿古木中。

歸臥

潯陽數畝宅，歸臥掩柴關。谷口何人在，門前秋草閒。

南徐雜感

楊州城陷後，千里燧烽開。夜夜南徐燭，城門照醉回。
金山游冶地，寸寸築邊城。誰知潛渡者，竟向石頭行。
軍中呈法曲，江冷月娟娟。何處安公子，宮聲去不還。

韻步

土垣七尺餘，列韻二萬步。屧響折廊腰，忽於險處住。

絶句

負甕汲寒泉，日暮思君子。夾岸何瀰瀰，芙蓉隔秋水。

春風吹閭井，沽酒莫辭貧。日日兒童拾，杖頭無一文。

梁谿古先生，家住五湖上。學道七十年，積然任天放。

朝望莫釐峰，夕望銷夏灣。湖山七十二，歲歲浸煙鬟。

日月行當中，千年共朝暮。謝言世間人，高吟成獨趣。

犬吠深巷中，偶然值鄰叟。攜手讀素書，傾我牀頭酒。

身本宋遺民，白雲掩几杖。飽食聽松風，偃仰自夷曠。

婚嫁亦已畢，十年懷向平。草鞋結兩耳，五岳昔年情。

父子堅孤節，春風夜飯牛。猶餘青瑣夢，身被白雲留。
漢魏今何世，桃花獨放船。自從天地窄，谿與武陵連。

張九霞園

水城插楊柳，日夕水鳥聲。水鳥千百種，不知何姓名。
橋轉不見人，盡入深篁裏。城中鐘鼓多，不到斜陽止。
明月照流水，夜盛園門開。好風涉蔓草，若問人去來。

薊門曲

漢家軍幕向關開，銀甲凌霜傲敵臺。十二萬人引領望，初從少府輦金來。

春宫曲

寶隄香雨乳花飛，花駐千門日影肥。數隊内家捧輦過，君王新自遠條歸。

秋宫曲

建章碧樹怨清秋，金粟風吹張碧油。十部龜兹都教散，内人繡幕按涼州。

初夏

日規沈閣風滿天，一徑蒼苔入藥田。高屋翠梧森似掌，平池緑芰大於錢。
回廊折路東西出，小閣明窗左右開。每到日斜風雨至，沈沈屋角有輕雷。

有憶

梧桐清露不勝寒，獨夜無人共倚闌。鴻雁一聲天似水，西風兩地月中看。

横塘春會曲

桃花落盡菜花香，士女傾城買野航。都向行春橋上去，一年好事在横塘。

兩行清道競傳呼，百戲前頭開畫圖。會首近年家道盛，黄金新鑄博山鑪。

夢中詩

宵坐高樓天四垂，樹支襞月影棲棲。門前犬吠人歸後，小婦提鐙盡向西。

錫山即事

五更蕩口夢分明，月下亭亭曳水聲。客路露晞人盡起，不知鐘自兩山生。

松本千章倚石根，廢廊妖馬夕陽蹲。蒼茫一徑通人影，北望寒流抱女垣。

大夫鐘鼓兩山齊，高下回廊御小妻。歲月既深孫子散，新題青粉坐黄鸝。

豔曲

銀屏楊柳緣絲風，鎮日垂簾窈窕同。小婦登樓人不見，隔窗射得杜鵑紅。

侍兒新煮義興茶，鸚鵡初調草豆花。院静閉門間日影，一番雨過出青蛙。

辛巳九日平江

吴山頂上望秋空，他席他鄉宴會同。人生有酒不須醉，自有天風吹面紅。

今日菊花黄百丸，石湖平野正秋闌。三江直上皆淮北，繫艇吴山仔細看。

過訪魏媚六不遇

半塘風罥日游絲，白板雙門倚晚曦。獨有小鬟司户事，萍田西畔立多時。

卞瑜芬家

高梧斗室竹牀黄，盡列平闌臨夜光。坐衛夫人草急就，侍兒籠住女燕香。

平垂簾蒜拖深緑，隱見層層意未同。並在碧紗廚下坐，一雙紅玉月明中。

樓軒低展玉繩流，一葉風平合院秋。遥見雙雙避人去，女廊西畔拜牽牛。

西風桂子夜婆娑，天上雙星渡鵲河。月過女牆人盡睡，不知别院夜光多。

敧牆青粉下黄昏，茉莉花開指甲痕。夜夜推窗望明月，月闌低處最銷魂。
十年〔一〕買酒鬱金香，鐙火高樓何處郎〔二〕。秋長河泥桃葉漲〔三〕，使君都是野鴛鴦。
橫拖半臂據方梧，碧鈿金環開畫圖。楊柳門前無繫馬，莫愁盡日學羅敷。
碧玉毿毿楊柳枝，夜添一綫露華滋。家蠶飛去野蠶老，秋近平分知不知。

甲申秋渡清河

歲歲曾經此地過，秋風九月白茅多。依然西北中原路，明月青天夜渡河。

贈隱玉

花迎兩鬢春風合，十里流香雙騎回。京口少年休唱曲，陳家玉樹過江來。

訪龐二不遇

記得年時攜手行，即今人面背春城。星星一樹桃花笑，青粉牆邊小犬鳴。

嚴大培元花燭詞

芙蓉香佩碧雲翹，嫁得仙人王子喬。十二玉欄天外倚，人間何處聽吹簫。
回廊瑟瑟錦幢開，妝束初完取次催。一對紅鐙前導引，官人新著絳紗來。
荷葉荷花一色香，東家蝴蝶西家忙。鴛鴦雙宿前谿裏，瀏鶒鸂鷘莫漫狂。
兒家嬌小自憐惜，今日感君盟白頭。聞道巫山還有夢，何人寄信到蘇州。

長興山中人家

種得東風幾樹茶，先春采過雨前芽。沿谿歸去不知路，山鳥一聲催落花。

過周二園榭

東風到處人家滿，垂柳當門駐筍車。閒院緑苔春不鎖，鹿葱已發去年花。

有感

黄浦磯頭行旅稀，桃花初老蕨芽肥。無端芳草向東去，游子斜陽歸不歸。

入道

學道人閒事已空，山雲海鶴任高風。可憐天地大如許，多少夕陽鐘磬中。

石芝與予同里寫經於普應寺

松花飯罷一鐘鳴，門閉諸天寫梵經。記得依稀來路否，同師洗盋下彭城。

丙戌寒食

士女傾城油壁車，墓田春草夕陽斜。畫橋西畔傷心路，誰向東風折柳花。

得鄭大敷教書

北風吹雪雁南飛，處處天涯人不歸。知是遠來書信好，閉門開篋淚霑衣。

送別

酒盡青山落照催，行人駐馬尚徘徊。勞勞亭上相思路，多少天涯去不回。

同王大夜坐

佛家弟子昔年人，露肘支頤對使君。談到月斜烏散後，可憐都是夢中身。

登安宜西門

雙淮風雨自西來，一望茫茫盡可哀。記得去年曾過此，安宜秋草没㮴鞋。

答梁大似梓

兵甲人間能幾時，燕南粵北不勝悲。故陵落日歸千里，高士秋風寄一枝。

過冰上人退院

退院殘鐘日易斜，維摩飯罷坐鄰家。雙飛蛺蝶過牆去，閒却一園諸葛花。

沈翁

西京遺老漢時人，手種桃花滿四鄰。親見先朝三代事，山川如故又殘春。

贈徐一

年年春色落天涯，芳草江東隔歲華。遥憶侍兒梳洗罷，水晶簾捲看桐花。

絶句

北斗闌干挂郡樓，芙蓉十二玉繩秋。夜深催起聽更鼓，點點人間别院愁。

醉後

短笻高屐與長鐙，細雨斜風秋幾層。學道百年終好飲，藕花釀酒醉蘭陵。

絶句

藥囊詩卷寄人間，占盡人間秋水灣。無數蒹葭浮白露，西風静夜一船還。

和門人何堅程軒上水遣懷

湖心寺牆參差紅，牆外行船何處儂。高浪短篷向西去，斜陽却射南湖中。
上水長年背櫓北，岸高纜短浪花黑。津亭過客暗喚〔四〕人，來往風塵不相識。
淮水千年東北流，釣臺百尺枕寒丘。行人悵悵不知路，南對雙陵是泗州。
黄河北岸塵千尺，多少行人向北歸。惆悵清江舊來路，祇今惟有雁南飛。

寄懷胡介〔五〕

獨上河橋傷客心，梅花荒渚隔年吟。何人歎息揚州路，千里月明歸虎林。
一夕淮天閩雁翔，暗鐙孤館影蒼蒼。無端別夢歸河渚，二十四橋清漏長。

送璵若之杭州〔六〕

河橋相送各霑衣，四海茫茫何處歸。君到虎林須借問，越南南去雁南飛。

水仙花

何處行雲去不還，獨留冰雪向人間。仙人自在瀟湘裏，更有春風吹佩環。

即事

野浦岸頭青草齊，春風一半入湖西。鶯聲啼過前邨去，無數落花紅一谿。

題畫

朱藤花發乳鶯飛，草滿前湖人未歸。莫向浦西西畔立，斷腸春色在斜暉。

清明

日暮湖西楊柳煙，千家野哭向重泉。游人歸去東風起，吹落墓頭黄紙錢。

紙錢上天酒下土，子孫哭罷歸日暮。獨有狐狸冢上來，髑髏拜月學〔七〕人語。

遠游館

野浦荒阡雲物涼，斜陽高館自蒼茫。泝洄不見人問路，多少蒹葭露未央。天外山川湖館青〔八〕，千年日月此中行。遠游人向湖邊去，七十二峰秋水明。

飲兔葵中

落日射牆牆影斜，黄雞白酒留天涯。主人已倦客未醉，相對孤負紅葵花。

孟冬十有七日壽王仲則時在壽禄山李氏

夜看旄頭掩少微，漳河秋草未能歸。側身懷古圯橋上，四十四年仍布衣。

天山曲

木落天山征雁來，北風吹雪磧門開。舊時賓客蕭關外，更上單于百尺臺。

出淮河口

荒荒落日晚煙多，風急寒城有客過。兩岸雁聲齊渡水，白頭浪裏出清河。

夢中作

石壇西畔昔年人，身倚桃花説漢秦。終日閉門調野鶴，滿庭高樹自氤氳。

絶句

銀幢玉節下仙都，方丈樊桐啓畫圖。近得東風消息去，石經新註舊陰符。

過八寶題李氏竹谿

萬箇琅玕挂翠蘿，谿中風雨四時多。安窗更向滄浪外，高臥月明聞櫂歌。

出潤州東門登京〔九〕峴

京峴東谿接郡城，賽神都向上方行。繁英滿眼游人倦，聽到軥輈第四聲。
江城東去櫻桃發，近郭郵家春事微。記得昔年曾過此，美人芳草一行歸。

送素臣

五月輕橈張碧油，淮西西去近齊州。若逢濟瀆煩相訊，今日黄河向北流。

送長益

淮西渡口多芳草，路斷人間今幾年。珍重古人前路去，雙瞳無限舊山川。

懷逝詩有敘

僕聞摇落之感，不重凛秋，蕭瑟之詞，當乎深念，豈存没之趣衰，亦懷生之塗異也。夫春華秋草，指歲未休，而朝露夜風，當時銷歇。何靚生之不辰，履中道而獨處。若彼漢宫覆面，有竈祀之；唐室盟星，小環仙去。方痛絶乎短修，豈私情之長割。僕也歲華淹茂，近乎立身。幃幙卷舒，未聞滯髩。迺才不達於前服，佩不列於後宫。中宵獨卷，歎彼勞人。穉齒長號，行索先氏。一歲之中，喪凡再告。一時之序，要爲畏塗。念降命之惟凶，懷人事而永歎。嗚呼，託志秋日，雙首數期；際時夏雲，一音長絶。抑人生之沈鬱，而履世之最傷者矣。爲懷逝詩七首。

夜合花收夜魄黄，夜臺風起不聞香。莫言長夏無秋草，風雨而今葬夕陽。

幽院遥當净緑飛，日斜院閉見魂歸。層層氣息沖門出，不是生人盡掩扉。

經年掩泣小窗中，獨夜無人私語同。多是好音春易去，傷時午院各西東。

生死前頭花滿臺，哺兒停手怨千回。不知誰遣陽神動，一夜芙蓉化作灰。

研田繡案各依然，蛛網蟲罝竟蔽天。拾得墮簪花架裏，前時戲打又經年。
一夜風吹紙簹長，破簾塵重不悠揚。而今每到風聲後，月午時明燐火光。
蒲團貼地近生灰，佛座高懸燕羽堆。百八混軍今在手，夜臺何處見如來。

下相遇天台沙門澄瀚

東江西粵舊逋臣，暮鼓晨鐘學隱淪。四目相看雙下淚，相逢都是過來人。

游仙詩

束腰寶玦碧珊瑚，金節銀幢下絳都。鳥爪衹今東向指，蓬萊淺似舊時無。
芙蓉十二踏青霞，記得層城阿母家。自有雙鸞天外去，罡風吹起玉塵沙。

趙書屋

挑鐙静夜倚琴牀，讀罷離騷酒數行。起向梅花窗外看，過窗明月半昏黄。

木香

豔雪香趺擁碧蕾，春陰小苑架蒼苔。垂垂一樹花如笑，報有成都幺鳳來。

元宵

元宵三五競芳年，十二都門沸管絃。鼇負繒山暉絳閣，龍銜寶炬撤金蓮。
拂隄緑柳弄春柔，盈沼沆波瑩鴨頭。錦繡成叢飛畫檝，輕舠兩兩翼龍舟。

夜雨

蕭蕭清滴下疏桐，秋冷簾階泣暮蛩。羈旅有人愁不寐，枕邊敲出五更鐘。

病起

伏枕空齋晝掩關，因從病裏得身閒。此身已逐浮雲去，何必相攜更入山。

閉户蕭然日似年，晚風吹醒北窗眠。病中偏得茶鐺趣，手摘松枝獨自煎。
晚來雨過濕蒼苔，一徑幽花帶露開。病裏相看倍惆悵，臨風莫惜兩三桮。

别後

旅雁聲寒衰草黄，斜陽駐馬大河旁。欲知别後思多少，此日先添一綫長。

清夜聞簫

誰家吹出斷腸詞，不是楊枝是柳枝。起向蒼苔空悵望，月明正在二更時。

春夕

豆花開後到荼蘼，杜宇聲殘尚未歸。明月一庭天似水，春風兩地掩荆扉。

校勘記

〔一〕「年」，《本事詩》作「千」。

〔二〕「鐙火高樓何處郎」，《本事詩》作「燈火熒熒照曲廊」。

〔三〕「秋長河泥桃葉漲」，《本事詩》作「秋老河泥桃葉渡」。

〔四〕「喚」原作「換」，據《萬年少遺詩》改。

〔五〕《萬年少遺詩》題作「寄懷胡一介」。

〔六〕《萬年少遺詩》作「送張一璵若之杭州」。

〔七〕「學」，《萬年少遺詩》作「聞」。

〔八〕「青」，《天啓崇禎兩朝遺詩》作「清」。

〔九〕「京」原脱，據正誼草堂本、董氏校輯本補。

隰西草堂文集

隰西草堂文集卷一　賦　序　記　書

罌粟花賦并序

僕聞分榮之枝，當春不孿；搖情之狀，中人而憬。發舒清燕之會，徘徊豐妍之圖。雖物産萬方，而天命不苟。豈曰小卉，或歇繁工。苟寫影於竹青，皆呈素於采色。家就東築，爰砌龜文。草有南威，實維罌粟。分條張麗，迎時變姿。感物道而吐詞，抱豔思而委戲。迺賦其理，以明厥情。

啓文綺之委溝，當衆春而事治。紛石理以青塗，斂土姿其紅膩。風條氄而股馳，霞翅蘊而脈緻。迎星姊於曉簾，表日文於午幟。納香信於絳珠，搖玖綃於紺帔。分百蠙以異駢，聚群鮫而同織。薦蝶衣其若擎，儷香粉其如鬖。理雜祖之卷卷，仰四禕之髴髴。浴薇波以蔓薦，引楊颸而晴緯。合田田以正歡，發鱗鱗以平舉。表燕寢於中宫，狎歡心於千炬。御夜來之唾壺，按河鼓之星氣。别名族以嬌池，託美人而舞地。號黄鳥而無聲，隱白梗而廢穗。哀雨漲其股靡，承月爛其影跸。儼荷蓋之在天，擘芝螺以爲尉。若乃變靨凝靄，改妝學月。異種分田，殊姿同窟。飛燕主倡，玉環貴妾。深淺自爲，濃澹相絶。此則託形土材，見姿地絡，貯華膏滋，潏其露茁者也。當夫琲吧春虚，瑶沙風薦。小暖蒸心，微温委眩。傍砌流光，侵疇舒瓣。窺哀鳥其不禁，游髯蜂其無算。蟣簾鼉啓，瓊茵午泛。則有夭妃扇喜，文娃通粲。印甲痕而亂行，折額紋而妒鈿。燦龍鱗以開掌，坐娥眉而避面。代芍藥兮紛紛，架木蘭兮串串。必有嬌慧陳詞，懷愁寫痯〔一〕。傷明麗之及時，危朝華之易倦。至於星官曳章，山眉列品。斜拂羊車，正擎鳳軫。淫鏡屏而魂摇，迷錦禕而媚寢。點蟾姿以瑩脂，挑狌塗其修牝。朝天之拜至尊，摇日之枝小哂。合殿鬭芳，傾宫獻吞。或在窮谷，蕙族並莽。散於江渚，蘺臭同壤。輕綃襞其水妃，明綺蔚其仙黨。亂幽徒之慧心，折野婦之柔掌。映火鳳其匀朱，罷赤龍兮散魍。羌茵媚兮日側，斜蜉羽兮暮往。陳六朝兮廢思，歇西園兮安仰。春怦怦兮瞿谷哀，張盛貌兮列高臺，渥丹丸兮揚華緖，錦轂重兮天衣臚，紛横陳兮王孫來。

建業聯句詩序

皇帝十有二年秋八月九日，建業之土始禀節序。城東南隅，林木沸鬱。館舍相屬，達於司樂之廬。涼風始翔，人異哀樂。是月也，四方之良，皆來會於京師，東海姜垓、潤州錢邦芑、新安程邃、彭城萬壽祺，各以事至。良夜高集，望舒南流。舉觴賦詩，懷抱轉側。撫情至之一割，憫良辰之方樊。嗚呼，三代以來，及於今日，所謂古之君子衆矣。登高臨深，憂歡變勢，躡遥青而忡心，弄嘉翰以序墨。若斯之徒，遂闞今昔，慷慨所繫，風義乃繁。夫引爵分部，蔚矣會稽；屬草同曹，恭聞汲郡。豈蟲塗卉削，不聞金銅之音；抑藥館桂宫，共挾香澤之勢。當兹澄影，流心在天。彙厥名賢，聚星如日。伐玄蟬而翳露陰，度素鴻而展飆陸。於是刻蠟燒鬢，縛屐斬齒。垂檻文以敘職，掩幃綃而選姬。抗子桓南皮之樂，十載不忘。感供奉北郭之横，四方有脊。方步鶩雉之雲，得攬芷蘺之澤。用繩石鼎，爰敷羅紋。次弟之章有程，韻律之規維百。陳詩如左。

己丑詩序

己丑孟春一日，或曰庚申，山中無曆，以辛酉紀，從本朔也。二十有七日丁亥，由隰西北行。二十有九日己丑，拜明義士王贊明墓於下邳之相山。仲春十有二日辛丑，至小沛，主於劉下邳之家。入沛宮，登歌風臺，泡水出焉，東流入於濟，臨觀胡陵。孟夏五日甲午，渡紅溝，至夏鎮，運河出於其東。二十有六日乙卯，涉運河，循河北行八十里，至滕之西鄉，曰皦溝泉，泉之上故淮撫黃撫軍家在焉。黃殉國難，卒於泖湖，往恤其孤。仲夏二十有三日辛巳，南還彭城。季夏十日戊戌，西行蕭縣西鄉。十有一日己亥，抵碭縣賣田。二十有四日壬子，發病。孟秋三日庚申，東還彭城，病不能興。仲秋二日己丑，扶杖而起，腰骨折，不復屈伸。八日乙未，舟東下，夜泊呂梁。十日丁酉，入隰西草堂。季秋十有八日甲戌，劉下邳遇害，爲詩哀之。三冬，居草堂中。於沛見者下邳古古、興公、質含、虛白、玉章，於夏鎮見者善長，於滕見者文一、晼九，於彭城見者孝乾、先仲、一士、奕修、青履、洞虛、空同，於碭見者缺缺。一歲之内，行者、居者、病者異其地，怒者、憫者、慷慨而哀吟者異其趣，凡得詩五十有九首。

内景堂詩序

萬壽祺曰：余髮燥時時爲詩，既壯，詩日益衆，無刻本。癸酉一刻於京師。庚辛以來，避亂走四方，四方君子唱和間作，哀時念亂，則唱歎生焉。壬午冬，歸彭城，書籍散佚，新舊本皆亡失。其明年，居京口，偃仰一室中，憶向所作者，始就工氏刻之。嗚呼，詩以道性情，心之所會，欣然而起，進退音聲，以放寫哀樂，明日追而求之不可得也。數年之間，心與境之云遠，而欲以口所記憶，盡其素脩乎？然泛宅江淮，時方多故，他日之書籍未可知也。心之精神有限，復安能如今日之記憶耶？刻樂府、五七言古詩、五七言律詩、七言絶句，六十九首。

隰西禁方自序

道人既好方藥，四方賢士多以禁方來告者，輒書之。朝昏躔度、明曆授時以及飲饌服食、針炙導引，皆雜列於內，凡所以養生也。今有人呻吟於左，委頓嘔澼，無損於我也，而我爲之悲歎。一旦伸經引脈，霍然而起，無益於我也，而我爲之體輕。何必其自養而後謂之養生哉？思過半矣。

二雨齋文選鈔序

乙亥家居，集十年次弟所積之文選之，去其蕪穢，凡合於經傳，不合於經傳、意義可見及俶儻籌策者，皆存之。今天下好尚不一，人無定見，勢激所歸，則群共赴蹈。自六經子史老墨稗官雜劇之流，無不擬議相尚。既久，群厭去之，則別更一方。然始終循環，不外此數者。嗚呼，自古以來，既有此數者矣，而明興以來，三百餘年之間，薄海内外才智之士，皆策心束力，就於一塗，歷年既久，揣摩亦變。缺

鄭仙弢試義序

今皇帝十年一之日，予至吴，會仙弢以解試冠諸博士弟子。仙弢之試義既出，序仙弢者各有正論，予乃爲言其立身與其立言。夫閎博衍肆，體則瑰奇，高峨有瞻，行多異表。子觀古人，擅家庭之雍穆，操爾雅之善姿，能有此等，亦不數見也。至於內修禮隅，則涉擇步棘栗之刺；外觀繁法，或蒙正冠忠厚之文。欲其引義宏遠，割采殷遥，胡可得耶？然而引經爲衛，執一固譏；冒古自雄，積放亦病。合之大方，均爲偏側，烏能振藻風雅之前，表幹人倫之正乎？仙弢之爲文詞，屬指瓌瑋，風義宏遠，得其大端，引之靡竟，抗論古昔，陳十人於前，各引所説，莫不滿指而温温服義，深穆有度。觀其爲人，類有道者。此豈非通方之學，內修之彦乎？今仙弢既年少博物，修其孝弟之行，於家閉户讀書，而四方之號稱通儒者，莫不知其名字，或繇其立身，或繇其立言，以是知君子之學，靡弗有者，不徒蒙虎豹之飾，趨觀場之勇而已。自予與其尊人士敬有庚午之籍，志有同求，義有同諫，繇其家刑考其世業，曷可疑乎，曷可疑乎？初，仙弢每試必蹶，既冠博士弟子，人或推其論義以爲張美，而不知服行修詞、家庭俯仰之閒久矣，宏遠矣。天下稍稍有事，正君子之義，赴國家之急，行將奮其内學，立身立言繇兹事始，寧惟一試之篇章其淵博與？

易山序

孟宏淹茂温則，博雅爲大；士敬端亮坦通，綜論爲長，皆好説古義，不求人知，閉户著書，以修先王之道者也。於《周易》爲專家之學，既已章天地之本，發陰陽之符，於是收丙子、丁丑易牘而論之，以爲此天子所取士。其文具在國家收人才之用，明專經之旨。其意欲天下之士究極天人，以有益於當世。六經雖並重哉，而《易》爲深遠矣。使天下之士誠能論説常變，究其理數，今四方多事，天子拊髀，一旦收其文章以施所用，天地陰陽之祕，莫不燦然於掌。即越度常格，吾以爲緩急有益，必在此不在彼也。今易牘已次序刻之，加以論斷成書矣。嗚呼，當國家全盛之日，人才大出之時，驅海内之士，使之明君臣、父子、夫婦、兄弟、朋友之道，彝倫攸敘，文章用興，豈不甚茂然？高者不過演傳註之指〔二〕，下者敷衍故詞，以爲本朝取士大意在能言聖賢之言耳，聽之甚美而無所發明。他經或可論其統詞，實以浮理，若夫《易》以道陰陽，上自天子、公卿、大夫，以及士庶人，動静休咎，莫不在焉，而星物山川之變，國家盛衰之原，治亂隱顯之兆，初學者可以得其意，而進修者不能窮其詞，此豈統詞浮理之所能竟乎！明興以來二百餘年之間，以《易》學起家有名當世者甚衆，然觀其闈中之牘，大半統詞浮理，甚者或不能明傳註，而卒以此顯，豈國家受專經之益者不在此與？以予所觀，山林之秀，遺逸之老，名卒湮没不見於世，而《周易》之學與古人比，上下千餘年，星物山川之變，國家盛衰之原，治亂隱顯之兆，若合符契。或身不入棘門，口不能文章，國家既不得而用之，而求才者亦不以此爲輕重，則何説耶？豈取士大道不過能言聖賢之言，使之明君臣、父子、夫婦、兄弟、朋友之道而已，若理與數，術者守之，非所以風示海内哉？今四方多事，求才愈急，若果能舉天地陰陽之祕，燦然若指掌，則又何必鄙之爲術者之流，而徒好兹紛紛也？觀二子之選牘，則可以知其用意之在此不在彼矣。

黄禎卿文稿序

甲戌春，黄子射策稱上旨，使以進士就官縣令。當是時，天下事方起，太尉策楚蜀盜賊，治粟急財賦，將作營治諸陵，持禄沿歲，張舌議論，事增多而功不成。嗚呼，此非今日之故也！今國家所急者，才非其才而人非其人。挾持文字以爲仕媒，私門獻遺不擇賢愚，庶幾得當卿士耳。於是富賈論金錢，貧窶習傴僂，美冠服，持刺伏謁，卑者驕親戚，尊者高坐自如，躍馬長安中，如是而已。烏得所謂賢智之士，沈幾深謀遠念國本者乎？所謂賢知之士，方窮居時，誦讀閒暇，揣摩當世之務，知所緩急矣。一旦服官，有民社之寄，好爲持正，赴急國家，是以出有可稱，政多令名。抑或生當窮愁，居非平陸，内鮮室家之愛戀，外丁干戈之因循，身在患難，達於通俗，頑類竊發，增年累歲。方此之時，左右爲棘，履危蹈驚，達夫以才免，而貞人反躬。予觀古之君子，蓋嘗有之矣。他日臨政治民，放寫己之所遇，勤志飭事，底於有績。夫六經本於憂患，而五德並用治術，知〔三〕此者雖曰敏於應物，而文章必深，故曰鍊之宿昔，布之當事，心志冥冥，大業必成，此之謂也。予少時與黄子同舍讀書徐州，久之各散去。癸亥山東盜起，黄子與老母幼弟避難楚州，予亦避難，同舍止宿。盜平，歸故鄉，縣令督諸生城守，身雜矛盾之閒數歲。當是時，黄子少孤弟病且死，廬舍田土疆理大亂，以次清治之。鄉人有壯夫，好爲不善，犯黄子，黄子自如。自盜起以來，至於射策稱旨，凡十有一年，皆膺患難，暇時出所藏書讀之，蓋嘗悲涕流連矣。夫知術之士，好説隱僻，未有當之得度、周旋其内者也。君子觀人國家之際，理有並致，況乎理戎郊而色滿，志念深沈而不足當大事乎？今天下品節才知之賢者以次出，不可多得，然皆少年。如黄子，其一也。國有老成人，民之典刑。乃金錢傴僂交錯以爲功名，將焉用彼？嗟乎，用者人耳，而才不稱焉，猶可言也。人與才多放巖穴，而國家空虚，苟生所以寒心，不在是乎，不在是乎？黄子用而同輩大慶，以爲行道之機兆於此。若夫規摹世本，出入經傳，言爲道儀，志必國論，見者皆知之，雖諸先正，久必稱焉。蓋流涉古今之事〔四〕，沈浮正變之術，縣其一端，不可殫盡，自文義觀之，效可睹矣。

案，《滕縣志》：黄家瑞，字禎卿，號如千。崇禎七年進士，仕至淮揚巡撫。乙酉罷官，與沈猶龍、陳子龍諸人起兵泖湖，兵敗赴水死。

題佚

缺冥，而不言根，其弊也鬼。漢唐以來名文之家，疏事明暢，論有條貫，務明己説，而不安本位，其弊也狂。宋儒之家，稱例連類，附於聖人，比字櫛句，而膚套理義，其弊也尸。於是成功不少，流弊亦衆。有志之士不能裁忍，因勢起救，始負重名，究亦同敗。夫文有法律，時或盛衰，自天啓以迨於今，變者不可勝數，而六家盡之。若夫枯守本土之傳，寫誦蕪穢之句，天姿卑陋，不引四方之説，舉目之閒，所見甚衆，是安足當楮苑之采芳、詞卅之振鬣乎？缺

題佚

四海之内，生才實繁，就其方隅風氣所近，荆揚之人剽急，兖豫之人壅遲，青徐之人塞墳，幽冀之人确悍，梁州之人鄙實。敷其藻采，象其土風，大較然哉。然通邑大都，觀其所聚，大要論之，不謀而合。至於里閭一曲，同社合會，才分天人，學有雅俗，志趣不同，則文貌異實，高下殊視，則理指互擊，一人自專一家，有相去千萬者矣。豈能膠一柱以鼓音，齊萬夫以就律乎？抑曰匠師相材，期於合度，殊域異步，同臻大京而已。制義如此，選亦宜然。今天下選者衆矣，多明公大人。去取之際，移易風氣，丹鉛所加，耳目若叢，斯誠輔教化之不及，收右文之大勢也。然一人之選，多所好，少所惡，甲乙隨意之所近，而矯者或從而非之，務爲正詞，曰：「如是，則吾更行於世有以勝之。」房書雖盛，不能自薦其所惡，登於坊里之門。嗚乎，人各一言，言各一見，美惡雜陳。既登選手，則爲此人之私書。借他人之説，以成一己之言，豈不偏執一塗，未爲通論？今宜合收並取，各鳴其長，使不謬於經言，而有以進於博學宏詞之旨，不亦善乎？故六月自京師歸，攜京邸鈔本房本，收羅半歲，再聚選人成書者，次序觀之，嚴其指趣，芟其蕪穢，雜收群説，不執偏詞。始於七月，成於季冬，成一科之書。在京師時，同約選者吴郡楊維斗廷樞、華亭陳臥子子龍、建業楊龍友文驄。既歸，與選事者同郡李孝乾向陽、王先仲尚文、曹澹如志明、馬空同伯奇、畢一士廷諤，門人王子克允升、畢山令庾、黄子道如春。

青泥院記略

彭城群山帶郭，岡嶺四合，河水出焉。每伏夏溽暑盛雨時，行道路之側，石趾斷跟纍纍，充積高下，其狀不一，自遥望之若放羊豕，至郭門而止。土人不知收取，或爲河流所蝕，崩岸相續没於河中。其在高阜者，又往往運積垣脚，與牛驢糞溲雜處。崇禎七年秋，予既家居，乃始就宅東舊屋稍葺治之，爲室五，驅童僕行山中取力所能勝者，得石三四百枚，移置高下，因地勢爲之，而以青泥補其罅，雜種卉木。當春景明，朱英引秀，時鳥變節；清秋佳月，蟲仰露泫，夜静人起，四侯之中，動静萬狀。當清暇之日，居山川之都，敷座治書，以娱志養息，良可樂也。

南郇記

余移居隰西之明年，始買圃於其陽，雜蒔群藥，築館引畦，以自勤苦。春秋佳日，深巷中輒聞犬鳴，則鄰曲策杖攜酒過飲，飲輒醉也。因憶陶令有云：「昔欲居南郇，非爲卜其宅。聞多素心人，樂與數晨夕。」名其圃曰南郇。郇之中引泉入畦，結籬樹蔬，地坦可鉏，曰平疇。繇疇北折入圃，有廊焉，列韻以步之，曰韻步。翼然〔五〕臨於其上，高舉翔視，若將遠游者，館也，曰遠游。館之側，夕陽多蔭，草木蓊密，有榭焉，曰春陰。南北七武，東西十武，茅茨相望，蔓然蔽虧，周規折矩，若不可已。嗟乎，天下之大，四海之廣，其爲地不知幾萬里也。棄不取，取數武之内，以予一人之身，徘徊其閒，四時無不足，此奚爲者耶？敝廬何必廣？取足蔽牀席。「鄰曲時時來，抗言談在昔」，此亦陶令之言也。今昔之感，寧獨移居而已乎？酒酣乃爲之歌，歌曰：皇天平分此南北兮，余獨凛此中皋。日月淡其泬寥兮，水又重之以寒潦。

豈申申而將旦兮，何衆薆靡散而不可蹈也。往既〔六〕不可見兮，來者趦趄而煩勞也。慘鬱陶而誰語兮，竊將適乎遠郊。聞清塵於柴桑兮，承休風於啜糟。沛乎噫其不能以長醒兮，願輕舉而遐蹈。身洋洋而作客兮，豈天地之不予憚。翔百卉於春陰兮，悲群香之夕晚。晨出行汲甕方滿兮，蘭茝登疇白日遠兮。美人目成體連蜷兮，夷猶憺憺羌不可轉兮。

游顧氏塔影園記

虎丘塔寺西十步，有橋焉，曰望山，射瀆之水出焉，東流入於婁水。橋南二十步，車不方軌，三折而西，有園焉，曰倒影，故上林録事文氏宅。委巷圭門，循廊右轉，一望皆菘疇瓜畽，沼沚委蛇。廊窮得堂，堂臨池，春風澹蕩，秋日澄瀾。倚岸北矚，塔影正垂東北隅，鈴聲上下，若出波際，魚龍紛沓，行喬柯巉石閒，游者解襟嘯詠，終夕忘去。堂之右有齋一楹，曰成野。後有寢，曰松風，烈宗皇帝書。齋南左瞰池，右爲亭，曰照懷。池東接一眉廊，再折爲倚竹山房。臨山房而望之，有岡焉，曰小東。岡之徑臨池可渡者，架石焉，曰鶴梁。縱廣三畝，周規折矩，面與背相望，豁然而開，窈然以合，不可窮際。歲在戊子，太原顧苓攜妻子來居之。南渡乙酉，苓以經明行修貢於朝，未幾海内大亂，苓以文氏甥，尚氣節，不入城市，來隱於此，名曰塔影園。閉户箸書，伏臘輒入松風寢，春秋佳夕策杖登虎阜，望雲氣拜跪以爲常。壬辰春，隰西壽道人至吴郡，聞虎丘有園，問之，則顧氏。顧苓是道人十年前故人，所謂云美者也。嗟乎，自烈宗以至南渡，海内戰争今又數歲矣。故舊凋落，園田易姓，不知其幾何。而此園遂歸顧氏，以比柴桑、栗里，意愴然哀之，因退而書其事於《行脚紀》。

答吕大

足下别閒四年，龍蛇起陸，僕已無復生理，拘縶圜棘，又復苟活，投身沙門，從此高天雲水矣。昨暫回省墓，諸同人皆快晤，獨以不得見足下爲恨。知方鴻飛冥冥，甚爲欣慰也。國初諸高士多不仕，非有遺憾也，肥遯所以養身，去榮所以避禍。今則安可以比國初乎！來教中雲林、子昂之論實獲我心，此書遂可不朽。僕僑居淮水，家業既已蕩盡，八口待食，無以爲業，則賣書畫以療飢，唐伯虎所謂「閒來寫幅丹青賣，不使人間作業錢」，竊仿此義。僕即日南返，不及訪晤，他日斜陽叩門，有一杖鉢老僧至荒邨抄化者，即僕矣。近作一首呈政，來惠概不敢領，敬璧。附侯闔宅近祉。僧壽和南。

與總府書

壽祺頓首。祺荷承教愛，踰於常等。高山景行，時在夢寐。獨以淮徐相距，不得日侍座下，奉承提命，每切耿耿。前車駕臨淮，蒙光賁衡泌，適值祺往東鄉謀食，因循月餘。比歸方知，即趨淮上謁，而執事已先三日發矣。西瞻德星，是用洄泝。祺舊痺時發，近乃增劇，今復爲盜所傷，不得一還里門，上侍談燕。恭惟執事新祉日崇，萬慶駢集，徐方受福，寒門更荷覆幬。仰懸之私，曷其有已。附有啓者，祺自八月領州試文，赴江南布政司。病苦因循，十月之杪始得南發。不意甫發河口，遂爲賊竊，行李文書並皆劫盡，身傷伏病。告府移文。祺病傷困頓，簡點疏虞，以致佘君督責過深。此皆祺不肖，病眩之所致，惶悚待罪數百里之外。病傷之身，不能泥首，而父母之怒，其子弟分也，所不能辭。今已愧悔無地，所望大君子包容，矜其無知，而復不敢自鳴。敬祈執事代爲控陳始終，肉骨銜感，且以没齒矣。特遣猶子穆持牘上懇，可任仰戀。壽祺再頓首。

答門師

謹啓。廣陵拜别之後，日月易邁，倏忽八年。雖未得時候座下，然師門近祉，每得詳聞於北來親友。臨風懷想，夙夜維塵。恭惟我夫子道體隆茂，太和日臻。世兄德業進修，才名丕振。祺雖頑愚，時自勉厲，以報訓方。捧讀賜書，百拜加額。仰知夫子家業艱澀，深爲憂慮。祺自甲、乙兩年移家吴郡，運命不辰，數爲兵寇所掠，數世之蓄，一旦都盡，瀕死者不下十餘次。幸恃鴻庇，得偷殘生，與眷屬伶仃北還，揭借艱難。薄産房舍皆已焚燬，餘者官據爲公廨。田園久荒，稍熟可售者，皆賣以救飢，所存确磽〔七〕，牛力兩窮，水荒交踞，追呼之聲不絶於耳。復加之寇警日聞，不得已，暫寄淮浦，覓食故交，以爲權宜苟且之計。命窮業廢，竟無一善狀可爲夫子道者。去夏重病，風濕成痺，至今手足拘攣，將爲人世棄物。每欲南來，上候萬福，内憂交謫，外憂病軀，展轉圖維，輒復中止。反承垂問，惶悚百端。勉力搜索枯囊，兼之爲貸親友，敬具六金，附使呈上。仰祈鑒愍，不加鄙遺。來諭之數，不能上遵。蓋赤貧之後，不善生殖，舊業全廢，無從點金，冷暵世情，求貸無所，非復向年從容久矣。黄如千病故於雲閒，家口兩被盗劫，貧已刺骨，後人艱窘，僅免流離。李晴老躬耕教子，家居無恙。數年之閒，親友凋零，故鄉荒廢，念之每至淚下。此皆夫子所願聞者，謹以上慰，嗣後再圖。

與友

浪跡天涯，滯錫泗水。原其初旨，將以適國行吟，因而尋師訪道。北方學者，勇猛精進，雖不乏人，而所見不如所聞十每六七。冥濛希日月之光，鯊鱷待風霆之擊。

以辰爲歲，遂踰半期。我思周道，悲慟如何！前者荷授餐於山莊，嗣後共永言於河鎮。留連數夕，提命實深。既不虛下走遠來之意，亦不忘垂手接引之慈。佩帶江蘺，匪伊朝夕。昨復承枉召，共聽黄鸝。偶遇神針，傳以方脈，竊學度世救人，因而淹留大命。恐不及再過鹿門，稽首牀下。願言攜手，秋以爲期。至於四海浮漚，一行持鉢。未種如來生前宿樹之緣，有負陶潛飢來驅我之句。去住無定，瓢衲屢空。山雲卷舒，谿蓮開落。道兄聞之，想當微笑也。

校勘記

〔一〕「痯」原作「瘖」，據正誼草堂本、二遺民集本及董氏校輯本改。

〔二〕「指」，董氏校輯本作「旨」。

〔三〕「知」原作「如」，據正誼草堂本、董氏校輯本改。

〔四〕「古今之事」原作「古之今事」，據正誼草堂本、二遺民集本及董氏校輯本乙。

〔五〕「翼然」，《萬年少遺詩》作「翼翼」。

〔六〕「既」，《萬年少遺詩》作「已」。

〔七〕「确磽」，正誼草堂本、二遺民集本及董氏校輯本俱作「磽确」。

隰西草堂文集卷二 啓 壽文 祭文 頌 贊 銘 跋

請申詳徐公治績啓

爲重地，崇功事。徐州西控汴洛，中原之門户；東引江淮，漕運之咽喉。渡河則直達京師，據城則近窺陵寢。誠並重於鳳泗，實根本乎東南。自本年八月十六日，流賊自宿州一路至徐者，不下十萬。二十六日，自睢靈一路至徐者，又不下十萬。營隊相連，晝夜不絶。而徐以孤城弱卒，空郭無民，進難於邀，退難於守。而徐公獎勵將吏，治兵以嚴，撫慰黎元，臨事以暇，練鄉兵以爲犄角，設伏旅以爲邀師，決石狗諸湖之水以衛城，表雲龍諸山之巔以張幟。授方略於總鎮，以百人而追擒千人。列信地以幕員，守空壁而常如滿壁。前驅互易，兵一出而即獻多俘；先聲立威，賊兩至而不敢入境。民安其居，市不易肆。斬獲皆僞王之屬，已殲厥魁。扼要當南北之衝，太寧我宇。豈非鴻績，有光武功。某等書生，不諳軍政，豈敢以獲保首領，因感攄詞？不揣謂大造國家，可紓宵旰，是用據實呈報，仰祈轉申，不勝待命之至。

壽朱州守文案志，朱名統鍏江西瑞昌王宗室。崇禎十一年任徐州知州。

嘗讀古載籍，至循良傳紀，未嘗不引書而興也，曰有以夫。夫當太平清晏之日，人民和樂，風俗淳美，爲之上者，施愛養之治，行無爲之化，與民休息，以調元氣，豈不甚休。而天下之勢不能常晏，則有事之日多，而無事之日寡矣。於是英好之彦，競鼓紛型，約分之徒，依違敝帚，一則用才如不勝，一則舉國如弗克也，君子於是乎傳循良矣。今觀列史所稱，措郡豐樂因其自然者毋論，若夫世方有事，民鮮安舒，饑饉交臻，軍興方滿，内以和輯人民，外以寧謐疆域，百年無事，萬物以熙，自三代而後，伊可懷哉。故《詩》有公堂上壽之文，紀有千歲御民之説，良有以也。我泰翁朱公，以今年某月始至彭城，臨治兹土。當是時，南有寇諜，北傳敵烽，人民移徙他郡，而儲賦既空，饑饉薦至。伏莽者報纍纍，而二麥之在土者苦於亢魃，郡之元元翹首觀吾君之所爲。不數日而雨，遂爲有春。中原之寇遠遁，而伏莽者皆就法。人民來歸，倉庾漸增。武庫既修，文教亦舉。止五月耳，而可以報政。嗚呼，德之足以感人，才之足以速理，何其茂與！我公方輕裘緩帶，務與下休息，念民之重困，而加以衽席也。繇是觀之三代，而後歷漢唐宋，所謂循良方正者，能盡若是與？是則古之大臣，奈何使居於守牧之位耶？吾聞有唐中興，多賴隴西，厥宋良相，實繇天水，而必先多歷郡國，次其階勳，然後入典中書，依諸日月。今我公以天潢之姿、地靈之傑，維我人民得而仰事，天之所以與彭城者厚矣。進而鼎鉉，豈非指日可待者哉。方公少年，急於家難，千里上書，誠動天子，而族屬之待以舉火者常數十家。閒時以經史教其鄉黨子弟，天下博古好學之士多歸之，則孝弟睦婣，其天性也。而才之絶倫，又爲世所僅有，是以一下車而惠已徧矣。某以通籍之誼，感德獨隆，進加教訓，施以覆翼，莫不優渥。然不敢以私懷妄阿大君子，繇天下同聲之口而稱之，其概如此。彭城自錢氏就封，歷夏商周八百有餘歲。嗣是守兹土者，多有大年。我公之所以壽我人民者，其循良方正，衍於無疆，亦既如此，則所以自豐其蓄者可知矣。《詩》曰「豈弟君子，胡不萬年」，我公之謂與。

公祝朱州守文

君子志在天下，德在古人，生民被其澤，天子倚其功。若此者，代有數人，人有數等，不可齊軌而論，並時而求。其故何也？閒嘗考詩書而得其説矣。夫天下無無事之日，哲人無卷才之時，故其生也有所爲，其見於世也有所垂。而風人懷其意，史士原其繇，吉甫之才而推〔一〕爲岳靈，姬侯之德而願其壽考，屏翰則美其大宗，世求則百其孫子，良以高賢不易出，而有德拔其尤也。今觀古今以來名臣將相，其始莫不握一命之文，正民物之紀，或有專知，或爲兼領，内以興教而齊俗，外以振武而肅奸民，人以熙功，業斯爛然。後入秉鼎鉉，出戢荒戎，天下後世食其福，而史書不絶於今也。自漢以來，迄於唐宋，多有宗藩，專寄心膂，遥領雄郡，則宵旰以紓，近拜樞衡，則伯叔是典，往往勳高望重，歌爲壽朋，亂戢治升，象爲永福。豈非以才德並驅，親賢同懿哉！彭城爲國家東南樞户，道里於是乎均，財賦於是乎輓。頻年以來，盜賊在南，邊烽在北，饑饉不時，民以流徙。軍興既繁於客戎，伏莽又生於地主，交訌之郡，莫此爲艱。而泰翁朱公，以天潢之親、名世之望，儼然而臨治之。拜表之日，色動九重。下車之時，攝乎四國。天方亢虐，雨即隨輸。澤有萑苻，魁即就法。逋逃者歸，散失者聚，百務用興而大端盡舉。於是崇奬文教，進子弟於其庭，載振武功，考軍實於其鄙，賦不加益而用饒，政攬大綱而目舉。古今以來，所謂循良方正、哲后仁人，其所施爲，雖典林充棟，茂績盈緗，無以踰此。而又難其治速化成，德周道洽，有邁前人也。若詩書所稱，推爲嶽靈，願其壽考，不於是乎歸哉，況其當親賢之重名，據倫紀之茂軌乎？初我公以踸踔卓異之姿，布名當世，四方之士歸之矣。而慷慨好施，重古人之節，解紛排難，先天下而憂，何其茂與。至於一行贍族，待以舉火，千里上書，白其家難，則又彝在孝經，典於内則矣。天子知之，是以披董子之幃，上劉生之弟，嘉與彭城，惠慈仁后也。夫入孝出弟者，忠君之樞，修身齊家者，治國之本，而又無疑於教化之速成也哉。彭城仙吏之國，自彭籛以來三千有餘歲矣，臨兹士者往往得上壽焉。我公吐納元氣，引以永年，洋溢頌聲，祝其多壽。《詩》不云乎：「淑人君子，正是國人。正是國人，胡不萬年。」此之謂也。某等居承澤之誼，附通籍之書，懷兹明德，樂其無彊，所當躋稱萬壽之觴，永奉豈弟之化。考諸天人，徵諸政教，何其休哉，何其休哉。崇禎十有一年歲在戊寅，冬十有二月十有二日。

祭雷太翁文代

當國家多事之時，值理學大明之日，今上方崇六經，尊更老，搜山林之逸，騁訪政事於高年，而太翁負重名碩德，養耈鄉邑，宜進餟天子之醬，退居蒲衣之座。而乃奄棄後生，遺教泯滅，嗚呼痛哉。夫不遺一老，哀公之誄詞，重見歲星，漢臣之軼事，此太翁之所以令厥終也。然何以典型髦士，爲規爲繩乎？某等進身最晚，未奉訓詞，哀典器之衰滅，覩享祠而增悲，南伏稽首，不勝懷息。達下情於微芒，通上帝之左右。尚饗。

祭王生克先文

生歿二十五年之中，而子立身盡於此。嗚呼，生若有所爲而無所爲，歿也無所哀而有所哀。予既不盡子之才力於其所生，亦安能盡子之才力於其所死。蓋天生子之故大無謂，而師友所以周旋者，亦盡於此矣。嗚呼哀哉。

祭李一郎文

嗚呼，予生二十有三年而始有女，又四年而始納爾家之聘。予父以不及見孫，扼腕而歿。予母見孫女矣，又見孫壻矣，知爾異才，早知名於時，然時時憂爾太慧，少穉若老成人，以爲天子施與太侈也。凡七年而予母歿，歿二十有一日而爾亦歿。嗚呼，樸人是予父所願見，而不可得。予母長訣之時求一見矣，以病故阻。然卒相隨化去，如其所憂。嗚呼，樸人初間病時，以爲中暑也，久之傳下血，病不過二十日，何一旦奄忽若此。嗚呼，樸人今年十有七歲耳，博學强記，於書無所不窺，綜理道義，修孝弟之行，於家闊視一切，以爲科名可往而得也。今安往哉，今安往哉。今予伏泣苫塊之下，哀毁病苦，不能親臨哭爾，徒以祭享成禮。僕僕傳至，以爲爾聰明神雖去，必將知之地下，必見予父母，予父母亦幸於地下見爾。而予不幸，早喪父，近復喪母，又喪爾也，嗚呼哀哉。

東徐治賊頌並序

十年秋，賊兩至彭城，幕府徐明公邀斬甚衆，獲俘僞王子等，賊繇山外奔西南，不敢入境。郡舉人萬壽祺，躬逢其盛，用是放舊史作頌一篇，懋乃辭，顯德行。頌曰：

今皇帝崇禎之十年，歲在彊梧，次於赤奮。角會南斗，律中夷則。丹烏允羞，黄稼既落。引弓有鳴，流星熊熊。載西載東，沸於玉繩。於時徐公，建牙彭城，發策天市。背黄流而枕南山，感星軫而順商志。鼓治士氣，將吏咸秩。存撫元元，以授茂基。大河南北，罔不肅乂。於是夙興當轅，爰告爰勵。四向而言，曰曩者星沸，遁寅留兇。當殞不殞，奔光孔潰。云象爾占，庚庚兵氣。余始受郵，策於軍門。流醜西奔，北渡淮泗。越日度月，我土用悔。是用大靖我民人，勵爾將士。迺寫圖天奎，勒矢土阜。表幟雲龍，引瀦石狗。火室連櫓，舟城列冑。士帥駢河而犄角，鄉族整師而枝賨。衙兵虓嗥，幕士持算。中騎隼奔，外禦若霰。始有散賊，薄垧優游。倒槊不進，引夕而走。於是徐公，乃命輕騎。追掩決急，過見大隊。隱峪潛壑，匿避蹄旃。觸石形怖，聞角膽饋。當是時也，畏公神明，不敢入境。西指兔園，竟二百里。刀始鳴鞘，馬乃踣屣。血光縱橫，莫不波衍。是爲前軍，久之後旋。東躡靈璧，狂湛睢許。咆哮郯邳，駛毒懸水。鄉導失聞，遂道彭門。然猶止隊息鉦，荒崩散亂。隔山阻水，不敢鳴戰。徐公知之，躬造軍所。乃謂張公、李公、劉公，爾衛彊宇，我旅我戎，咸得厥主。乃謂馬公，爾典兵事。設伏逐勝，密約期志。交門靜安，内士超距。有偵前翔，道繇南來，于三十里。賊方徘徊，公命鑿凶。乃遣馬公，逴莽驤阜，刺蹄蘢嵸。交地乃接，羽兵兩舞。賊不得翔，流赭巖土。投骼紛紜，絡首盈組。僞王僞臣，世子冑人。莫不創嵴，絕脰斷臏。騾羸黑衛，決踶陰濊。刃若決潰，矢若蝟文。

乃繫諸纍，引追崩奔。報俘於公，公方正襟。乃命軍正，奬績顯穀。釋胄頓殳，以循百福。乃撫元元，乃策乃安。埴寢不失，理我彊田。賊趨符離，夙夕不暇。畏公神威，滅跡休駕。南人不復，於今永暇。嗚呼我公，天子是毗。治旅整敏，臨事静夷。卉民百福，永命覃思。曰我東徐，實維碩土。西控梁宋，中原奥府。東引江淮，轉漕萬户。臨河而濟，馳於京師。踞郭南要，陵寢是窺。比重齊轂，帝心攸躋。豈惟攸躋，敦乎四維。我公忠武，我公碩膚。鴻績熊熊，憲於天府。祖宗鑒之，元元轙之。曰惟川岳，厥功誕之。

案，文中張公、李公、劉公、馬公俱未指明何官，考《州志》是年户部分司爲張公湖，四川大邑舉人；李公學夔，江西南昌人；李公聯芳，陝西朝邑人，萬曆丁丑進士；知州劉公中衍，江西金谿舉人；馬公則徐州副總兵馬公爌，陝西靈州人，崇禎七年由千户任。

定巖贊

定巖，吴縣人，姓何氏。少讀書，守大意，善阮，星午月夕，鼓一再行，聽者徘徊不能去。思宗初，北渡黄河，觀齊魯，西涉徐泗，樂其土風，留楚州八年。皇帝乙酉，江南亂，避兵盛澤。當是時，中州人士南渡江，比晉元帝南徐、南兖。聞盛澤有定巖，多從之游。時曠勢换，追論京洛，北向輒泣下。酒酣弄阮，若鐵騎下陂、霜風擊木，慷慨以自悲，悲不可止，以爲常。庚寅，策杖至隰西，則緇衣白氈帽，憩月深息，起止簡寂，對坐竟日無一言，類有道者。謂明志道人曰：「吾家闔閭城外，西南對卑，猶鄧尉諸山下瞰笠澤，雲霞接天，草木萬狀，吾采藥其下三年矣。湖水洶湧，鳥獸鳴嘯，往時慷慨不平意氣，自用一切都盡。今年偶一至人間，城郭人民、衣冠禮樂盡異疇昔。嗟乎，吾老人視息尚存復不去，人壽幾何，何堪此變幻耶！」問昔所弄阮，則已亡去久矣。初字達夫，定巖曰：「吾從兹茹芝十洲，煮石五岳，繇定以至老死，奚達之有？定巖，吾志也。」明志道人感其意而爲之贊，贊曰：從聲聞入者，慧而能流。道在善守，非逐多臭，内定无咎。君豈山中之人也哉，世則以爲不才者之有年壽而已。商山五湖，世固多有。

自贊

壽祺字内景，好讀書，善楷隸。守咫尺之志，不慕榮利。甲申乙酉，天下大亂，避地尋爲兵所掠，不屈，久之還南村。貧甚，負甕自給，操作勤苦，或時爲人傭書，彈琴、賦詩以自娱樂。每念生無益於世，後且與草木同腐朽，將修身却垢，以求出世之道。學於沙門，名曰慧壽，號明志道人。己丑中風痺，此身既廢，因思古人有以惡疾成道者，遂自爲贊。贊曰：既予之以貧，復中之以惡疾，是天之厚施之也。厚施者不能報，則終身隨之，吾其與天游乎。

研銘

以眼用舍，是曰目相。然世之能用目者，猶勝於耳也。目周於身，是未可量。
厥用不匱，厥文可畏。
善善而後不善生。彼以爲毁也，此以爲成。静處則愚，世莫與争。

彼則亡其目，此則虛其腹。內照若谷，保其不足。古之退藏者與。蓋四百年以及於今也，景命有僕。

古之慎言人也。甂之發言，詳吉與否，不如瓶之守口。

萬里千歲，方寸之内。

磬銘

擊磬乎，子爲誰，洞庭木落兮鴻雁歸，風雨蕭蕭兮音何哀。

鏡銘

與其照於人也，毋寧照於己。察察者愚，君子之晦。

方鏡銘

以余坐觀萬物之情，畏彼方剛照無隱形。古人有言，既明且哲，以保其身。厥明不竭。

跋家藏楷法

家貧不能多蓄法書，杖頭挂百錢，走市中，見鬻書者，擇其勒搨完好、不失古人之意，時時收買。殘碑斷楮，日月所積，得若干紙，選其良以甲乙之。退院閒窗，課誦之暇，神理所過，眼若望洋，則欣然命筆。即不能都似，而意致過之，是亦閉户師友也。山僧既謝去人間，静默思道，便當焚筆毁硯，即此帖安所用之？乃積習未斷，又復不割愛，墮嗜好坑塹中，未審何時始能解脱耳。僧壽，丁亥五月二十一日裝。

跋五字損本蘭亭

崇禎甲申，有客自宫藏獲此本，游於廣陵。余行脚至，見之，以五千錢易得。楮紙北墨，神采爛〔二〕然。内五字損，爲唐天后後搨本無疑。蓋天后時，始鏟去五字也。京師破後，宫藏流落不可數計，而此本獨南來，當有鬼神護之。言念缺法物，悲痛繫之矣。

此本裝潢用宋羅紋牋，上與左右闊三寸，下闊二寸，爲内府式。前後護面題跋盡失之，當是内府綾綿，客皆割去以易鏹耳。戊子既得此本，始屬雲閒包生重裝，用原牋裁割其碎爛者，縮爲中本。九月二十有四日，隰西沙門慧壽前彭城萬壽祺跋。

跋潁上蘭亭

潁井中白光起，得銅罍六，石刻一。刻《黄庭經》《蘭亭敘》，運腕秀勁，掉筆即回，當是褚河南臨摹定武〔三〕本，世已無傳者，漢官威儀，應屬此帖也。石刻近爲潁令推墮水中，數十年後見此本者，將比諸定武。後之君子，不徒望洋矣。

跋蔣赤臣米氏蘭亭

米氏《蘭亭》是據舷狡獪所得，不審何年縮爲小本也。南宋廖瑩中輩，遂至嵌爲枕版，神物見辱如此！吾友赤臣得石刻於陽夏井中，石質如新，筆法秀潤，一變肥本習氣，此元章本色也。潁帖之下，此刻當吹篪矣。

跋宋儋帖

《淳化》中次世代，宋公書在右軍前。其用筆古峭，洵居鍾、衛間。惜此乃木搨，未盡清瘦。異日見真本，當爲痞痳閒事。丁亥夏，僧壽書。

跋達摩面壁圖

壬申，余游沙室，懸面壁圖，洞見達摩真相，面如滿月，與世所畫繪不同焉，獨此近之。《金剛經》云：「凡所謂相，皆是虛妄。」真僞亦聽人自取耳。

跋自畫唐君平先生象

辛卯春，前崇禎庚午舉人萬壽祺，今爲僧慧壽，行脚至姑孰，唐子髯孫屬圖其祖君平先生象。再拜稽首，向壽曰：「吾祖立朝有大節，進退不苟，清畏人知。出塞款俺答三娘子，邊鄙以寧，使在今日則汾陽也。吾父守正不阿附，爲馬、阮所陷，罷還里，命念祖棄諸生，耕作南畝，治菽水，以學古之養志者。吾父子皆守吾祖家法，雖勢去時移，貞操愈厲，以庶幾仰承吾祖。」其父祖命與壽言先生生平，淚下交頤，輒失聲久之。自悲曰：「徒思慕無益也，世治則發揚皇路，以顯親揚名；世亂則貧且賤，秉耒賃舂，不遺子孫就郡國試，守先人之清白，以終其身。」壽聞而悲之。孝者，所以事君也。唐氏三世，於兹益信。因爲圖其象而記其言如此。祖命者，先生之子允甲；髯孫者，先生之孫念祖也。《詩》曰「高山仰止，景行行止」，此之謂矣。

跋自畫山水

青松獨閉門，蒼山浄如洗。余自乙酉以後，隱居高蹈，多在湖濱。輒念杜浣花「南望青松架短壑」之句，爲之一往。今日抵里，四山環抱，風雨蔚然，遂深靈運鑿山之志。爲吾遐客畫此，以求諸異日也。案，遐客名穆，先生從子。

晚登古銀山，望金、焦兩峰，如輕鷗浮水上，退而收之尺幅。因思吾輩胸次，原包六合内外，若放開手眼，則十洲三島，皆玩弄腕股閒。倘戀戀牖下，向井甕中作活，吾不爲也。

此淮南一帶長隄也。

校勘記

〔一〕「推」原作「摧」，據正誼草堂本、董氏校輯本改。
〔二〕「爛」原作「煌」，據二遺民集本、董氏校輯本改。
〔三〕「定武」原作「武定」，據正誼草堂本、二遺民集本及董氏校輯本乙。

隰西草堂文集卷三

墓表　碑　雜著

劉氏墓表

此馬孺人劉氏之墓也。孺人年十六，歸馬公如驥。公父曰金，母曰魏氏，弟曰如龍。魏氏早卒，繼母曰周氏，鞠公兄弟。父金卒，兄弟析産，公孺人獨奉周氏。天啓甲子河決城，無以爲家，公憂勞病卒。是年，子伯奇先以文藝補博士弟子員。崇禎乙亥，孫盡忠生。當是時，繼母周氏、孺人劉氏、子伯奇、孫盡忠凡四代。初，公家世貧，慷慨好施與，大困，孺人修職拮据補其缺，以德化族屬，逮於童僕，家四壁立，而怡然自得。周氏老瞽，與同臥起，衣袮飲食，必親嘗，躬自湔滌，操婢妾之事而不使子婦代。子婦上食，不受，以上有姑身不敢當也。伯奇好讀書，交游長者，尚孝弟，有門人，皆自孺人教之。丁丑某月某日，鄰火起，孺人憂周氏不時出户，皇急痰湧起，少時卒。自孺人卒，子婦奉周氏如孺人在日。子伯奇奉孺人柩，以某月某日合葬於金定山之原，彭城萬壽祺表其隧。嗚呼，孺人女子，能以孝化其家，後世子孫必有興者。鄉人以時禁樵采，雖百世可知也。

袁處士墓碑

處士諱存讓，字謙沖，後更名允，豐縣人。會祖諱櫻，業儒，起家爲邑庠生。再傳至臨川公，諱學儒，以碩德舉鄉飲賓，處士其少子也。先是神廟年間，海内平成日久，吏治寬舒，無徭役追呼、兵戎寇盗之警。又豐爲河北沃野，臨川公勤苦稼穡，慎蓄洩，歲入頗饒。處士承藉豐腆，得以恣所交游。方兒時出就外塾，過同學貧乏者，館穀筆楮靡弗周恤，識者已知其令器矣。稍長，益自恢脱，廣施予，朋友婣戚吉凶賓嘉之費，往往賴以成立者，更僕未易數也。昔齊國人，待晏子以舉火，馬文淵散貨殖以贍六親，皆善用其有餘，以推恩於不報。處士能之，誰謂當今之世遂無古人耶！處士有兄三人：伯無子，耽林居，不與人事，處士順適其意，所以事之者甚謹；仲以邑庠援例游南雍，旅食常不足，處士時時助之；叔謁選京師，處士傾囊資給。夫陸機愛弟，韓康育甥，當時以爲懿行，方之處士，彼豈得專美乎？處士生於萬曆某年月日，卒於天啓某年月日，以某年月日葬於城西趙莊之原，壽三十八歲。人疑天之報施善人頗不永〔一〕。然予嘗考袁氏之族，莫盛於東漢，世世三公，爲漢名臣。及原其發祥，則〔二〕邵公理楚獄一事，實陰植之。今處士急病讓夷，無愧家修，天之報施之者，安知非留不盡之福澤〔三〕，徐及〔四〕子孫，與東漢袁氏共其休寵也〔五〕？顧早暮不同耳，難爲計較目前者道也。處士原配高氏，繼娶趙氏，生二子二女。處士既没，氏孀居十六年，延名師訓諸孤，次子本厚補邑庠弟子員，績學勵行，爲時望所歸，氏之力也，然益見處士之刑于矣。氏以萬曆某年月日生，以崇禎某年月日卒，以某年月日二子奉其柩與處士公合葬。本厚念其先處士之賢若此，而闡幽無文，雖美弗彰，特乞言樹石，以表其墓。嗚呼，此真孝子所有事者哉！故審所述，以勒之碑焉。

銘曰：

奕奕嶽靈，河濟之交。枌榆披秀，隆阜嶢嶢。煙草光澤，綴厥星辰。是紛是翕，產茲碩人。系傳名閥，躬韜隱德。春英秋實，告成稼穡。惠於朋友，富而不私。鶺鴒在原，曾莫忍遺。雞鳴昧旦，緑窗静琴。藍田植玉，鳳鷟懷音。雲中翠芝，未霜先折。楚老悲臨，薰膏欲絶。我聞令則，睠彼一丘。考實發潛，掞藻闡幽。雉兔既馴，松楸斯拱。花蔭邛陂，珠霾劍隴。煌煌片碣，金碧追琢。質文初宣，苔荆未剥。丹篆精華，寒陵風雨。伏臘蹡蹡，曾孫維主。樹爲櫟社，陵成谷神。客玉匠文，千聿新。

郭烈女墓碑

嗚呼，此郭氏烈女之墓也。夫王某早卒，女年十六，未嫁，同母往哭其夫，自經死其側。里人哀之，葬於城北。自嘉靖二十有一年，以及於今，百有餘歲，風俗以勵。城北衡宇相接，恐久之而夷其封鬣也。到巖者集其里人而告之曰：「嗟乎，人子之事其親，人臣之事其君，不當如是乎？曷爲塔所以表也，所以勵也，所以不忘也？一舉而三善備。」嗚呼，今之爲婦、爲子、爲臣者，吾且告爾，此郭氏烈女之墓也。己丑仲夏，壽道人過沛漫題。

雲栖庵香火地碑

鳳皇山祠留侯，爲郡城東護河流繞之而東去。西則雲栖庵，緇流焚修其中。歲時伏臘，郡人祈福於此。緇流往來不常，供養不給則勢必散去，而庵且就廢。上無以隆佛教，下無以答郡人。郡中有賢者袁虚白，曰：「余有地一頃二十有五畝，願施之，以爲此庵常供。庵之所有，非僧之所有也。」供養給則緇流集，緇流集則佛教隆，而郡人之好善懲惡者有所皈依，而風俗丕變，非小補也。後之君子，增而廣之，興且未艾，况嘉導而保護之者乎？崇禎癸未年。

閔隕悼王子克也

嗟帝廢此白日兮，雨冥冥而晨閉。氣沉寥虬結而無聲兮，蹇懭悢而不繹。征沸鬱之長夏兮，凛商侯之中人。薄淹留之須臾兮，眗美人之清問。我今涉此層廓兮，履中宵而長息。結荷蓋於遥渚兮，閒重沚而焉薄。駕燭龍於深淵兮，昂鬼車於南極。胡蟚蛩之夜響兮，登鳴蟲而上之。種芷蓀於息壤兮，陰崩竭而蕭艾直。缺

雜説

人情多解則多好。宋武帝與殷仲文論音樂，以正恐解則好之，既解而好，鮮不從好成癖，癖則不可挽也已。昔之懲噎廢食者，謂書亦不必好，欲並棄之。子謂不然。人生惟此一好，終身焉可耳。征南之左癖，元晏之書淫，可與慕羶逐臭者同類而共非之哉！

馬稱驊騮驥騄，牛譽郭椒丁櫟。盧以韓氏爲良，兔惟東郭爲狡。獸之有逸材者，皆見記識，獨奈何人而無聞？

賢如魯史，必有一篇醜文字，送歸林下，生前幾無真是已。惡如檮杌，必有一篇好文字，送歸泉下，死後幾無真非已。然則好修者奚勸，恣睢者胡懲？予矯之曰：即有醜文字，不蔽魯史，況必有存古之直道者乎？即有好文字，不掩檮杌，況必有爲

鬼之董狐者乎？

自志

萬壽祺，字介若，一字内景，世所稱年少者也。江西南昌縣人，曾祖以醫自湖廣游徐州，遂家焉。好讀書，善楷隸。家世忠孝，守咫尺之志，不慕榮利。崇禎三年庚午，中楊廷樞榜第五十九名。先是，崇禎元年戊辰，以即位恩貢郡國士，在選中，入試於廷。當是時，東陲不靖，兵餉孔亟，天子宵衣旰食，臨軒以「百姓足君孰與不足」爲問，荷知遇。作《入對圖》第一。

大父懷谿公，贈文林郎，福建道監察御史。前大母夏，贈太孺人。父惺新公，神宗顯皇帝萬曆三十二年甲辰楊守勤榜進士，授浙江臨海縣知縣，入試雲南道監察御史，巡視北城，出按河東鹽法，以母老乞終養，拜疏不待報即行。四十八年庚申八月，光宗貞皇帝、熹宗哲皇帝相次即位，入直禁中，備非常。遼東告急，欽差提督遼餉，轉福建道監察御史。魏忠賢用事，託疾去位，出爲山東按察副使。母項，封孺人，墓在徐州城南十里，太山之陽。祖父沐國恩，壽祺受父書，教以忠孝，登賢書。時大父、大母、父皆前卒，獨母在。上公車輒罷，家居負庭訓，每上食母前輒自慚。崇禎乙亥，復以天年終。嗟乎，父母屬望於子者，豈以一第爲曳青紫燿鄉里耶？學業不進，無由建明於時，以父母所生之身，爲父母報國家。且煢煢一孤，上無伯叔，終〔六〕鮮兄弟，父與母又皆棄兒去乎？此實終身之恨也。作《居墓圖》第二。

壽祺少時從塾師學，師曰曹，曰朱，曰劉，曰陳，曰胡，曰許。十五歲誦二十餘萬言。天啓元年辛酉，壽祺十有九歲，始入庠爲庠士。父始命游王紫芝先生之門。先生諱立轂，字伯無，萬曆丙午浙江舉人，授江西新淦縣知縣，冥官追攝，以功德盛，去其目放還。學道天台山中，三年目復明。北游徐州省師，師即壽祺父也。父命壽祺以世兄弟受業爲門人，教以大道，論六經指要，歸於精微。師善内外止觀之學，三氏皆淹貫博通，晨夕静坐内照，久之，棄人間爲〔七〕沙門，卒以化去。壽祺受書以來，究天人之學，澹泊寧静，以求至道。嗣有公車之役，碌碌應舉中，無能發明。申酉之後，屢經喪亂，刀俎餘生，將繼師志。未審廬山面目，能似十九歲時長跪師前者否。

作《受業圖》第三。

崇禎十七年甲申三月，京師陷，五月南渡。其明年乙酉五月，江以南郡縣皆陷。炳、儁、芑起陳湖，瑞、龍起泖，昜起笠澤，皆來會。八月潰，被執不屈，將加害，有陰救之者，囚繫兩月餘，得脱，還江北。作《泛湖圖》第四。

既脱難，攜妻子渡江北，隱於山陽之浦西，築廬治圃，號曰隰西草堂。自負甕，妻徐、子睿荷臿隨之，灌園以自給。或時爲人傭書。春秋暇日，引觴賦詩，彈琴自娱。圃居陋巷中，前後多牧豕人，剥啄者少。西鄰普應寺，時時曳杖入退院中，與沙彌争餘瀋也。嗟乎，天下之大，四海之廣，所争者不知何許人！聖帝明王，忠臣義士，此時皆不知何往。數畝之内，偃仰食息，苟活其中，志足悲矣。作《負甕圖》第五。

家既近寺，丙戌春，禮三寶，祝髮從浮屠氏學，久之脱去世諦，人我兩忘，時時從静攝中頓起五嶽，此是知言語食息，時受之於君親師者，不能忘也。由兹以往，澹泊以明志，寧静以致遠，拳拳服膺者，其在斯乎？名曰慧壽，自號明志道人。作《静攝圖》第六。

先生《自志》共有八圖，今止存其六。其自爲寫照，處古而樸，真而無飾，非先生名手不能爲也。猶以不見其圖爲恨。存此數條，庶幾傳遠，髣髴遺事耳。劉湘識。

文旳

側聞鸞刀之執，惡乎腥羶。蛇珠之投，縈於結緑。豈惟當塗悦慕，鑒於人倫，將亦幽棲雅同，公乎同志。拔山川之靈濯，奮生豪傑之材。際湖海之壯時，多在朝廷之右。故躬結豐草，而志屬青雲。抑義介黄金，而守占白日。立身之本，輔仁之方。始翔得乎古文，亦遐絶乎流俗。

側聞昭明摛藻，上下千年。庠序崇儒，出入十子。是以仲尼，歎四代之難。洎乎建安，美三方之割。雖曰彦以代興，良繇出與處異。江都才子，枯志下帷之書。元初侍郎，表名奪璧之士。性有孤寓，感中散之行吟。學在兼收，羞庖人之獨割。

當撮材而增盛，兼去忌而並營。

側聞奏韶武於聾俗，懸不以方。蔕華藕於修陵，采非其地。故章示適宜，而藩收貴慎。豈有龍文天表，小民親矚，而訛言漢渚之星。豈有鳥角人形，太學侍游，而各守流沙之字。凡兹紕繆，亟見厭離。抑東海之出視，乃生分席之言。自潁川之相知，已申絶交之事。蓋肅出尚矣，而旁通略焉。

側聞長幼之典，禮經用昭；忠孝之文，聲歌孔歎。良以分規於入室，肅此有道之長。豈曰才濫於及門，躐彼踰尊之制。是故刀劍小器，必謹細微。至於觿韘大成，見譏風雅。況躬序明德，初以鼂鑒邑中，而道茂昌時，次第騶虞天下。自驕吝不觀於周姬，抑小有預占於鄒孟。旃哉鳴鼓，慎爾在田。

月三聚，以九爲的。四時仲九日，文七篇，餘日文三篇。

期會不至，罰鍰一兩，缺一篇，罰鍰五錢，以文戲，罰鍰五錢。

雜議市曹，罰鍰一兩。

驕吝，罰鍰一兩。

雜謔，罰鍰一兩。

數拒諫文其過、發人私、半塗廢、無行四者共逐之。罰鍰主者司之，刻書周急。

雷汝遜一會。

李孝乾一會。

萬若一會。

王先仲、曹澹如、馬空同、畢一士、王子克二會，或分或合。

當今之時社衆，君子以立德立言，小人竄其身以自利，賢者非之。凡我八子，有師弟長幼之序，井里親戚之事，以實稱，稱於家，稱於四方，稱於牘，毋曰社。

四方有賢者敬慕之，故舊以故事通，同邑人亦如是。的既立，凡八子。四方有賢者、同邑人，皆不得入。入，逐與入者。杜先榮仁夫、杜先發子愚、王允懷子穆、畢庾山令、黄如春子道、萬孝張子臣，皆門人，爲小聚，隨文多少。

僕甲戌蘇門歸，昔嘗泛淮入江，縱觀吴會、東西甌越之區，及於荆楚，西涉宋魏趙韓秦晉之國，東登泰山，臨碣石，以觀滄海，四方豪傑之士，大概可覩矣。上觀天子宮闕之盛，下察胡越風俗之變。嗚呼，天下雖大，淹貫條達，可指屈也。今天子明聖，詔下禮官，孳孳以進文學、選德能爲務，甚盛事也。詔書到郡，縣吏史左右顧，升堂受命，書其邑之人，上應明詔。率逡巡不敢發。嗚呼，豈有司羞哉？士昧本朝，荒略經傳，内外未足，而所業未加務也。生當明聖之時，值不諱之朝，危言正論，託以諷諫，雖草莽之臣，而天子動容，何者？上之所求也。又況才能兼人，智屬中上，答山川之來同，而拔州縣之萃者哉。昔之君子，六德六行，厥志乃同，而修文屬之，豈不以所重在此不在彼與？嗚呼，朋友之獲，始於順親，忠孝之敷，觀其師授，僕誠不敏，願爲諸君子前驅也。

文選集千年之書，志注纂五朝之紀。代實曠人，才難兼并，不可强也。四書五經疑義之外，萬若、曹濬如、畢一士、王子克爲私會十篇，皆賦、騷、樂府古歌、近體、贊序、誄銘、論、記、試策。大都賦本相如，騷原屈子，樂府古歌繇漢魏，近體法開元，贊序班范，誄銘蔡張，論學韓愈，記仿宗元，試策自仲舒。以下各爲篇，罰鍰如疑義。

宴會約上〔八〕

少陵云：「盤飧市遠無兼味，尊酒家貧祗舊醅。」道人家貧性儉，而惡殺生命，不能具兼庖，侈方丈，以從流俗。客至命酌，則四簋，八小器佐之。晨夕過從，則半是。飲食以養陰，從陰數也。賢者自有道義雅談，不蓄六瓊博戲諸物。適意隨量，歡竭則止。毋傲，毋詼，毋算爵，毋苛責人，毋論人閒是非，澹然天真。惠而過我與夫見招者，皆以是爲則。不能者，不敢强也，我用我法而已。君實、子瞻，真率三養。古今人多言之，不具論。隰西道人壽和南狀。

宴會約下〔九〕

二簋寢而百拜息，口腹有江河之憂，於是寸臠割中産，而凶年鮮殺儀。主賓持僞，饕餮之色見於面，而孝敬懈於多寡。飲食之人，君子羞之，僉曰：「謀道之賢，宜任風世之任。」爰約三章，以修四守初。一曰聞聲過從，歲月遼曠，則五簋，小器十二佐之，羹餅一。次二曰令時高會，山川見容，則三簋，小器九佐之，羹餅一，致辭曰某治具，先生幸就某飲。次三曰良友約聚，各擕一簋，酒三升，罣匙薪餪皆自持，就聚地合而譃之，毋致辭。是之謂三章。四守者：一曰儉以守貧，一曰少以守脾，一曰虚以守味，一曰澹以守交。於是申之曰：毋擊鲜，毋算爵，毋諛，毋暴戾，毋苛責人。隨豐歉爲有無，俾歡笑之可久。若夫考鐘伐鼓，陳伶人而竭膳夫，吉凶有儀，世法不絶，君子以爲，歲不再舉也。

論墨

嗚呼，大文舒矣，玄德孔固。黄帝以來，四千餘年之間，書契既往，漆刀咸謝。漢興，隃麋始進。代降而後，天命神靈，龍賓出焉。地不愛寶，石墨産於女牀之山。嗚呼，豈不盛與！奚氏南竄易水，興於新安，家擅蛾緑，人握玄珠。世趨今而勢下，法踰古而道尊。考其大凡，可得而論。南唐北元，歲遐則寢，徼荒則損，咸無足紀。自宋及今，人以世次，墨以代升，考者不可勝窮，而有楚斯拔，乃爲編以次條式。嗚呼，追古人之不作，懷風流之僅存。學墨之道，出於大儒。守墨之心，是用小割。

六經未絶，六經之絶，絶於文字。守道以經，導民以躬行，文行駢茂，是可得而稱也。今所見者，磨而不磷，其在斯與。敘宋朱熹第一〔一〇〕。

出則以道不以穀，守則以志不以貧。林泉之姿實難，缺爾三則不朽，民到於今。敘葉理第二。

萬幾之暇，睿藻飛翰。戈劍鈎筆，咸得銘焉。顧視自危，惕惕几几。元默思道，而天下大治。小物其勤，仰追哲后，臣拜稽首。敘明宣德御墨第三。

穆穆宣宗，削楮垂論。寧獨玄卿，得備顧問。文學之士，繇之以並進。豈不偉與。敘宣德中方氏邵氏第四。

洞谿之水，東流入於歙江。萬初既謝，百年之内，若存若亡。美人采蘭，言掇其芳。去者日已，續而來者，日以揚也。敘成化中羅氏第五。

上之所好，其下成俗。父之所傳，其子不瀆。守法戬穀，景命有僕。方邵汪氏之謂與？敘嘉靖中邵氏汪氏第六。

文章山海，莫盛於慶曆。楮先生，石衛尉，與㯮鄉侯，奔走趨事，夙夜在公，不能及也。郁郁文獻，國之綱紀。玄德升聞，來者不已。敘萬曆以來汪吴佘方項諸氏第七。

炙竹搗藤，圖書蔚止，以右我經史，斯大猷也。山壑之癯，以紀草木。箸書名山，藏諸岳瀆，固不必世之知我乎？敘有字號無姓第八。

名者，身之大疚。知白無争，與鴻冥冥，世莫得而名，此其最高者與！敘無姓字號第九。

智者寄道於約，仁者守義於惀。顧瞻周道，不如考槃一壑。敘亭館第十。

戲雖小道，可以觀德。守墨者愚，戲墨者哲。以墨墨者，斯無墨也。敘戲墨第十一。

禮失而求諸野，夏失而求諸荒服，君子所以悲後世也。貢金九牧，其五在外。山海之産，不盡嵩岱。是亦坐諸門外之義耶？敘高麗第十二。

治言多危，治書多毁。以白爲墨，厥咎孔隤。告爾以古訓，永爾耽思，毋忘聲問。晋癖宋學，既堅且確。念兹在兹，奚愧於古人之鴻略哉。敘古今墨論第十三。

觀歷代製墨，多臻神妙。繇漢及於元，論其大略。明興，最上者方、邵、羅三家，遂爲昭代之冠。嗣是而後，各家不絕。然古用松煤，今皆桐油煙矣。牛膠、鹿膠、阿膠，古人互用。而近製多用牛膠，又不自製，則不如古。阿膠遠在齊魯，遠不可得，皆取諸廣東也。復以熊膽助之，以發其光，亦有遠勝於古者。萬曆、天啓之間，程君房、方于魯、吳去塵最著，與方、邵、羅争地而王。來者不已，後之〔一〕視今，正未可計量也。程、方、吳三氏別有表，不著墨論。

古今墨論：學士大夫蓄圖畫、書刻、器用之類，必以傳之久者爲貴。書畫至於漫蝕而不完，器用至於詭怪而難辨，則寶而藏之爲愈至。而或者非之，曰：「此世俗之人貴耳而賤目者也，匠役工巧，無世無之，何獨榮古而陋今乎？」是蓋不然，古之人敦重深穆，無所不用其極，故其施之事物，雖述作各有不同，然必要之盡善而後已。《傳》曰：斲木爲拱，梡革爲鞠，亦皆有法。拱、鞠，戲玩之用爾，古人爲之猶且不苟，而曰有法存焉，况於非戲玩者乎！嘗考《周官》，究其爲弓矢、輪輿之類，斬木、矯揉、斲削之功，筋角、齒革、羽毛之用，必求之天時，審之地氣，然後以工巧成之。其言纚纚若煩而不可信，而聖人存之以爲書，後世守之以爲法。益知夫古人制作，其用心如此，所以可貴於後世也。若夫墨之爲用，既以代刀筆漆書之勞，而就之簡。上爲闡聖賢道法精微之旨，中以供詔誥典制之用，下以給文武上下士民書啓日用之繁。内以教諸中國，外以行諸四夷。久之傳諸萬世。其所重若此，顧不足寶與？爰自上古以來及於今，采擇昔人之論著於編。

王者德，至山陵而黑丹出。

女牀之山，其陰多石墨。

鄜延之川脂流出，即延安石油也。以爲煙墨松脂，不及懷化郡掘塹得石墨精好，可寫書。

上古書用漆，中古用石墨，後世用煙墨。

漢有隃麋墨、東宫香墨，鄴中三臺有曹公石墨，造墨有韋仲將墨法，冀公墨法，祖氏墨法，李超、李廷珪墨法，潘谷墨法，麻子墨法，宋徽宗蘇合油墨法。

造墨之妙，無過魏韋誕所謂「仲將之墨，一點如漆」者也。六朝無過張永。五季無過奚超及其子廷珪。廷珪在南唐，賜國姓。置之水中，三年不壞。宋有常和、沈珪、陳瞻者，皆妙品也。張遇以龍香劑進御，有隱君子王迪者，止用遠煙鹿膠而自有龍麝氣，當勝之。至潘谷而妙㲉㲉乎廷珪流亞矣。元朱萬初又谷之流亞。蘇浩然澥自製墨，皆作松紋皴皮，堅緻如玉，王迪流也。至金章宗乃以蘇合油搜煙爲之，遂與黄金同價，蓋墨妖耳。

六朝之後，復有李承晏、李文用、陳贇、盛皓、盛道、盛舟、盛真、柴珣、宣道、宣德、朱君德、耿德真，皆類廷珪，爲墨中神品。又猛順二州貢墨，光澤可愛，皆尊貴不易得。唐玄宗御桉墨，曰龍香劑，一日，見墨上有小道士如蠅而行，上叱之，即呼萬歲，曰臣墨之精，黑松使者也。世人有文者，其墨上皆有龍賓十二。

燕人易玄光，字處晦，封爲松滋侯，蓋墨精也。

薛稷爲墨，封九錫，拜玄香太守，兼亳州楮郡平章事。甫至，窯中墨吐異氣，結成樓台，鄰里來觀，食頃乃滅。宋太祖下南唐，得廷珪父子墨，同俘獲付主藏籍入，不爲貴也。後有司造相國寺門，詔用墨漆，取墨於主藏，車載以給，費用都盡。嘉祐中，仁宗宴近臣於群玉殿，嘗以其墨賜之，曰新安香墨。其後翰林承旨亦得賜，皆墨脊雙龍。至宣和間，黄金可得而李墨不可得也。

「書窗拾輕煤，佛帳拂餘馥。辛勤破午夜，收此一寸玉。」蓋言造墨之難也。山谷取小錦囊，有墨一丸，以示潘谷，谷隔囊探之，歎曰：「今老矣，不能爲也。」出之，乃谷少所作墨，其藝之精如此。

南中楊生製墨，不用松煙，止以燈煤爲之，名玉泉墨。又金章宗宫中以張遇麝香小御團爲畫眉墨。

古墨法云：「煙細膠新，杵熟烝匀。色不染手，光可射人。」又曰：「虬松取煙，鹿膠相揉。九烝回澤，萬杵力扣。光可炤人，色不染手。」造墨惟膠爲難，古之妙工皆自製膠，今所用雖曰廣膠，去古法遠甚，無怪乎墨品之下也。徽墨古今弟一者，上比潘谷、蔡洎，中閒猶容十許人，况廷珪乎？

古人用墨，必擇精品，蓋不特藉美於今，更藉傳美於後。晋唐之書，宋元之畫，皆傳數百年，墨色如漆，神氣賴以全。若墨之下者，用濃，見水則沁散湮汙；用淡，重褙則神氣索然，未及數年墨跡已脱。此用墨之不可不精也。高深甫云：「墨之妙用，質取其輕，煙取其清。嗅之無香，磨之無聲。新研新水，磨若不勝。忌急則熱，熱則生沫。用則旋研，研無久停。塵埃汙墨，膠力泥凝。用過則濯，墨積勿盈。藏久膠宿，墨用乃精。」

歷代製墨，各臻神妙，繇漢及於元，論其大略。明興，最上者方、邵、羅三氏，遂爲昭代之冠。嗣是而後，名家不絶。然古用松煤，今皆桐油煙矣。牛膠、鹿膠、阿膠古人互用，而近時多用牛膠，又不自製，則不如古。阿膠在齊魯，遠不可得，皆取諸廣東也。復以熊膽點之，以發其光解其滯，亦有遠勝於古者。萬曆、天啓之閒，程君房、方于魯、吴去塵最著，與方、邵、羅争雄而王。來者不已，後之視今，正未可計量也。程、方、吴三氏别有表〔一二〕。

馮盛與盧杞相遇於道，各攜一囊，杞發盛囊，有墨一枚，杞大笑，盛正色曰：「天都峰煤，和針魚腦，入金谿子手中，録《離騷》古本，比公日提綾文刺三百，爲名利奴，顧當孰勝？」已而搜杞囊，果是三百刺。蓼庵先生以豹皮囊提古墨數十，日夕枕臥其側。梅花春雪，菊蕊秋風，其意思蕭散，若不知此身之在塵世。雖晋人之癖，不足當之，不獨與馮盛前驅遠駕也。然先生蓄墨不止此種，試天泉之水，踞黄庭之榻，日有臨摹，而此種則將與劫灰石墨並重，璆琳壂表之所爲作也，且永無磨試之日矣。道人笑謂先生曰：「子瞻云，未知一生當著幾兩屐，吾有墨七十枚，而猶求取不已。石昌言蓄李廷珪墨，不許人磨，或戲之云：『子不磨墨，墨將磨子。』斯言雖小，可以喻大。先生盍散此墨，流傳人閒？不則日磨數斗，呑咀墨瀋，施諸絹楮，以發其山川靈勃之氣乎？不然，則李公擇見墨輒奪，道人亦不免古人習氣矣。」

印説

予少時好書篆弄印以爲戲，長而棄去。近時友人知予少時所爲，往往以名氏强予刻石，亦復欣然。歲月浸馳，所刻遂盛。見獵心喜，此猶少年積習也。曹孟德云：「老驥伏櫪，志在千里。」此言雖大，可以喻小。

或曰，近世刻印多不善，平流如香泥糞土雜成，菩薩穢潔各半，了無生氣。而好奇者正似鍾馗嫁妹，狐鬼送裝，見者怖走。予曰，此皆不知書法也。漢興，精書隸者入爲博士，上既以此取下，下亦窮究極研，以應其上。是以書法大備，而印亦因之。近世不多讀書，不能深知古人六書之意，剿襲舊聞，摹畫市井，以射利。師傳既卑陋拘泥，無文獻百代之識，妄立「玉柱」、「柳葉」、「鐵綫」、「急就」、「爛銅」諸名，而以中壯末鋭，轉處相接，爲蜂腰鶴膝。字之大小多寡不能配者，則增其文理，曲折如界畫樓臺，一望砥直匀平，復如雕刻篆香，委折填滿，略具字形，無復筆意。起而非之者，復以聰明杜撰，補綴增減古文奇字，互相恫喝。甚者湊泊異代之文，合而成印。二字之中，遂分胡越。此近世刻印多講章法刀法，而不究時法之弊也。是以書法寖，而印法亦亡。

歷代所傳漢印，字形自然成文，不假配搭，運筆高妙，時露顔平原「折釵股」、「屋漏痕」之意，當是漆書遺軌，今小沛蔡中郎所書高皇《大風歌》正與此同。至於彼此顧盼，轉折生姿，筆勢洞精，有如拗鐵，則書家所稱右軍龍跳天門者也。鐘鼎諸文字雖高古，然是周秦款識，不以施之符印。於此研究，思過半矣。心向往之，愧未能也。

字以表德，氏以别族。近時刻印，多註字爲氏。古人或有誤用者，未之思也，所宜釐正。至於刻印以著姓名，約期信。唐後始兼亭館，迺後人取成語、連詞、累句，大雅寖衰，余爲是懼。

漢印之後，六朝因之，始變白文爲朱，筆法樸秀，與漢表裏。唐宋代遠，其風遂卑。趙孟頫之流，不足觀也。百年海内悉宗文氏，嗣後何、蘇盛行，後學依附，間有佳者，不能盡脱習氣，轉相仿效，以耳爲目，惡趣日深，良可慨也。

校勘記

〔一〕「永」原作「求」，據正誼草堂本、二遺民集本及董氏校輯本改。

〔二〕「則」原作「前」，據正誼草堂本、二遺民集本及董氏校輯本改。

〔三〕「澤」原作「潭」，據正誼草堂本、二遺民集本及董氏校輯本改。

〔四〕「及」原作「没」，據正誼草堂本、二遺民集本及董氏校輯本改。
〔五〕「也」原作「之」，據正誼草堂本、二遺民集本及董氏校輯本改。
〔六〕「終」，正誼草堂本、二遺民集本及董氏校輯本作「中」。
〔七〕「爲」原作「呼」，據正誼草堂本、二遺民集本及董氏校輯本改。
〔八〕「上」原闕，據二遺民集本、董氏校輯本補。
〔九〕「下」原闕，據二遺民集本、董氏校輯本補。
〔一〇〕「敘宋朱熹第二」原爲標題，據黄氏刊本及董氏校輯本改。以下十一條同，從略。
〔一一〕「後之」原作「之後」，據正誼草堂本、二遺民集本改。
〔一二〕「王者德」至「程、方、吴三氏别有表」原闕，據黄氏刊本及董氏校輯本補。

遯渚唱和集

題辭

小窗細雨，隔斷紅塵。燈火殘香，悠然獨語。歲計不足，日計有餘。漉酒無巾，難讀屈平之句。研朱有露，樂觀范曄之書。四海耆英，于兹安在。三吴少俊，今且何如。尚有身寄籓中，心遊世外。長歌當泣，聽者識其有心。一字千迴，言者幸其無咎。如斯者乎，可以群，可以怨矣。知我者罪我者誰？鄭思肖之幽蘭，無以下體。倪雲林之樹石，豈無居人。子也前身畫師，余非宿世詞客。不禁三歎，聊綴一言。

荆鑾苓。

自敘

乙酉秋，同于范、調御漁于斜江。口爲斜江人。去斜江五里，爲遯村，中有渚焉，曰遯渚。斜陽落岸，歘月升水，未嘗不漁，漁未嘗不過渚，過渚未嘗不悲嘯也。久之，得詩餘若干首，以其往來遯渚也，名之曰《遯渚倡和集》。嗟乎，宇宙至大，古今至遠，天下事吾不能知且言也。舒嘯於漁白樵青之間，酒數行以往，相樂也，已而相泣，人情乎？內景，名壽，彭城人。于范，名堅，支硎人。調御，名時，吴趨里人。遯渚漁者壽。

遯渚唱和集

采桑子　閒居

内景

一天落木吹風雨，碧館聲虛。紅漏更除。跪讀函書甚處魚。分明記得人閒在〔一〕，灤水雲迷。建業潮回。夜夜煙窗烏夜啼。

于范

柳梢煙冷秋初透，月滿前溝。人在西樓。夢繞天南舊虎丘。一林歸鳥啼還又，添得新愁。難寄東流。風落斜江古渡頭。

漁樵何處吴歌動，霜打毹氍〔二〕。風冷罘罳。袖裏誰傳冀北書。從今莫向天涯路，落月東齊。落日南徐。楚尾吴頭事更悲。調御

浣谿沙　有憶

遯渚西邊橋户開。夜迎涼月唱歌回。一川煙草自徘徊。頭白老烏新啄屋，味長妖鳥獨登臺。五陵佳氣夢中來。内景

月掩風蒲江岸虚。棹歌何處小涼餘。故園人在翠紗厨。好酒那消三楚夢，離思〔三〕誰寄九秋書。夜深清露竹梢初。于范

煙外啼鴉何處村。隔川低月白紛紛。天涯無夢到柴門。兩岸野蛩憐獨步，調御

一聲樵鼓喚愁人。明朝此地又黄昏。

減字木蘭花 望遠

層城雙闕。天外芙蓉星斗列。今古江山。流水東行日月邊。 内景

元龍百尺。茫茫眼底隨潮汐。多病登臺。何處秋風雁帶來。

草橋風峭。寸心指點湖山小。九月江南。開徧蘆花秋正三。 于范

碧天如鏡。歸鳥一聲遊子静。又是斜陽。却望姑蘇是故鄉。

潮聲如織。鼓角閒宵動南國。青瑣高樓。一枕孤燈夢九州。 調御

磻溪何處。霜冷〔四〕楓江秋一樹。古陌塵生。細馬輕衫舊日情。

蝶戀花　過村西大士庵

八尺溪橋迤野岸。市角梢〔五〕頭，半掩青苔院。開徧藕花僧不管。鐘聲貼水菰蒲晚。　吹落白蘋人去遠。雲尾風頭，送雨前村滿。曲曲迴廊檐外轉。斜陽照影青藜短。

內景

浪拍漁天帆去杳。野岸鳴榔，半綴低茅小。啼鳥聲中人事少。斜陽西下荒湖杪。　隔浦采菱歌窈窕。斷送行人，目盡煙波渺。衣角晚涼風嫋嫋。高雲一片疏鐘繞。

于范

港口鱗鱗風乍起。三尺籬門，擺住孤村尾。落盡午潮漁岸圮。推窗一片黃梅水。　香入迴廊花幾里。僧殿無聲，燈影紗龕紫。展罷藥闌人獨倚。疏鐘暗度空

調御

江裏。

雙調〔六〕望江南　秋悵

內景

煙雨路，水國漸迷離。芳草遥天人去後，碧雲滿地雁來時。秋信竟差池。何處問，脈脈到於今。精衛徒生滄海恨，鼊靈不斷蜀山心。天宇自荆榛。

于范

流水去，帆影楚天低。潮落吴江秋月冷，雲連芳草故園迷。望斷小橋西。紅日澹，煙雨晚霏霏。薊北鳥來空有淚，首陽人遠漫生薇。倚檻且徘徊。

調御

江月澹，夜照水西樓。望斷青溪滄海夢，歸來白雁太行秋。人住古蘇州。南北路，芳草自西東。江上王孫悲暮雨，天涯客子憶秋風。離思寄芙蓉。

南鄉子

內景

帶甲滿京華。落日孤城閉暮鴉。隔得南徐三百里，天涯。亂後零星三兩家。夢斷碧雲賒。故國枌榆天外遮。連夕月明聽不得，悲笳〔七〕。幾處關山雁影斜。

于范

雨過〔八〕綠蕪汀。流水無聲雙岸平。依約晚煙迷處所，心驚。猶是干戈夢裏情。莫自倚旗亭。雲暗高城愁易生。帆外半江斜日遠，淒清。待共萍花訂晚盟。

調御

落葉滿空牆。碧火燐燐吹野棠。望去行人芳草盡，斜陽。一片鉦聲下驛塘。日色野沙黃。白水渟渟秋淚長。半壁江山千里夢，他鄉。夜夜烏啼斷客腸。

漁家傲 遯渚即事

内景

隔得芙蓉煙幾許。平橋小蕩通凫渚。飛過冥冥雙屬玉。歌聲住。船頭轉過前山去。曲曲漁村連碧嶼。白鰷吹浪鄰溪雨。有分年光秋一樹。傷心處。殘陽壓水無人語。

于范

江上人家三十里。秋花半落涼風起。籊籊竹竿波外倚。前邨裏。晚鴉飛盡孤雲紫。月上空山天拍水。輕煙裊裊吹蘆葦。八尺漁罾緑岸徙。溪橋底。櫓聲遥度平林尾。

調御

農屋煙笆青柳障。東風吹綗花溝浪。一綫短蒲通小蕩。潮痕上。月橋人去催雙槳。雨漬藕塘紅欲釀。雙籬垂葉青相向。亭外夕陽黄竹杖。閒來往。一聲啼鳥千溪響。

浪淘沙　荷花

蟬曳小迴廊。十里花香。天然鬟髻坐滄浪。道是洛妃乘霧至，煙水微茫。斜日下江鄉。悄悄年光。采菱歌起怨沙棠。消受西風吹幾陣，霜打池塘。　内景

誰與拂新粧。恰〔九〕是瀟湘。鮫人留得絳紗囊。風弄一池香幾許，還想横塘。歌起正斜陽。冉冉波光。高情秋泛紫雲涼。明日紅衣零落易，遺恨鴛鴦。　于范

無奈倚闌干。倦眼愁看。悄風殘月小池邊。羅襪香塵人去也，昔日江南。秋瘦晚妝殘。欲語無言。明朝一葉到人間。錯認相思題不得，紅淚偷傳。　調御

蝶戀花　京口

荆楚東來增古戍。鐵甕城西，月下前朝樹。風景不殊天四宇。驚飆驅雁誰爲侶。洲渚年年芳草渡。依舊江山，擺到丹陽住。瑟瑟秋聲吹暮雨。夜深不見潮回去。

內景

故壘憑江雄百二。依約南朝，千里開旗幟。欲問江流渾不記。石門深鎖鼉鼉睡。風起怒濤〔一〇〕翻鶴瘞。風落濤迴，照見殘碑字。過客那知今古異。片帆轉下金山寺。

于范

南北旗亭臨岸首。百折灘山，半是黃沙阜。城外商歌聞折柳。江船齊泊京河

調御

口。北固西來雲滿岫。古道鈴聲，落日驢鳴瘦。潮去潮回〔一一〕三月候。燕城對面青如繡。

思帝鄉　獨感

灤水闊，薊雲深。水闊雲深，路遠日沈沈。不信銅駝石馬，有風塵。到處人閒

内景

天上，怕傷心。

秋後雨，晚來風。雨雨風風，夜夜斷魂中。縱幸片時能睡，意忡忡。那得馮風

于范

吹夢，到江東。

江月岸，楚雲祠。月岸雲祠，不見欲何之。記得當年鐘鼓，漏深時。今日故鄉

調御

何處，不堪思。

蘇幕遮　病中風雨

内景

雁翎風，鯊鱗雨。雨織風潮，院院沈寒翠。茅檻漁窗平貼水。破枕多情，橫臥斜江裏。　夢千重，家萬里。流落天涯，日日秋光起。今是向年渾不記。牆角多情，猶崇禎曆。

于范

雨兒零，風兒細。占斷村煙，百里無空際〔一二〕。病起强將藜竹倚。苕葉青青，掩過柴門背。　舊亭臺，新酒鱠。不隔關山，終是無歸計。有限羅衣無限淚。還想黄花，知我平安未。

調御

五更風，六月雨。釀作秋聲，吹入紗窗裏。玉簟〔一三〕璃檠涼似洗。香冷衣篝，寂寞人初起。　野菽雲，山壓水。晝掩蓬關，何事能憔悴。門外江聲敲欲碎。三尺潮頭，尺半愁時淚。

滿江紅　漁秋感懷　內景

遯渚漁師，家住在、芙蓉汀畔。商飆起、怪鳥銜沙，鱷魚攻斷。蓑笠不驚人自遠，風波如許秋將淡。棹歸來、逆浪打船頭，推篷看。　日月變，江湖暗。網罟換，魚蝦亂。歎鬢毛如許，西風吹斷。辛苦一年〔一四〕塵土外，飄零千里山河半。望海南、如髻湧潮雲，無人見。

調御

漢寢唐封，看歲歲、鶯花如市。暫西風、白眼□□〔一五〕，暮雲遮住。冷落秋羅妃子淚，飄零夜月將軍樹。憶當年、舉爵舊南冠，今何處。　烽火動，悲笳聚。千里外，人長戍。□□□□□，□□□□。昔日曾聞金谷苑，於今不見烏衣路。問江潮、何事不歸來，東流去。

校勘記

〔一〕「在」，諸本皆作「住」。

〔二〕「毹氍」，諸本皆作「氍毹」。

〔三〕「思」，諸本皆作「心」。

〔四〕「冷」原作「泠」，據諸本改。

〔五〕「梢」原作「稍」，據諸本改。

〔六〕「雙調」原闕，據諸本補。

〔七〕「悲笳」原闕，據諸本補。

〔八〕「過」，諸本皆作「後」。

〔九〕「恰」，諸本皆作「却」。

〔一〇〕「濤」，諸本皆作「潮」。

〔一一〕「回」，諸本皆作「來」。

〔一二〕「空無際」，諸本皆作「無空際」。

〔一三〕「篳」原作「篳」，據諸本改。

〔一四〕「年」，諸本皆作「生」。

〔一五〕「□□」原闕，據《欽定詞譜》補。

跋語

孫運錦跋

峻拔一角，潛虚半股。分若抵背，合如并目。以側映斜，以斜附曲。鍾、王秘鑰，盡啓於内景矣。先生書，少年以輕俊勝，中年以婉麗勝，後則悉力鍾傅，進而益上矣。平生所見不下數百本，此册辭翰雙絶，實爲罕覯。以張懷瓘法估之，不知當中人幾家産也。癸卯□至，鐵圍山樵敬跋。

張伯英跋

鐵圍山樵，孫徵君繡田也。徵君爲先曾祖摯友，先祖、先伯祖同遊其門。藏内景書畫至多，曾彙刊《隰西集》，今板已不存。所藏弆皆散佚。獨此册爲先祖所收，以付伯英，貯行笈中三十餘年。自來京師，收《隰西草堂》《芝山隱居》二圖及尺牘小册，竊幸與鄉先輩翰墨緣深。而此則先世留遺，尤所珍視。惜二圖之美，先祖未及見耳。癸卯，道光二十三年也。庚申二月，伯英謹識。

《隰西》《美人》二圖款印不佳，皆仿製。以予乙丑所收二册互勘，可知其僞。《美人》極工雅，其本無款印，而後人妄增耶。

吾鄉李氏有臨本，極似，惟有誤字數處。甲子春，任詔成持以見示，予爲勘正，并補其闕佚者還之。又聞李省吾藏有尺牘一册，未曾見。

乙丑秋八月，收先生書畫一册，多至十八葉，爲僅見之作。楊氏之《美女觀書圖》有程桐園題詩者，亦歸於予。其《隰西》一圖，張雲門同年自滬上代收，審視則贋筆，不足存。今春友人於開封曾見一册，未知何如，容續訪尋。

開封陳氏所藏，爲道人贈徐孝若書畫册。是歲十一月六日，崔海帆購寄京師，精絶之品也。臘月四日，伯英。

乙酉爲弘光元年，清順治二年也。是歲南都失守，道人同舉義兵。八月兵潰，避地斜江，旋被囚兩月，得脱。此詞作於行遯之時，故未終卷而止。于范，何堅之字；調御，則未詳。丙寅初春。

李根庵殿撰爲内景孫婿，遺墨多在其家。此李氏物，道光時歸孫繡老。内景遺像亦藏李氏，繡翁有手摹本。今李氏藏弆散盡，萬氏則式微已久。内景像爲蕭縣李允庵所得。附志於此。

先祖寓郡北門街，此册恒在案上。光緒丁亥，以付伯英。是歲，英入徐州府學，今甲子一週矣。戊寅五月，倭寇至榆莊。先人遺物盡化劫灰，此册在平，得完。蟲蝕數字，則在榆莊時也。

困居北平，舊所得内景書畫先後易米，此册宜珍護也。

墨表

隰西草堂集卷四

徐州萬壽祺年少著　　張從仁雲生參校

同里董士恩右岑補刊

陳弢素沅秋參校

墨表一

嗚呼大文舒矣玄德孔固黄帝以來四千餘年之間書契既往漆刀咸謝漢興隃糜始進代降而後天命神靈龍賓出焉地不愛寶石墨產於女牀之山嗚呼豈不盛與奚氏南竄易水與興於新安家擅蛾綠人握玄珠世趨今而勢下法踰古而道尊攷其大凡可得而論南唐北

元歲遐則寢微荒則損咸無足紀自宋及今人以世次
墨以代升攷者不可勝窮而有楚斯拔乃爲編以次條
式嗚呼追古人之不作懷風流之僅存學墨之道出於
大儒守墨之心是用小劄
六經未絕六經之絕絕於文字守道以經導民以躬
行文行駢茂百世之繩是可得而稱也今所見者磨
而不磷其在斯與敘宋朱熹第一
出則以道不以轂守則以志不以貧林泉之姿實惟
遐心爾則三不朽民到於今敘葉理第二
萬幾之暇睿藻飛翰戈劍鉤筆咸得銘焉顧視自危

惕惕几几玄默思道而天下大治小物其勤仰追哲

后臣拜稽首敘明宣德御墨弟三

穆穆宣宗剬楮垂論寧獨玄卿得備顧問文學之士

繇之以並進豈不偉與敘宣德中方氏邵氏弟四

洞溪之水東流入於歙江萬初旣謝百年之內若存

若亡美人采蘭言掇其芳去者日以續而來者日以

揚也敘成化中羅氏弟五

上之所好其下成俗父之所傳其子不瀆守法戩穀

景命有僕方邵汪之謂與敘嘉靖中方邵汪氏弟六

文章山海莫盛於慶曆楮先生石衞尉與豩鄉侯奔

走趨事夙夜在公不能及也郁郁文獻國之綱紀玄德升聞其來不已敘萬曆以來汪方孫佘潘項郭吳胡程氏弟七

炙竹搗藤圖書蔚止以右我經史斯大猷也山鑿之癯以紀草木著書名山藏諸嶽瀆固不必世之知我乎敘有字號無姓弟八

名者身之大疚知白靡爭與鴻冥冥世莫得而名此其最高者與敘無姓氏字號弟九

智者寄道於約仁者守器於犅顧瞻周道不如考槃一壑敘亭館弟十

戲雖小道可以觀德守墨者愚戲墨者哲以墨墨者
斯無墨也敘戲墨弟十一
禮失而求諸野夏失而議諸荒服君子所以悲後世
也貢金九牧其五在外山海之產不盡嵩岱是亦坐
諸門外之義耶敘高麗弟十二
治言多危治書多毀以白爲黑厥咎孔隤告爾以古
訓永爾以耽思以毋忘聲聞晉癖宋學旣堅且確念
茲在茲奚媿於古人之鴻略哉敘古今墨論弟十三

墨表二
永爾下一本無以字

宋

淳熙朝

朱熹一

葉理一

明

宣德朝

御墨四

方正三

邵格之十

成化朝

羅小華 十三

嘉靖朝

方正子晃 二

方晃子激 一

泳 一

方正曾孫鳳岡 二

鳳岐 三

邵青田 一

邵青邱 二

邵瓊林 一

邵氏一

汪海厓一

汪南石一

萬曆朝

汪元一五

汪啟思一

汪仲嘉三

汪松菴一

汪氏二仲一

方暘泉一

方季康二
孫瑞卿一
孫繼洲一
孫玉泉一
孫氏一
佘雙松一
潘嘉客一
潘方凱一
項玄貞一
郭胤高一

吳翼明 一
吳民望 三
吳孝甫 一
吳仲輝 二
吳充符 一
胡玄貞 二
程丙叔 一
程用修 一

有字號無姓

華陽 一

常和 一
鐵山道人 一
伯瑛氏 一
西隱道人 一
靈源 一
仰泉 一
乾初氏 一
無姓氏字號
碧天無際 一
寫經墨 一

捻劑〻一

亭館

竹梧館一

香林館一

分福堂一

鼎菴一

秋水亭一

戲墨

九種

徼外

高麗墨一

墨表三

正　背　左　右　式

宋

朱熹

升龍　升龍　圓一九

淳熙年　朱熹製　長

葉理

上黨碧松煙夷陵丹
砂末蘭麝凝珍墨精
光乃堪掇黃頭奴子
雙鴉鬟錦囊捲之懷

小　圓一九

隰西草堂集　卷四　七

像　大

袖間今日贈與蘭亭去與來灑筆會稽山右謫仙詶張司馬贈墨邢門石雲葉理識

明

宣德御墨

龍香御墨　大明宣德年製　圓長　九一

龍香御墨　宣德年造八分書　圓長　九一

龍香御墨　宣德元年造　笏　二九

方正

新安振肅坊碧天龍氣八分書方正造頂花荷葉麟足蓮鳳文　長方　九一

碧天龍氣　金鳳鳴陽　牛舌　九一

極品青煙龜文新安方正　笏一丸

方晃

上品眞煙（方正男晃印記）新安方正　捻劑圓長一丸

方激

墨精（方晃男激監製）海水子母螭　笏一丸

方泳

絶品墨精（嘉靖丙辰始用根心中加百料磨驗清香寫時光潤新安方正泳製）帶葉瓜　方長一丸

方鳳岡

上品清煙（八分書）二左正賞鑒鳳岡製　大圓一丸

（八分飛白）文寶方左正賞鑒鳳岡製　卿芝之螭　笏一丸

方鳳岐

極品墨精　新安方正曾孫鳳岐製　嘉靖己未　行螭　笏　一丸

絕品墨精　方正曾孫鳳岐　三仰螭　笏　一丸

上品清煙　新安方正鳳岐監製　啣芝螭　笏　一丸

邵格之

至寶珍藏　邵格之監賞　長方　一丸

御墨　小篆雙龍　格之氏　長方　一丸

墨寶　四螭啣尾　太上玄神　達摩渡蘆像邵格之製　大圓　一丸

神品　得喻麋之妙瀋　分書　邵方翼之眞傳　海陽雲岳邵格之製　草書　大長方　一丸

宣德年造　龍捧珠　格之邵氏珍藏　龍捧珠　長圓　一丸

嘉靖庚子年 休邑邵格之精製 大圓長 一九
臥蠶文
神品 邵格之製 格之小像 頂盤螭 萬曆三年 小長方 一九
神品 玄文如犀質如玉 法沿于超邁于谷 邵格之製 笏 一九
赤木 玄珠 篆書 邵格之監製 松雀畫 上尖下方長 一九
邵青田
玉質犀文 八分書邵青田正盈製 休邑東門人家印記 方長 一九
雙闌雲角
邵青邱
昔種青門今遺 邵子曰乾南坤北離東坎西震東北兌東
玄圃爾祖有侯
繩其武 十嶽邵青邱 南巽西南艮西北自震至乾爲順自巽至
壬寅爲 八角 一九
友人邵青邱 坤爲逆
銘帶葉爪 內太極圖外八卦

青門遺種　邵青丘製　瓜子　一九

寶藏　東陵侯家　篆書青丘像　六和陳有守題　方長　一九

狀元　其堅若玉，其文若螭。過陶公之妙，儼李超之製。上螭下闌　香重煙清，方可是邵青邱曰製　青門種印記　瓜人家　長旁鬌　一九

嘉靖壬子邵青邱製　休邑東門人　子母螭　金迴文　絲環文　青門種記　瓜人家記　方長　一九

邵瓊林

文昌星贊　維星有斗，運帝中央。文魁揚紀，是曰文昌。啟以掞藻，廸以含章。垂耀金樞，司祿玉堂。皇甫汸譔　瓊林小像　海陽邵　神品　瓊林製　方二長　九

邵氏

雲臺草書　邵氏家藏雲臺圖　大圓　一九

羅小華

儒芝	芝文　華衕人小篆	大圓	一丸
玄霜草書	涙中游螭文	大圓	一丸
五螭文兩面		大圓	一丸
青蒲幽居浮舟	太極八卦	中圓	一丸
小華山中客圃	五螭文兩面	小圓	一丸
龍文小華山人草書	雙螭兩面	玦	一丸
小華山人篆	雙螭兩面	玦	一丸
金龍捧珠	頂芝	長柱	一丸
華道人墨草篆	雲文	圓長	二丸
華道人製隸	盤龍	小六角方長	一丸

不二叁八分　達摩像　方長九一

龍文　碎塊

汪海厓

極品荷花文　墨精嘉靖戊子汪海厓監製　方長九一

汪南石

墨精　南石子識　嘉靖乙卯汪南石造對拱塗金螭　長方折角一九

汪元一

神品功圖煙閣瑞錫玄圭　海陽汪元一製　上雙龍　方長九一

功圖煙閣瑞錫玄圭　隸書　玄神海陽桑林里製八分書　方長九一

文昌星贊　文皇甫汸撰　像錢穀書　海陽汪元一製　菊花邊　方長九一

唐薛稷封墨九錫文　兩面頂方勝文　海陽汪元一製　方長　九一

汪啟思

大椿堂印　玉筯篆　兩面水涙文　汪啟思監造　方長　九一

汪仲嘉

李法　萬曆丁未秋　汪仲嘉建隆復古法墨　方長　九一

李法行　萬曆丙午歙汪仲嘉書造龍香劑墨寶藏　（墨）雙螭文　圓長　九一

歙景山堂藏墨書寶　萬曆丙午歙汪仲嘉監造　不可磨　方長　九一

汪松菴

漢宮春詩　漢宮春圖　汪松菴製　大圓　九一

汪氏二仲

子墨客卿臨智永書 汪氏二仲製墨 方長 九一

方暘泉

方氏暘泉玉筯盤螭 印記 方長上有紐 九一

方季康

三台五雲 方季康寶藏萬曆癸丑年製 大方長 九一

孫瑞卿

墨精新安玉泉孫瑞卿識杏花燕子 方長折角上有紐 九一

孫繼洲

新安孫繼洲製杏花魁星 大圓 九一

孫玉泉

萬福攸同（雙龍　八分書下雙福字）　萬曆己亥年製（雙鳳）　玄府璆琳（篆書）　邊梅花　項孫玉泉　大方長　一九

孫氏

世掌絲綸（八分書）　孫氏家藏絲綸圖　大圓　一九

佘雙松

上上眞煙　佘雙松製　捻劑　一九

潘嘉客

㊁香長龍　紫極龍光　歙潘嘉客墨　小長　一九

潘方凱

歙潘方凱製　雙龍　大圓長　一九

項玄貞

碧寮樓　稚翎項氏藏玄貞製　長尖上銳下一九

郭胤高

六龍御天頌　六龍御天圖不蕪齋家藏郭胤高監製　太圓一九

吳翼明

萬曆丁未歲　吳翼明監製　長方一九

吳民望

紫金霜　兩面雙螭蒲石齋寶藏萬曆壬寅年製圓長一九

紫金霜墨蒲石齋藏　萬曆年兩面雙龍　圓長一九

蒲石齋藏墨　吳民望製　長一九

吳孝甫

吳孝甫製 行書 松皮文 圓長一九

吳仲輝

龍香草篆 亭如石一點如漆萬曆丙辰年 歙吳仲輝按易水法造 笏二九

吳充符

襲常齋藏 吳充符自製 捻劑一九

胡玄貞

竹節古犀毗 八分書七星 胡玄貞製 方長上斜折一九

龍脣 八分書 胡玄貞製 兩面蝶束腰 蝶一九

程丙叔

程丙叔監製 天彝文 青雲館 獸面雷文 方長一九

程用脩

世掌絲綸篆　絲綸圖　大香國程用脩監製　大圓一九

有字號無姓

華陽製麟女送子　送子觀世音以簫引鳳　小圓一九

常和墨法　立雀步雲　圓一九

鐵山道人采琢香國玄圭篆書　方長圓頂一九

伯瑛氏眞賞　佛帳餘馥　方長一九

西隱道人　澹然齋珍藏　方長一九

紫金霜八分書　契蘭堂監製　仿懷民遺墨光湛不浮清若童睛　靈源　方長上折角一九

墨龍髓篆書迴文欄　仰泉　騰龍內龍鳳文鳳篆書卍字文兩邊書翦　方稜長一九

澹游子來　徐廣車服集注曰侍臣加貂蟬者取其清高也　蟬一九
相如題　篆乾初氏書　形
無姓氏字號
碧天無際　捻劑九一
寫經墨篆書　心經一卷　方一九
捻劑　圓長九二
亭館
竹梧館製篆書　神品玄文如犀質如法沿于超邁于下鉄　方長九一
香林館墨隸書　鳳舌九一
介福堂　萬曆癸酉年製　圓長九一

鼎菴篆書　方長一九

卐秋水亭官製墨（二螭繞之）文不在茲　惟玄惟默
萬歷癸酉　精瑳爾客卿　贊造詣精絕　圓一九

戲墨

玉池　水山文　小圓九一

恬愉館　守其黑爲天下式　瓜子九三

無量亦無邊（其昌銘）　新都汪君理法古　長瓜子九一

鳩硯　極品　鳩一九

崗汾　極品　菡萏九一

竹胎　極品　筍一九

龍魚　　　　　　　　　　　魚一丸

高麗

鰲山晩煙　　竹梅文　　　方長一丸

墨表四

古今墨論

學士大夫蓄圖畫書刻器用之類必以傳之久者爲貴書畫至於漫蝕而不完器用至於詭怪而難辨則寶而藏之爲愈至而或者非之曰此世俗之人貴耳而賤目者也匠役工巧無世無之何獨榮古而陋今乎是蓋不然古之人敦重深穆無所不用其極故其施之事物雖

述作各有不同，然必要之盡善而後已。傳曰斷木爲棋，捖革爲鞠，亦皆有法。棋鞠戲玩之用，爾古人爲之，猶且不苟，而曰有法存焉。況於非是者乎？嘗考周官，究其爲弓矢輪輿之類，斬伐矯揉斲削之功，筋角齒革羽毛之用，必求之天時審之地氣，然後以工巧成之。其言纚纚若煩而不可信，而聖人存之以爲書，後世守之以爲法。鄭重如是，所以可貴於後世也。若夫墨之爲用，既以代刀筆漆書之勞，而就諸簡上，焉闡聖賢道法精微之旨，中以供政教詔誥典制之用，下以給文武士庶尊卑書記之需，內以教諸中國，外以播諸四夷，久之傳諸後世

所重若此顧不足寶而藏之與爰自上古以來及於今
采擇昔人之論附以聞見可共發明者著於篇
王者德至山陵而黑丹出
女牀之山其陰多石墨
鄜延之川脂流出即延安石油也以爲煙墨松脂不及
懷化郡掘塹得石墨精好可寫書
上古書用漆中古用石墨後世用煙墨
漢有隃麋墨東宮香墨鄴中三臺有曹公石墨造墨有
韋仲將墨法冀公墨法祖氏墨法李超李廷珪墨法潘
谷墨法麻子墨法宋徽宗蘇合油墨法

造墨之妙無過魏韋誕所謂仲將之墨一點如漆者也六朝無過張永五季無過奚超及其子廷珪廷珪在南唐賜國姓置之水中三年不壞宋有常和沈珪陳瞻者皆妙品也張遇以龍香劑進御有隱君子王廸者止用遠煙鹿膠而自有龍麝氣當勝之至潘谷而妙駸駸乎廷珪流亞矣元朱萬初又谷之流亞蘇浩然瀰自製墨皆作松紋皺皮堅緻如玉王廸流也至金章宗乃以蘇合油搜煙爲之遂與黃金同價蓋墨妖耳

六朝之後復有李承晏李文用陳贇盛皓盛道盛舟盛眞柴珣宣道宣德朱君德耿德眞皆類廷珪爲墨中神

品又猛順二州貢墨光澤可愛皆尊貴不易得唐玄宗
御案墨曰龍香劑一日見墨上有小道士如蠅而行上
叱之卽呼萬歲曰臣墨之精黑松使者也世人有文者
其墨上皆有龍賓十二
燕人易玄光字處晦封爲松滋矦蓋墨精也
薛稷爲墨封九錫拜玄香太守兼亳州楮郡平章事甫
至窯中墨吐異氣結成樓臺鄰里來觀食頃乃滅宋太
祖下南唐得廷珪父子墨同俘獲付主藏籍入不爲貴
也後有司造相國寺門詔用墨漆取墨於主藏車載以
給費用都盡嘉祐中仁宗宴近臣於羣玉殿嘗以其墨

賜之曰新安香墨其後翰林承旨亦得賜皆墨脊雙龍

至宣和閒黃金可得而李墨不可得也

書窗拾輕煤佛帳拂餘馥辛勤破午夜收此一寸玉蓋

言造墨之難也山谷取小錦囊有墨一丸以示潘谷谷

隔囊探之歎曰今老矣不能爲也出之乃谷少所作墨

其藝之精如此

南中楊生製墨不用松煙止以燈煤爲之名玉泉墨又

金章宗宮中以張遇麝香小御團爲畫眉墨

古墨法云煙細膠新杵熟烝匀色不染手光可射人又

曰虬松取煙鹿膠相揉九烝回澤萬杵力扣光可炤人

色不染手造墨惟膠爲難古之妙工皆自製膠今所用
雖曰廣膠去古法遠甚無怪乎墨品之下也徽墨古今
弟一者上比潘谷蔡滔中間猶容十許人况廷珪乎
古人用墨必擇精品蓋不特藉美於今更藉傳美於後
晉唐之書宋元之畫皆傳數百年墨色如漆神氣賴以
全若墨之下者用濃見水則沁散湮汙用淡重褙則神
氣索然未及數年墨跡已脫此用墨之不可不精也高
深甫云墨之妙用質取其輕煙取其清嗅之無香磨之
無聲新研新水磨若不勝忌急則熱熱則生沫用則旋
研研無久停塵埃汙墨膠力泥凝用過則濯墨積勿盈

藏久膠宿墨用乃精

歷代製墨各臻神妙繇漢及於元論其大略明興最上者方邵羅三氏遂爲昭代之冠嗣是而後名家不絕然古用松煤今皆桐油煙矣牛膠鹿膠阿膠古人互用而近時多用牛膠又不自製則不如古阿膠在齊魯遠不可得皆取諸廣東也復以熊膽點之以發其光解其滯亦有遠勝於古者萬曆天啟之間程君房方于魯吳去塵最著與方邵羅爭雄而王來者不已後之視今正未可計量也程方吳三氏別有表

跋

先生曰子瞻云未知一生當著幾兩屐吾有墨七十枚
璆琳墨表之所爲作也恐永無磨試之日矣道人笑謂
踞黃庭之榻日有臨摹而此槖則將與劫灰石墨並重
馮盛遠驅先駕也然先生蓄墨不止此槖試天乳之水
思蕭散若了不關人事雖晉人之癖自謂過之不獨與
古墨數十日夕枕卧其側梅花春雪菊蕊秋霜覩其意
勝已而搜杞囊果是三百剌蓼龕先生以豹皮跗槖提
錄離騷古本比公日提縷文剌三百爲名利奴顧當孰
杞大笑盛正色曰天都峰煤和汁魚腦入金谿子手中
馮盛與盧杞相遇於道各攜一囊杞發盛囊有墨一枚

而猶求取不已石昌言蓄李廷珪墨不許人磨或戲之日子不磨墨墨將磨子斯言雖小可以喻大先生盡散此墨流傳人間不則日磨數斗吞咀墨華施諸緗楮以發其山川光怪之氣乎不然則李公擇見墨輒奪道人亦不免古人習氣矣蕚龕錢栻之字

隰西草堂集卷四終

詩文輯佚

詩

悲哉行

皇帝甲申歲，賊大入三輔。山東河北相〔一〕於賊〔二〕，上崩萬壽山。賊坐名堂中，群臣以次拜舞。【一】其明年天子遣徹侯，北渡河誅〔三〕國仇。乃命將軍劉，奉書下邳，張我豹旗。【二】悲哉悲哉，虜〔四〕從西南來河上，人民髮搶〔五〕地。身爲俘，妻爲人所得。一以南，一以北。【三】奕奕劉將軍，左張弓，右挾槊，熊罷爲裙〔六〕。怒目視虜〔七〕，虜〔八〕去城以完。【四】胡陵牧馬客，騤騤沛阜行。尋故君，乃遇我劉。劉曰嗟，吾爲若主，共求朱後〔九〕。客拜稽首。【五】詗者以報虜〔一〇〕，畢命南城隅。族已滅，白日且西匿。上有蒼蒼之天，下有泗水，乃在千秋萬歲。【六】歲己丑，霜浸以馳路。逢車騎，跪

問將軍誰。悲哉，從視袴褶，不見其期〔一一〕。大明〔一二〕中興〔一三〕，託君報仇。【七】

飛雲橋行

飛雲橋上風怒號，飛雲橋下水波濤。波濤震撼天地怒，橋陰鬼車聲嗷嗷。白日慘慘不炤地，沛縣城北五十里。旌旗出入水寨多，故陵城中牧羊子。晝掠金錢馬上馱，刲人心肝若羊豕。自言大將身姓王，手把兩弓勇莫當。魚台金鄉盡懾伏，南向豐沛開戰場。今上海南〔一四〕己丑歲，胡雛〔一五〕運衰勢且弊。陝東義旗所在起，山西老將兵何鋭。大同城外虜〔一六〕痛哭，骸骨累累載短轊。爾時酋首憂榆枌〔一七〕，僞授徐帥中原人。氅纓鼠袴大羽箭，往來馳突故陵濱。故陵故陵客大嗔，長鐮大槊如雲屯。鄉勇進前盡誅死，虜〔一八〕騎震駭全崩奔。側聞劉侯下邳守，智勇沈毅世莫有。國移勢去歸故鄉，秋冬射獵廟道口。山中豪客數十萬，羅拜門下獻牛酒。劉侯出山何峥嵘，僞守以下皆郊迎。願得一言定〔一九〕反側，獨騎深入故陵城。君不見楊公萬餘衆，願歸鵬舉圖皇□。□輿北狩不復返，爾曹徒受盜賊名。我行與爾訪明〔二〇〕後，左提右挈翌大明。天時未至聊復息，遵時養晦期成功。椎牛鳴鼓約且定，豐沛百里無戰爭。今年南畝徧耕作，明年辮〔二一〕麥庭且碩。樵童饁妾桑影中，牛羊滿野曝春日。白旗廿對從南來，腥〔二二〕風隨馬生塵埃。黄駝黑犬不知數，去城三里營門開。聲言捕賊故陵藪，將欲馳獻單于臺。殺人如麻火發屋，老弱歎息婦女辱。城門盡〔二三〕閉索行人，壯夫迷竄越山谷。城上鵂鶹徹夜啼，泗亭無人鬼夜哭。故陵豪帥心生悲，百姓無罪罹災危。親提義兵甲萬騎，與虜〔二四〕合戰城西隈。飛雲橋北血洗箭，飛雲橋南骨成堆。胡兒〔二五〕踉蹌竄荆棘，畏誅不敢東南回。拔天搶地酋〔二六〕切齒，推求去年招安事。凶人媚虜〔二七〕忘大恩，一旦引人入西市。嗚呼劉公沛北門，雙槐夾道通車輪。水閣逶迤延百畝，春花秋鳥相寒温。閉户考槃自邱壑，妻孥數十長子孫。宗族親戚共左右，同時被害爲灰塵。嗚呼劉公眥上裂，以頭擊〔二八〕虜罵不絶。胡兒〔二九〕囓齒不敢言，父子同時懸南闕。陰風冥冥白日昏，黄霧蔽天垂沙雲。豪帥帥衆向南哭，此仇誓與丘山尊。飛雲橋上行人立，北向城樓掩袖泣。即今皇帝方中興〔三〇〕，頭懸南門看兵〔三一〕入。

浦東行為祖命賦〔三二〕

十里浦東紅日杲，風吹官店門前草。南北行人去不還，兩河中閒塵浩浩。江上唐生君子儒，擊劍讀書成須臾。插花滿頭委雙鬢，有時自捋鬑鬑鬚。遠辭姑孰向淮陰〔三三〕，逢人乞食無賢愚。妖螭上天龍下地，白頭老烏城牆裏。銜肉〔三四〕東西徹夜啼，飛游冥冥過客邸。邸舍頹垣棗葉香，荻柴絡緯炊黃粱。日莫美人落何處，獨留七尺大道旁。雁羽肅肅起沙磧，驢背砉砉馱空囊。日月無光天地黑，咫尺不辨前咸陽。憶昔罷官謝南國，黨人碑成降墨勅。近前聲喚丞相嗔，退後同堂恣羅織。襄陽水軍江表來，廣陵鐵騎南徐逼。從此天王遂北行，一時無人守社稷。唐生唐生仰天悲，三年五年竄荆棘。丈夫功業不成家已失，東西狂走徒自匿。歸去東皋鉏尚存，九畹種香各努力。

酒酣感懷同唐一祖命此詩八章，第四章已見集中，不録。

微辭既已絶，衆人争雷同。附和小聖賢，妄言悲道窮。征誅與揖讓，哀哉非至公。世鮮蒙莊徒，坐視天夢夢。

大魚北溟化，萬里乘天風。乃在青冥上，南向稱英雄。雖以大自豪，不離禽獸中。逝將有去汝，亦歸枌榆叢。

日月運天極，遠受雲霧矇。昏黑若深夜，謬以魚膏充。草木蔽蝍蛆，上蝕龍蛇宮。茫茫九關閉，前行駈鬼雄。

中天度炎景，赫羲何熊熊。四野無垂雲，陵阜忽已童。鳴澌斷魚鱉，飄風爍金銅。所思冰雪姿，乃在扶桑東。

世衰道且寢，門户撫微躬。夙昔貧與賤，喪亂相彌縫。曾聞浦西溆，金碧起梵宮。既斷水土恩，悲哉毛髮空。

群狗競鳴吠，日出光曈曨。忽聞遠行客，將歸鳩兹東。徽繩□疇昔，大義勖初終。慎哉懷爾璧，江表方興戎。隰西既有罶，浦南亦有罾。罾多魚族亂，始令溪壑空。執義遍海澨，誰知成愚蒙，天地自壯闊，幡然乘歸風。

隰西草堂此詩十三首，集佚其二。

新聞驚夙夜，故事憶喬蘇。世内多生鬻，人間有聚□。霜寒省書劍，絃舊識笠篌。此日山中臥，□衣未易謀。其八

寄稚恭

□□□□□，抱甕出南村。斜日自沈巷，春風各□門。□□□□□，夫子道徒尊。□□□□□，□□□□□。

狗六首已刻三首，此佚五首

美女將妻爾，槃瓠爾後身。山河分會稽，撻伐在高辛。行國皆逢□，成功豈在人。試看沙□上，巨□□□□。

失題

鷙獸當□□九逵，世間萬事不勝悲。全齊自重無鹽國，後漢争鐫有道碑。下馬授書人似昔，過門擊磬子爲誰。茫茫宙合將焉往，獨向山中種紫芝。

祖命飲于越石予入索酒遂有此作

長〔三五〕夏三間深柳堂，不妨群集共傳觴。已知狗竇容胡母，莫戴猴冠沐楚王。羽客鍊砂年未老，美人授劍意難忘。麯糵遺我三千斛，歸去南牕枕簟涼。

己丑孟春一日辛酉

無限山川變早春，年年滿眼佃粟人。忘傳耶律争元日，空有陶潛紀丙辰。南國自饒龍虎氣，東風且蕩駱駝塵。道逢天下同群者，摇手相看不問津。

偶成四首

白楊黄棣滿天涯，大陸晴風展玉沙。北闕關心馳萬里，南冠遺淚灑千家。銅駝舊闕花仍發，金盌諸陵日易斜。聞到〔三六〕雲中新牧馬，龍驤百隊向京華。

關西戎馬臨天塹，椎髻嚴裝載駱駝。□地已傳擒浴蠡，漢廡今復戰滹沱。空宫落葉〔三七〕秋槐盡，絶塞人歸春草多。父老長安思望幸，只今誰復渡黄河。

處處徵戎去不還，天開兵甲滿榆關。虎賁拜檄蒲青海，革馬移營長白山。三晋早聞推郭李，□□□□□□□。兩朝遺恨千秋淚，日□重開指顧間。

修我戈矛同此衣，五雲今有六龍飛。蕭王命將狥河北，吴國稱兵出合肥。寢殿有霜凝漢瓦，神京指日賦□□。□□□□□□□，□□□□□□□。

鵂林過訪却賦〔三八〕

萬里江湖到岸回，百年王地此中開。牆東自有君公住，門外今傳陶令來。斜月啼烏人罷酒，早霜驅雁客登臺。茫茫四海〔三九〕誰知己，慚愧同吟隴上梅。

隰西草堂此詩十三首，集佚六首。

豈曰無家賦考槃，幽居坦坦采芳蘭。山川不盡關河急，哀樂無端風雨酸。五夜麗譙歸北地，十年滄海憶長安。人間咫尺夔州道，虎豹當關行路難。其五

世事紛紛頭白烏，深山□□未全無。病將刺骨禮皆廢，貧不關心影漸孤。吴市餘生猶變□，祇園首坐獨留鬚。□□□□□□□，□□□□□□□。其七

桃花流水草堂陰，齋罷經行時退尋。兵家漫勞天北極，室廬無恙地東臨。龍蛇陸海千人見，鴻鵠雲霄萬里心。每向山中鐘鼓後，玻璃光暗一燈深。其八

浦上老漁秋水明，小窗剪燭酌同傾。不知今世爲秦漢，莫向當途辨濁清。豐草長林從此遠，白衣蒼狗太無情。高原回首聞南雁，帶到衡陽第幾聲。其十

陋巷無人但夕曛，菜花滿地隔秋雲。采芝東海年年去，載酒西鄰日日曛。世有龍蛇争起陸，誰言鳥獸可同群。葛巾一幅椶牀上，山磬數聲君不聞。其十一

韓信臺邊水有煙，劉伶墓下草連天。吾生不逢堯舜禪，爾輩誰知沮溺賢。板浦鶴來春載酒，彭城人去夜歸船。無端芳草閒門閉〔四〇〕，荆壁繩牀狼籍眠。其十三

（以上録自羅振玉《隰西草堂集拾遺》）

隰西草堂

不須龍戰後，天地竟玄黄。大道誰能守，斯文□久忘。侏儒争閏□，秘戲□春王。日月江湖上，東風歸草堂。其九

慶宇先生六秩其仲子能命予為圖圖其芝山隱居兼以稱觴焉

千山萬山去不已，初謝市朝來息機。舊日種松周甲子，碧雲如帶曳秋衣。

（以上録自董士恩《隰西草堂集》）

得西來信感而有作

連年皆五月，黠虜陷雙京。君父讎仍在，華夷恨已盈。枕戈空待旦，忍淚暫偷生。又得西來信，乘輿殞北平。

初聞闖陷痛哭詩

痛哭初聞信，南天又已傾。八閩龍虎地，十隊犬羊營。祖德深於海，天心未厭兵。何方存夏祀，胡騎正縱横。

聞東省北直信慨然有作

帝命人心眷大明，春陵公子起青衡。三齊義士收東省，六郡良家圍北平。運轉殺胡天紀正，彗將見昴泰階清。山僧倚杖柴門外，笑向西南拜二京。

哭楊大廷樞

□□□□□，師潰隱東湖。別後交相念，微聞他有圖。全身謝諸帝，延頸濺群胡。君已爲其易，留予待□□。

得□中□志喜兼得山左之報

傳聞行在幸南州，百萬雄師駐上流。天掃欃槍開日月，帝親櫜韃富春秋。滄江飲馬天河滿，青濟烹牛星塞收。指顧犁庭追二祖，明堂左个見諸侯。

友人說南渡事作長歌以示之

枯桑花開鵂鶹啼，陰風吹火燃東西。日光十丈不炤地，黄沙如雲雲如泥。憶昔走馬陪京道，幾年江上生春草。雲中雙闕高巍峨，闕下群臣衣素縞。六龍西來初渡江，千乘萬騎發淮揚。即日上陵祀高廟，南向庶臣涕泗滂。三朝耆舊坐論道，曾無片刻忘疆埸。重臣跋扈入相府，次第驅斥諸賢良。天子無憂始好色，進前左右稱傾國。内人樂隊居上頭，鷹使毬埸皆領職。政府追言定策勳，援引私人樹羽翼。鉤黨已成大獄興，日暮斜封降墨敕。遐邇解體將士驕，雄藩傳檄清君側。駱駝千群東北來，中原處處生塵埃。南徐失守守將潰，金川通濟城門開。乘輿數騎沿江步，夜領黄門太平駐。樞相倉皇挾後宫，盜兵南走臨安路。大明門内竟無人，百姓悲啼淚長注。日新宫中傳新旨，黄袍小兒佩國璽。虜騎入城隨迸散，草草一時盡殺死。裔皇魯后越江東，高帝子孫稱大宗。環江列守議恢復，遥與粵閩聲援通。臣民勸進不敢受，暫領監國專治戎。湔除前凶赦元惡，共圖雪恥成大功。舊相僉人内危懼，謀挾兩朝以自固。將煽誣詞震八閩，先出危言動節度。上下同心不可摇，潛通江北撤江戍。嗚鏑吹笳滿紹寧，粵東千里無堅城。從此仙霞關不守，桓桓監國幸東溟。福京君臣殉社稷，直驅兩粵滇南驚。敵還始論迎降事，二人先後從軍贄。夤緣内院且論功，隨入三韓圖大位。明明天地視聽卑，連亡三國抑何悲。西市鳴鼓肉寸磔，南關落騎身成灰。逆臣巨慝不可赦，是時上帝方誅夷。嗚呼南渡策已下，兩凶追逐亡宗社。至今葉落哭秋槐，宫殿沉沉烏啄瓦。隰西老人仰天哀，深夜徬徨泣如瀉。疇昔曾聞道路傳，依稀記得阮與馬。

重過相山拜王先生墓

相山亦已砥，黄流亦已涸。日暮驅車來，再拜王生墓。王生社稷才，黼黻翼天步。屈抑諸士間，時窮當大故。先帝嗣宗廟，國爲群臣誤。盜滿秦豫中，東窺問晋渡。三輔力不支，樞宰迎道左。乘輿奔煤山，殉國以尺組。賊首升殿坐，群臣争拜舞。諸將潰南下，高會淮西浦。王生仰天悲，聲罪直前數。陷身囹圄中，與國竟無男子朝懸頭，婦女夕爲補。偷生行視息，黽勉望南渡。胡馬逼孝陵，北狩一何苦。勢潰人不守，相隨陷擄。垂髮髡其顛，衣冠成胡土。邳城失其堅，邳池水已滷。東魯。

始行詩

白日何頹澹，炤我隰西船。酸風動行李，杖鉢盈一肩。親戚遠相送，行行涉東田。亭午集微霰，林木吹沈煙。冥冥水聲闊，鼓枻發前川。抗音謝送者，公等寧獨賢。皇塗方污濁，陸海紛糾纏。嗚鏑交路衢，哀哉多腥羶。牛馬異其風，炤臨同一天。出處恣苟且，彝倫名空沿。誰能蹈東海，或遊西山巔。豪傑已雲蒸，黽勉謀幽燕。坐聞郭李策，鞭弭相周旋。滄海洗殘穢，與爾歸山泉。寄謝石城路，春日帆雙懸。

抵燕子磯南望泣下時人家為除夕以詩哀之

陰風吹雪黯然哀，野□黄羊毳帳開。此□無人知□□，只今有客哭宮槐。殘年漢朔方餘閏，□運壺□□改□。高帝觀星古臺在，月明依舊晚潮來。

為陳台孫歌楚聲

泯泯酒百壺，坎坎伐大鼓。我爲若楚歌，若爲我楚舞。日月不知落何處，蛟螭上天龍爲脯。乾坤浩浩磧風深，□□群游□爲伍。天帝自深醉，山川獨勞苦。嗟哉三户民，爾無忘爾楚。

繇太平路至蕪湖遂見劉大遠公陳一伯璣

朝發姑湖里，夕達鳩兹城。東風吹江縣，白日西冥冥。君子服古度，佩蘭吹玉笙。良友永晨夕，濁歲同躬耕。鼓枻匡廬門，垂釣蟂磯硏。陵闕二百里，閔亂潛經營。客至互攬接，授版導姓名。燈火傳中夜，歡笑傾平生。慷慨感疇昔，各能宣其情。顧影忽起歎，仰見天津星。昴弧久失次，中原勞鬭争。大道嗟淪喪，□□方縱横。賢者避其世，誰爲謀周京。願言茹荼蓼，□□□□□。

（以上録自李輔中《萬年少先生年譜》）

穆倩先生以襆被過余草堂五首之一

不見程生久，風塵襲沈腰。人心尚爾女，天道剩漁樵。閉户三冬盡，挑燈一夕遥。山中蘘桂色，宇内竟寥寥。

（録自程邃《蕭然吟》）

題古木寒泉圖軸按，末題「崇禎壬午九月，彭城萬壽祺」。

千尋古木鑠寒煙，一壑清風百派泉。斜日閒吟扶杖立，深情遥寄野橋邊。

（録自龐元濟《虛齋名畫續録》）

書為乾翁詞丈壽

清溪高士人不識，上天下天鶴一隻。洞雲深鎖碧窗寒，滴露研硃點周易。

（録自《淮安市博物館藏明清書畫精品集》）

文

隱居放言序

予自渡江來，薙髮爲僧，遨遊於金陵蘇臺之間，凡閲士不啻千餘人，而人之知予者亦不少，然予終不敢以才許人，獨於吴中得二才士，一曰鮑畹滋，一曰夏樂只。鮑與夏皆祖自新安，一僑居白下，一僑居西湖。而畹滋早得名，遂逸去，予亦不復論。惟樂只交最深，知最切。

予習隱浦上，樂知常摇舟渡淮水，風雨連牀，故其若文、若詩、若詞章著述每多見，予以是服樂只之才，高樂只之品，故云自渡江來十年得此才士也。樂只至性人，才不讓人，品不苟合，發一詞則居然梁園、鄴下也，吟一詩則儼然開元、天寶也，建一言則確然眉山、昌黎也，設一喻則恍然《鴻烈》《説苑》也。若是者，均吾所稱樂只才也。至親其人，則飄然欲仙矣，吾懷郭林宗。聽其論，則軒然神爽矣，吾憶東方朔。披松風而謖謖，其李元禮乎。舒嘯旨而由由，其阮嗣宗乎。若是者，又吾所稱樂只品也。樂只既負才與品矣，樂只之若詩、若文、若詞章著述，何不壽之雞林而必藏之名山乎？吾於是以知樂只之生不遇也。自古名流韻士之亟于自見者多矣，或賣賦長門，或獻書闕下，或藉《三都》而鬻名，或假《雕龍》以衒價。樂只固不屑然，終不亟亟于求名，吾又以知樂只之非不遇也，吾更于此有異焉。天下惟賢知賢，惟聖知聖，惟才人能知才人。予不敢負才，而知樂只者甚篤，然猶有篤于吾者。姑蘇麗人韓素月，刻其詩集以行世。素月，青樓中人也。讀樂只之詩而獲心，因出其資授梓者，素月真可謂知才者矣。素月爲燕城名妓，挈其家隱姑蘇市，吟詠雜著過乎作者。予因海陽吴生訪其廬，得見其笈中所藏樂只試卷若干卷，絶不雜他人一字，亦絶不聞與夏生孟浪遊，素月豈因其才慕其品，遂因其品重其詩也耶？辛卯秋，予思歸淮浦，將束裝，而素月以書致，并索予爲夏生序。予方外人，既不能不爲韻人贈言，安敢不爲韻人之爲才人贈序乎？暫維舟，漫撰數言以復。

徐君平高士行誼記

崇禎己卯春正月，始遇徐君平高士于淮陰新城之東門。

君平名秉衡，徽之歙人。性至孝，慷慨有大志，好義任俠，解紛難而無所取，少秉朗鑒，論秦漢以來道學淵源以及工器弄物，莫不有條貫，爲當時典刑。隱居不仕，同郡人趙泰宇約余過其家，入新城東門坊曲中，始遇君平，與定交焉。時上元六日也，人物喧闐，燈火徹旦，海内清晏，士民安居樂業，號稱小康。而君平以豪俊風流踞上坐，四坐皆爲傾動。

王司州在謝公坐，詠「入不言兮出不辭，乘回風兮載雲旗」。語人云：當爾時覺一坐無人。

明年，訪君平于臯里。

君平家在闤闠内橋臯東一里，編竹爲門，庭列松竹，披户無人，書聲自内出，則其子茂才□□也。童僕皆悠然自得，若與塵世隔者。三爵而退，執手論平生，竟日不去。憂時慷慨，是日已有神皋陸沉之感。□□博洽高亮，才略非一世可舉。君平不使之仕，曰：「識古今成敗，淹貫爲名儒，足矣。不願遺爾輩拖曳青紫，徒持祿，以愧先人也。」

有人語王戎曰：「嵇延祖卓卓如野鶴之在雞群。」答曰：「君未見其父爾。」

辛巳以後，君平往來淮陰。

淮陰大賈多出徽郡，其地賢者每每好執古誼，輕鄙仕宦以爲辱，或隱于負販。君平雖家于吴，其妻方氏以孝惠賢淑逮下冠一郡，族屬親黨咸師之，率其下還鄉里，誦讀耕織，課子如嚴師。君平既得内助鮮交謫者，輒留江淮間數年不歸，余乃時時得就教請益。君平爲余言，其妻多病，雖危困不飲藥，以爲天之生我有數，勿復紛紛。既生女，微疾輒延醫調護甚至。或問之，曰：「自吾有此女，吾責始重，吾將留此身以教女，不幸溘先朝露，則女失教，女失教則四德三從無繇以聞，内以辱母氏，而外以辱其夫，吾之罪滋大。」久之，女死，不悲，曰：「吾自此累絶矣。」却藥餌如故，類有道者。

有濟尼者嘗遊道韞家，人問優劣，答曰：「王夫人神情散朗，故有林下風氣。」

乙酉春王改元，君平在留都，余以事至，君平以伏羲玉像出視。

南渡之次年，君平移寓三山街，余赴鄭京山師召，至自吴郡，是時陸履常亦以事至，相見歡甚，論難連日夕，自天地鬼神、山海鳥獸以及仙佛卜筮之學，靡不綜其綱要。君平乃出宓羲玉像，謂余曰：「子知庖羲氏之學乎？一畫已盡，後之君子增焉而不已，道所以日卑，人世之吉凶悔吝所以日衆也。石城星氣甚異，亂兆已見，余將渡江，子亦從此去矣。」

索靖有先識遠量，指雒陽宫門銅駝歎曰：「會見汝在荆棘中。」

秋，遇君平于虎丘。

是秋余避地斜江，爲賊所得，頼有陰救之者，久之脱去。將還故鄉，至虎丘遇君平焉，君平曰：「吾避亂臨安，家口散寄四方，皆不憂，惟憂子剛憨，負大義不顧身，恐不免。今幸脱矣。」執手悲喜。是時，君平之鄰亦來慰藉，鄰之子嘗給事外戚，逃歸，示君平以内府珍玩，君平戒毋私鬻，未幾邏者捕之，索盜物，物幸存。父母懼，將赴水死，君平出金買邏者得解。

李元禮欲以天下名教爲己任，升其堂者以爲登龍門。

丙戌、丁亥之間，君平薄游淮陰。

余爲沙門于普應寺，寺在浦西。寺之東，余隰西草堂在焉。葭水凫沙，漁榔出没。去君平家三十五里，君平時時策杖過衡門，斜日沉巷，輒痛飲酒，盡，繼之以痛哭。

郭忠恕時與役夫小民入市肆飲食曰：「吾所與遊皆子類也。」

己丑春，君平始入道。

君平之兄子善召仙物，君平就視之，致誠焉。久之，有所謂金飛仙者遺水丹一粒，使服之，授以導引之法。君平曰：「吾始意氣自信，好緩急人，海内稱之，然往往心與物逐，負性用事。今乃知任俠非大道所宜，以息存存，内視五臟，骨漸堅，肉漸去矣。」

黄龍寺晦堂老子嘗問山谷以「吾無隱乎爾」之義，山谷詮釋再三，晦堂不答。

時暑退涼生，秋香滿院，晦堂因問曰：「聞木犀香乎？」山谷曰：「聞。」晦堂曰：「吾無隱乎爾。」

庚寅夏，君平先生五十歲。

君平將游于湖西，曰：「吾行年五十，而不知四十九年之非，學力之未進與，道力之未堅與？吾方行脩，隕墮之是懼，奚年壽之足稱耶？」子弟上觴者，皆避去不見。余以同志過其家，交勉以進脩而已。時榕花滿野，乳鶯亂飛，四月十有六日也。

王季友贈崔高士瓘曰：「夫子保藥命，外身得無咎。日月不能老，腸化爲筋否。十年前見君，甲子過我壽。云何今相逢，華髮在我後。近而知其遠，少見今白首。遥信蓬萊宮，不死世世有。玄石采盈擔，神方秘其肘。問家惟指雲，愛氣常言酒。攝生固如此，履道當不朽。」

余與君平最稱莫逆，景行維賢，非阿私所好也。古人左圖右書，所以觀德。竊附此義，庶幾不愧東海，豈子魚輩所能夢見哉？彭城布衣壽道人自跋。

書吴郡沈載寫經葬親啓後手蹟藏予家。

吴郡沈載家貧，亡父未葬，將皈依梵王，書《金剛般若經》二十部，散諸故人，得經資以葬父。壬辰孟陬，壽道人從江北來，謂之曰：百行莫大於不孝，不孝莫大於不葬其親。孔子不云乎：「禮與奢也寧儉，喪與其易也寧戚。」吴地侈靡，習俗相沿，有所謂喪禮而非先王之所謂喪禮也。貧窶之子，至有數十年不葬其親者，祖父之骨累累，相望于一室中。夫人生於土而死於土，以土爲歸藏也。今人鬼雜處，陰陽聚争，無以安亡者之魂魄，而使之旅寄于日月之下，不祥莫大焉。而或喪亂饑饉，兵戈相尋，子孫流離，遺骸不保，投諸水火，暴諸道路。其始也皆苦于世俗之所謂喪禮，以至因循不舉，卒也椎心流血，追悔莫及，其爲不孝，百世莫贖矣。若夫希冀善地以爲身榮，殘骨累遷，墳墓莫守，此又禽獸之不如，神人之所共殛者也。今子書經以葬父，違世俗之喪禮，而使先人之早歸諸土也，豈非純孝乎？夫親安則心安，心安則禮以義起。所謂易也寧戚，吾願吴郡之爲人子孫者，皆去其世俗所謂之喪禮，隨家之貧富，以早葬其親，而求其親安則心安者乎。予日望之矣。夫學經以入道，而孝爲入道之本。諸故人孰非人子，讀沈載所書之經，當以惻然心動，而况皆有道義骨肉之責者與？隰西沙門慧壽。

為閻古古書孝經跋見魯一同《白耷山人年譜》。

《忠經》出於馬融，君子已有議之者，今日更難致論，庶幾躬耕甽畝，終身貧賤，以懷我二人乎。嗚呼，普天率土之義謂何，而况於事父也？古古天彝獨摯，每與論此，相向痛哭也。比丘明志前彭城萬壽祺。

自書詩卷跋墨蹟藏長洲章氏四當齋。

庚寅仲夏，祖命先生發自姑熟，渡江北來，觀淮陰，訪壽于隰西。酒酣耳熱，倡和聞作，久而成册，先生命壽書之。祖命遠發姑熟，來觀淮陰，在予隰西中二月，日有倡和。余聞之，志有不得則思，思之不能則唱歎生焉。祖命高潔之士，自南渡爲黨人，被髮行吟，託言香草，則風人之遺也。余爲比邱，情無從生，何思之有，而日同唱歎，有類行國，後之君子必有知吾兩人者。道人壽。

寫金剛經跋山陽何氏六桂堂藏。

戊子仲夏，發願書《金剛經》，殘數字自五月朔日始，此其第二部也。既如夢殘數字書之似覺多事，然西方聖人自有深意，讀者解脱，自能了了。梁苑沈超宗，博學異才，一時賢豪長者，篤信宗義，根器甚利，便以歸之。內景道人壽自跋，時己丑立春後七日。

秋江思圖跋

辛卯春，始遇顧子於舊都。顧子名圭年，顧子曰：「予再轉注而得此名。」予心異之。是年秋，顧子抱布爲商賈，繇唐市至淮之浦西，過余草堂，余始雖心異顧子，至是乃詳知顧子之爲余友也，曰：「子非寧人乎？」方少年時，操筆挾策，論古今之事，國步既傾，屢值喪亂，天下之賢者不能須臾忍，多成名於鋒刃屠割之間，余與子亦幾不得免。事既不就，行且八年，而子隱於商賈，余隱於沙門，雖所求之路殊，志足悲矣。今子操奇贏於市中，宰天下之平，於此始基之乎，抑將終身焉與監門屠狗者伍耶？子歸唐市，念未轉注時昔之名者安在，則庶幾舍商賈求所以爲寧人者乎？是日也，顧子欣然鼓柮渡江而東去。隰西沙門慧壽萬壽祺。

翁壽如山水册跋

載《穰梨館過眼録》卷二十九。

壽如運筆高妙，以晉魏書法行之于畫，蒼老之内時帶秀冶，正似桃源中人，上古衣冠，照暎左右，日在花竹溪壑中，與童稚雞犬醉舞婆娑，遂使宋元諸公不得踞席自大，真奇觀也。道人策杖隰西，煙雲出没，雪霜往還，時時與壽如畫遇，輒復欣然有喜，爲題數語，後之君子得此册者，知桃源中人，未嘗不在人境也。庚寅春，壽道人題于香茅。

（以上録自羅振玉《隰西草堂集拾遺》）

致岳父書

日月易邁，兩年不獲趨侍。自去秋奉候後不覺半載，勞心忉忉矣。岳父母、內弟妹闔宅新祉爲慰。自沙門之後，一切富貴升沉不相關涉，省却許多榮辱傷感，於本心粗慊。去冬還徐州，即披緇衣見當事者，幸皆相安，則從此可以高天孤鶴矣。今春閉户寫經，往來徐睢間，爲八口謀食之計，頗聞北上諸公，皆踉蹌兵戈患難中，多有不能保首領者，則熱中亦何爲乎！此時即不論是非，至於禍福當前，瞬息萬變，何迷者滔滔皆是耶？山東大亂，勢且駸駸，尚不止此，左明兄能詳陳之。徐淮粗安，將來亦非樂土，真蹙蹙靡騁也。聞吴中暫時平安，此時此勢，所謂得一日且過一日爲上策也。淮上兵過不絶，人家惶惶。寒家人口皆無恙，令愛與外孫皆平安，可免遠慮。嚴元復盟兄到淮，傳言趙恭叔、源屋兩親翁去冬又被盜劫，何多災如此！致書附候，乞爲轉達鄙意。元復又言，斜江兩邊港門皆已用木釘住，從此外船不得入，可以粗安，則壽所典之房，當有人要矣。乞岳父、大舅約同孺邁襟丈與趙恭老言，覓人轉典，寄價來淮，以濟燃眉，此真饑時一口，至懇至懇。錢大老處事，因去年未曾說妥，今又特託何、吕二兄來説，務要妥帖，其詳吕左明兄詳陳，專欲借重鼎力以必妥發出序板爲望。骨肉肝膽，全人名節。不終賴岳父更何賴焉？萬祈同何、吕詳謀必妥。俟兵過已完，陳階六親翁即南來，尚有書寄候門老師，此時先便書候，見時多爲致意，至囑至囑。三月初一日，壻僧壽稽首發。

題葉欣梅花卷子

梅花詩，古今詠者甚衆，疏影暗香，山中林下，遂爲近代絶唱。然不如少陵「幸不折來」二語穆然高寄，後人極力摸索，此老以自然得之，遂覺將來者多事。然深情人或借此寫炤也。榮木以畫代詩，孤煙冷月，山路溪橋，耳目之外，自有深情人一往情深者。誰謂摩詰後身，徒寫桃花漁棹而已？歲暮春愁，正是世出世間，不易寫炤者也。庚午七月十六日，見榮木此卷及内景跋尾。同邑張伯英勺圃審定爲真蹟，故附此。

書畫篆刻例附狀

唐子畏云：「閒來畫幅青山賣，不使人間作業錢。」余既作書傭，相屬者衆，力作勤苦，而無以贍饔飧、具筆墨，無爲也。蒼公既爲余作啓，繇兹以往，無所操，操矣而以一豚蹄祝，皆不敢聞命。多病以來，緐思傷心。酉戌之後，不爲人做文字、序、贊久矣。凡有傳者，皆非鄙撰。既以告人，亦以自勵。古之君子款識止著己名，後世始題來屬者。字號無盟社、翁臺、詞伯、父師諸諛辭，長行稱先生，平行稱居士，幼行稱字，以追古處。掉運不息，肢體漸廢，偶弄筆墨，以爲戲耳，遂兼養生。若復操以市井，則心手相違，雅道淪墜。一切賀祝、奠誄、章啓、募疏、市牌、春帖，概不應教。漢印無刻詩句、長篇者，止刻姓名，唐以後始兼亭館，今從漢法。隰西道人壽附狀。

（以上録自李輔中《萬年少先生年譜》）

跋書王氏小詞册銅山周氏藏。

病夜不寐，篝燈熒熒。筆墨静好，以意仿智永真草《千文》，雜以元常《宣示》，書王氏小詞六首，不能都似。若遠江片帆，得其大趣耳。庚辰五月十有六日。

跋臨衛夫人法書

既爲赤臣盟兄畫士女圖，復爲臨衛夫人法書。赤臣云：「既以此女爲衛夫人可也。念古人之可作，當首肯乎余言。」壬午七夕，萬壽祺。

跋董玄宰己亥山水卷西蜀張氏大風堂藏。

南北既分，秀傑閒遠之士，守勝國爲門庭，舍高曾而崇孫子，抑知南宋前後，尚有諸人爲之開除耶？思翁爲其家太守出世説法，而泝源窮本，所以引掖後生者，婆心正切。指示堂奥，正如此卷，割去平日，直就荆、李，振衣千仞，不徒取法乎上，使後之學者，瞠目秋天翠屏也。萬壽祺。

與友書

患難之後，囊空如削，連歲困守，從未告人，而獨冒寒遠涉，以告于知己者，實以向平之累也。深荷不加鄙遺，百金慨借，通財之惠，何日忘之。弟頗硜硜自愛，稍足俯仰，即一一完上，不敢欺我知己也。惟是此番遠游，行李所費，幾去其半，若再稍治裝資，則仍然復束手。仰體清風之操，不敢望如前數之侈，約計大略，非二百金不能行。今僅改呈一券，萬祈俯俞，在老年翁辦之亦易，而弟事得就，亦不虛此一番仰藉之誠。始終之德，感且不忘矣。萬不得已，則貴衙門或有可設處者，亦不妨通融。拜惠早旋也，故託五多兄詳致，仰在鑒涵。外荷隆賜，附謝，容圖晤罄，不一。小弟壽頓首。

與友書

酉歲之冬，曾有一啓呈候，弟亦蒙賜垂問。嗣是而後，行役與病苦相尋，遂滯通陳。每一南馳，則生悚戀。年翁權以行徑，表張才學，樹無前之勳，爲識時之俊，同仁拭目，無不仰藉鴻庇。而弟以愚陋，皈依梵學，遠謝人間，一衲一鉢，更望如雲之翼，永爲護法，藉慈不淺。老年伯母、年嫂、年侄榮發南程，令弟兩之京國，每以雲水孤蹤，皆失送候。仰知大人長者，不責世外沙門以世間之禮。而疏慵脱闊之咎，自慚難逭也。明惺師兄南來寄候，凡弟區區，皆能代宣。此僧雅人深致，夙在鑒中，不煩瑣瑣。惟是弟聞年翁所蓄，饒有宣德舊紙，及宣成正嘉舊窯磁器，喜捨佈施，檀越素志，萬惟多多惠賜，以爲供佛書經之用，實資鴻福。即乞付明惺寄來，弟當拜領，功德垂諸不朽也。伊人不遠，山川間之，如何如何。六月六日，比丘弟慧壽和南敬啓。

弟近日賣畫自給，聞蓄石青、石緑、硃砂甚多，各惠數斤，大感造就。又啓。

楷書杜詩軸銅山張氏小來禽館藏。

庚寅仲春，隰西壽道人書。

與友書

初意至太平三五日，尚得歸來追隨燈市中，祖命苦留，須淹至月杪矣。六年契闊，數日歡聚，雖足一展懷抱，而尚未得信宿高齋，一罄心膂。昨有欲啓託階老、王老，上致想已荷鑒，乞歸時再一申請也。外有家報並豆種一封，乞老年翁覓便人寄至清江浦敝寓，若得即有便人，不至淹滯浮沉，更感明德。餘衷面謝，不一。弟壽頓首。

與徐君平書

周生兄言，仁兄携有《明皇幸蜀卷》，乞借一觀，想見不吝也。綾價附上。弟壽祺頓首啓狀君平仁兄千古。

與爾森書

弟昨始還吴，急思一晤，雨濘不能來，專伻上候啓居。俟少晴路乾，即過面晤，以罄拳拳。弟壽祺頓首狀爾森仁丈古道。

與友書

恭候年臺萬福，比丘弟慧壽和尚。

松石圖銅山張氏小來禽館藏。

蒼松百尺千年姿，靈威仙人山隱居。畫爲扆翁先生壽。壽。

山水扇銅山張氏小來禽館藏。

田家之樂，企予望之，爲泰和寫此志也。

金焦小景扇常熟邵氏息庵藏。

登金山茫然西望，見郭景純石墓，其左右礁峙江中者，爲仿摹之，就正美如年兄。壽祺。

跋大觀帖

宋徽宗以御府所藏真蹟，重刻於《太清樓》，與《淳化帖》相爲表裏，以賜太子諸王貴臣，其帖稍長於《淳化》。王著不知書法世代，真僞雜入不辨。大觀中書家最盛，米芾、黄伯思同出於一時，各有駁論，而蔡京獨不聞增删，一依《淳化》舊刻，何也？高宗渡江，載其石行，遺第九卷於歸德軍，後爲田家所得，歸沈氏。故太倉王氏、華亭董氏購求甚苦，止得九本，以不得全部爲恨，而不知第九卷之未入江南也。此帖摹搨健舉，精妙如神，當是高宗未渡江以前者。凝遠先生書家董狐，桐魚雷劍，自神氣相合，以視諸帖，不徒望洋退舍矣。萬壽祺。

懸網圖程聽彝氏藏。

辛卯二月廿九日，是爲春去，予亦北歸。櫻豆滿野，鮮鰣入市，予方持齋，食指雖動無益也。因圖懸網，使京口之人，皆不得鼓刀，亦一快耳。壽。

（以上録自段拭《萬年少先生事蹟彙集》）

題壽星圖

宋嘉祐朝有道人游卜於市，貌體古怪，飲酒無算。郡人士異之，潛圖其狀以進。引見，賜酒一石，飲七斗。次日，司天臺奏壽星臨帝座。丙子長至，沙門慧壽彭城萬壽祺。

（録自清陶樑《紅豆樹館書畫記》）

大鶴山人宫詞紀事序

乙酉冬，大鶴山人始爲宫詞百首。暮采蘭澤，朝思美人，古人之善懷，亦宫詞别解也。大鶴山人曰：「余於今年去年之交，繭足瘦脛，走萬里之途，投兵戈之隙，夫何爲哉？海内賢者，當自知之。」嗟呼，昔之所謂焦心勞思與夫窮侈極欲者，今皆何在？行邁靡靡，中心摇摇，王風不云乎？寧獨楊炫之過洛陽而紀伽藍，樊於德往來燈影中扶髻泣下耶？彭城沙門慧壽，前年盟弟萬壽祺題辭。

（録自《大鶴山人宫詞紀事》）

致岳父書

一擾百日餘，承岳父撫慰庇護備至，解維北返，不任瞻戀。昨在大鶴家，遂失候臨，未盡之言皆不及布，見門老師時乞爲祺代謝。斜江上嚴元復欲見門老師，祺已說過。册葉中亦有元復詩，門老師亦見過。元復來見岳父時，幸同之一見門老師也。斜江守房者爲莊明，爲金烏龜所詐，誑告詹大廳處。倘有事來求，乞與門老師言之，求與詹大廳説免，則祺之房可終託無事。昨已與門老師言過，岳父便中與門老師再宣明一句更妙。失物事，祺已行聞，督臺必爲祺追，萬一拘嚴叔弢來審，乞岳父證之。此中詳細，皆岳父所深知也。斜江房如有來典買者，已託許襟丈，再乞岳父一囑之。所委畫扇，途中暇多，即完寄上，不敢遲也。聞北行途中甚平安可行，岳父母放心，不須垂慮。前行倘有便信，自然寄候。昨李舍親來尋，云有要緊話，乞岳父詳細密問之，再詢黄如千親翁消息，彼或知之也。至望至望。婿壽祺頓首百拜岳父大人。

（録自《香書軒秘藏名人書翰》）

午纛神女圖軸跋

宋洛陽女子紫氏真貞，修容傾國，年及笄，見石姝乘飆輪而至，曰：「余巫山神女也。別子垂四十年，子昔九天司命，于衡山之芙蓉峰，以詿誤謫人間，吾爲子遺蟾虎二師，于重午之日，以救除萬靈疾厄，以釋其贛。」世傳午纛神女云。癸未五日。

（録自《中國美術全集·繪畫編·清代繪畫》）

跋左光斗致麓翁手札

今年在建業，始見石父。既遇偉人，又獲觀此卷也。先輩風流高卓如此，子孫以時思其德業，乃在山水之間。嗚呼，不可及矣！己卯秋仲，彭城萬壽祺。

（録自《翰札菁華·明清名賢手札》）

題黄道周用硯

見此石，思德業，先輩風流不可及。己卯秋仲，萬壽祺。

（録自施蟄存《北山談藝録·明黄道周用硯》）

詞

湖上同胡彥遠聯句調寄望江南

寒食後，千里見湖山。暮雨自能催客淚，春風不住送人船。今夜記今年。年少。殘炤裏，歸去獨登樓。短笛杏花看過馬，紅衫窄袖控吴鈎，風景似徐州。彥遠。

再同胡彥遠湖上聯句調寄西江月

秦吉永辭北路，鷓鴣只了南音。先生抱膝自沉吟，江上數聲笛韻。年少。楊柳風中人去，鞦韆影裏春深。孤遊此夜獨鳴琴，夢落鶯花遠近。彥遠。隰西有館曰遠近。

即席與胡彦遠陳大平遠聯句賦如意牡丹調寄望江南二闋

憐客路，幽草向人開。印得脣脂紅一串，夜深移過枕邊來，夢裏自疑猜。年少。澹薄處，駘宕總難禁。寸寸芳心渾欲吐，絲絲緒忽沉吟。凝睇向知音。彦遠

人倦後，無語倚闌干，粉黛垂垂紅褪玉，春心無那向人難。翠袖怯春寒。平遠空有恨，低首向儂家。小試春風如意否，錯教人喚牡丹花。春意自周遮。彦遠

（以上録自羅振玉《隰西草堂集拾遺》）

眼兒媚

贈卞校書

花弄香紋春滿樓。桃葉引江流。個人何事，斜陽獨倚，曲曲腸柔。垂簾淡淡撲楊球。私心好處投。侍兒斂態，閉門作意，不上金鈎。

（録自鄒祗謨《倚聲初集》）

校勘記

〔一〕「相」原闕，據董氏校輯本補。

〔二〕「賊」，董氏校輯本作「虜」。

〔三〕「誅」原闕，據董氏校輯本補。

〔四〕「虜」原闕，據董氏校輯本補。

〔五〕「搶」原闕，據董氏校輯本補。

〔六〕「裙」原作「群」，據《萬年少遺詩》及董氏校輯本改。

〔七〕〔八〕「虜」原皆闕，據董氏校輯本補。

〔九〕「求朱後」原闕，據董氏校輯本補。

〔一〇〕「虜」原闕，據董氏校輯本補。

〔一一〕「期」，董氏校輯本作「頭」。

〔一二〕「明」原闕，據董氏校輯本補。

〔一三〕「興」原闕，據董氏校輯本補。

〔一四〕「海南」原作「皇帝」，據董氏校輯本補。

〔一五〕「胡雛」原闕，據董氏校輯本補。

〔一六〕「虜」原闕，據董氏校輯本補。

〔一七〕「酋首憂榆枌」原闕，據董氏校輯本補。

〔一八〕「虜」原闕，據董氏校輯本補。

〔一九〕「定」原闕，據董氏校輯本補。

〔二〇〕「明」原闕，據董氏校輯本補。

〔二一〕「粦」，《萬年少遺詩》作「粦」。

〔二二〕「腥」原闕，據董氏校輯本補。

〔二三〕「盡」，董氏校輯本作「晝」。

〔二四〕「虜」原闕，據董氏校輯本補。

〔二五〕「胡兒」原闕，據董氏校輯本補。

〔二六〕「酋」原闕，據董氏校輯本補。

〔二七〕「虜」原闕，據董氏校輯本補。

〔二八〕「擊」原闕，據董氏校輯本補。

〔二九〕「胡兒」原闕，據董氏校輯本補。
〔三〇〕「皇帝方中興」原闕，據董氏校輯本補。
〔三一〕「兵」原闕，據董氏校輯本補。
〔三二〕《萬年少遺詩》題作「爲唐一歌」。
〔三三〕「陰」，《萬年少遺詩》作「市」。
〔三四〕「肉」原作「屋」，據《萬年少遺詩》改。
〔三五〕「長」，《萬年少遺詩》作「清」。
〔三六〕「到」，《萬年少遺詩》作「道」。
〔三七〕「落葉」，《萬年少遺詩》作「葉落」。
〔三八〕《萬年少遺詩》題作「梁公狄過訪賦贈」。
〔三九〕「四海」，《萬年少遺詩》作「宇内」。
〔四〇〕「閒門閉」，《萬年少遺詩》作「門閒閉」。

附錄

附録一　時人貽贈作品

文

答萬年少

陳子龍

自甲之春訖丁之冬，中間千有餘日，雖山川間之，干戈繼作，然渺河梁以抒懷，望雲龍而不見，每當遥夕，未嘗不明月欲墮也。流人作孽，淮西榛梗。屬聞足下遭太夫人之戚，欲將一介，而群傔嚱嘘，如使絶域，遂使古義墜廢。至今罪戾極深，便應斥絶，而足下尚推夙昔，遠使陳辭，告哀繐帳，何鄙人之薄而君子之厚也。春夏僕僕京輦，趨走朝貴之門，俯仰輿臺之側，生平意氣不勝摇落。奉諱以來，愁疾交侵，昔時風流，何可再問。弟年已及立，足下又稍過之，嗟竹素之難期，望丹砂之可學，能不愴然耶？足下姿制朗逸，才情雄麗，孔嘉之樂，其事多端。至於朝吟繁欽之詩，夕誦相如之賦，鳴琴在堂，風人所慕矣。又聞遠宗伯鸞卜居吴市，使後世繼士衡吴趨之篇者，增此勝流，何其盛歟。

答彭城萬年少

胡介

早春伯玉見訪河渚，展讀手書及所惠詩，惘然如一見故人耳。承起居平復，□念懃懇，感懟無量。時弟適有吴興、檇李之役，出門時過訊伯玉歸期，云在夏五。方訓應雜沓，倦於作書。及初夏歸自檇李，而伯玉行矣，悵惘欲絶。仲夏遂以積勞成病，因病掩關，不見一客，故人雖數入夢而嗣音莫識也。記兄唱和序中云「自唐虞三千年來，未嘗有此一日也」，他人或以爲狂，弟獨歎爲不偶然耳。祝允明與唐六如雪中乞食，唱蓮花落，亦曰自太白二千年後無此樂矣。徐青藤遺文，待中郎始著，與石簣留連東越，亦恨相見晚。讀元白神交之作、少陵夢李之詩，知千古人賢相遇，流濕就燥，出於天性。「文章有神交有道」，不苟然也。每與同人諷覽隰西道人詩詞翰墨，使人心折。「庾信平生最蕭瑟，暮年詩賦動江關」，唯吾年少可不負此語。然則雖與兄生不同時，亦有我不見古人、古人不見我之恨，況把臂一堂，倡酬間作！至今讀倡和詩者，人人謂如出一手，憔悴之子媲美姬姜，疑有神助矣。今我輩年齒日大，時會難知，茲方杜門落拓時，宜以平生著作稍加芟葺，多寫副本，以備水火盜賊之虞，以俟後之知言者。與兄宿習深重，了此亦是平生一事也。弟介狀。

送林衡者序

陳　瑚

讀史至漢季三國之際，豪傑之士何其衆也。蓋天下治平，四海晏息，庸夫濁子擢高科，被榮禄，蠹蝕於天地之間。而奇材異能之士，往往伏匿而不出，或老死於岩穴者，不少矣。及其遭亂，兵戈饑饉襍然並至，向之富且貴者皆縮首屏息，而後頹垣破屋之中，晦冥風雨之下，波濤車馬之間，始有人焉如穎脱而出也。今年春，吾于淮徐得一人焉，曰萬子年少。萬子生而能言，長而多聞，經史之書，無所不讀，星輿樂律、射獵擊劍、三式九章、岐黄之術，以至書畫雕篆之事，無所不精。其足跡半天下，嘗走濟南觀趵突，海上候蜃市，踄泰山日觀摩挲無字碑，跡江汴河渭漢唐入關故道。予一見而心異之，欲從而與之游不可得。未幾，閩海有林子衡者，挾其師石齋先生之學，暨其自著詩古文詞，徒步而來。其爲人修志行，重然諾，負氣不羈，述前人忠孝節義之行，輒嗚嗚欲泣。其下筆亹亹數千言，叉手立就。爲予言：「吾將入白門，登鍾山，南泝鄱陽、洞庭，觀高皇帝之創業中山、開平戰鬭之處，東至于齊魯，拜曲阜之墓，乃返武夷，下建溪，築室九鯉、菜溪之旁，著書樂道，待天下之清。」嗚呼，可謂壯矣！吾友陸子桴亭與言萬子之才，林子色飛神動，欲過其廬而見之，屬予作書以道其誠。吾知二子必有合也。夫學問之道，體用不可偏廢，以林子忠孝之性，與萬子經濟之才，相遇而益奇，相得而益章，斯亦天下之至樂矣。予生平無他好，惟朋友之懷，常結于心。惜乎抱痾掩關，如穴蛩褌虱，不得從林子之後，而周旋論辨，撫掌歡笑于其間。□其將行，爲序其事。因借隱湖主人之酒，酌之以爲别。

祭萬年少文

王猷定

維歲在壬辰夏五月，萬君年少卒于清江浦之邸舍。其年家友弟王猷定寓廣陵，聞訃欲往弔，牽于事不果。越明年癸巳秋八月，君之子舉君柩歸彭城，定抱疴不獲，工爲文辭，謹齎瓣香，造君之草堂而哭焉。其言曰：嗚乎，君死矣！夫君死入吾夢者三焉，每夢知君之死，涕淚嗚咽不自勝，覺而猶依稀幅巾布衲，其笑語有莊者諧者，有荒唐而莫解其故者，此何莫非疇昔之情，靡境弗造。而吾經年不得一展拜禪旁，似乎人情之真，反不如夢，誰實爲之？嗚乎，忍言哉！萬曆之季，予先人與君之先人同舉于鄉，復同官御史，予多君五歲，先君謂予曰：「萬氏子才，汝識之。」迨庚午君得雋，予始遇君于淮，而兩家之先人已下世。君方盛四方交，出入車從甚都。是時，齊魯方苦寇，君慷慨抵掌談天下事，何壯也！不謂十年而天之所爲遽若此。君能以無死耶？曩者乙酉之役，君之爲生亦岌岌矣。當是時，予赴友難，竄身燕薊間，已挈妻孥涇上，顛毛種種，羸憊非人，而君亦緼袍艸履，瞥見似不相識，久之乃執手相勞，曰子爲故人良苦。自是每過韓王臺下，必造君之浦，委巷春泥，茅堂秋草，不留連不已。酒酣則徜徉于黃河之岸，望故壘，聞水聲濺濺，雄心激盪，相與走狹邪，狂吟大叫，世俗之人鮮不詫：「王子貧而乞食，何乃猖狂若是！」而不知王子苟非是將不活。蓋舉人世可悲可涕之事，藉君以少寬焉。及予再遷邘上，求一髣髴君之聲音笑貌而不可得，予以是歎友朋之難也。去歲，君自吴歸訪予故居，止君宿，君倉皇且出關，詰朝偕歸子玄恭來就朝食，維時四月廿日也。予見君脾病頗達于面，豈意未幾而君之蒼頭至，忽報君死，竟以此日成永訣耶，傷哉！君學道人也，浮生百年之夢，腐而不足道，何懼何榮，而介介此乎？所可傷者，吾儕老人生無非里丘墓之樂，而又畏見一切後來功名之人，惟是二三遺老相與談洪荒海外之事，以送餘年。而今亦並奪之去，使人寂然如日行陰雪中，仰視蒼天，謂之何哉！至于君有子，足以光君之業，君之文章，天下後世必有能傳之者，奚俟予言！嗚乎，尚其饗之。

祭萬年少文

孫 治

於乎，君其終死也乎，其爲無望也乎？君之去予輩而歸也不過三旬，抵家不過七日，而竟溘焉以死，天耶人耶，具真不可知耶！吴楚之士聞之者，莫不悁抑而失聲。而或以爲君不死也，道路之言未可信也。已而君之訃音至矣，已而淮南之士至者亦皆曰萬君死矣。於乎，君其真死也乎？君有李膺之高名而不爲其黨，君有賈誼之雋才而不爲其隘，君有子雲之淡泊而不爲其失守，君有相如之閒雅而不爲其淫狡，君有君卿之筆札、子貢之馳辨而不爲調好，君有陳奇之術數、譙玄之天文而不爲其危身。其性直以易，不爲城府。其貌和以安，不爲斬削。其才肆以給，不爲譎詭。之數者皆不可以死，而君竟死，此吾黨之士所爲呼天而不可問、哭泣而無所從也。曩者，君常遇變矣，□車在其身而不死，三木囊其頭而不死，刀刃加其頸而不死。乃今者，有叢桂芙蓉之園可以無死，有才人窈窕之樂可以無死，有小山詞賦之徒可以無死，有說劍談兵之客可以無死，有登山臨水之嬪人可以無死，有三車五禽之玄解可以無死。曩者當死而不死，今可以無死而竟死，是天之不可問也，是人之不可知也。吾聞龍蛇之厄，聖賢不免。在昔辛巳酉銘以殞，今茲壬辰君又何逃。嗟乎嗟乎，君死則得矣，其謂後死者何？君死則得矣，其謂蒼生何？昔君生而岐屍，人謂再來如羊氏子，而君亦悟無生之理，通晝夜之知，此其生有自室，死有自往者矣。而獨是余輩濉仰悲愁，閔傷拂悁。同許伯之哭世，類宋玉之悲秋。不知生之爲傳，不知死之爲失。不知先生之爲是，不知予輩之爲非。東西南北，何魂之招？天上地下，何氣之索？以□□乎，何以哭君？曰君之過此也館于彥遠氏，吾欲從彥遠氏而哭之，而彥遠則已病矣，吾欲從於野而哭之，於野則已疏矣。今以文致祭於隰西之草堂而誦之，君其有知也夫，君其無知也夫！

祭萬隰西友兄文

胡介

癸巳十月十有四日，隰西之故人錢唐胡介，再拜隰西堂下，以文告隰西友兄之靈，曰：慨自往夏得子凶問，介與陳參爲位旅堂，會鏡湖之葉適至，遂人上一爵而泣數行。時告子以兹歲之冬，來撫子之子，憑子之棺，仰天一哭而收子文章。九日既往，介發錢塘。十月初吉，次於山陽。念雞黍之舊，如在昨日；而死生患難，攬轡蒼茫。隰西既長往，桐軒適逮繫南中。上弦之夕，乃涉清江。何期子之靈車，已還東徐。子之妻子，已返敝廬。子之隰西，他人入室。閒庭繫馬，而莫縶其白駒。隻雞斗酒，踯躅路岐，雖車過腹痛其焉辭。自傷黄鳥，載人後車，曾不得造睿、穀之墓廬。睿、穀，隰西二子名。聞水輓舟而上，嗚嗚邪許，顧孰知予心之傷悲。比在秦郵，宿李氏清齋。夢子把袂，臨流徘徊。豈知我渡江，而步虚來歸。自予渡江，豈無故人釃酒翱翔。繁絃急管，華鐙在堂。一念巨卿，而默然神傷。爰與二程，謂淞與軒也。刺舟浦前。

望隰西之宇，而眇若雲煙。微霰密雪，故人在焉。躑躅從之，已不自前。悲來乎填膺，口不得言。執筆載書，公門程軒。

詩

洪載之許我西鄒廷若劉爾受沈隣秋萬年少黎仲實鄒欽伯過訪皆不值而去作此簡答

陳函煇

訪舊誰留半刺青，偶騎瘦馬出郊坰。三年滿屋朋爲月，此日題門客有星。把袂無因譚一出，提壺且自酌孤醒。尚須直叩高齋坐，指點笥中覓句聽。

李小有招同譚友夏韓雨公鄭超宗程大來李端木周粲甫萬年少張爾唯諸同社燈樓雅集

同上

相將火樹看銀青，禁話時文只酒經。移到北山規晚節，占來東井聚繁星。燕秦楚越皆同調，憔悴支離有獨醒。且喜謫仙留看月，驚人佳句帶酣聽。

場中兩與萬年少同舍年少尊君愃新先生吾師也予先有夢因紀之

同上

年少才高馳譽青，篆沙先甲剖英靈。筆鋒避爾應三舍，花影移人已八瓩。萬石家風皆謹厚，千秋友誼豈叮嚀。與君此夜聽蓮漏，莫負吾師僕射廳。

冬日同萬年少遊横雲山李舒章園亭

陳子龍

玄冬景奄忽，薄暮山蒼茫。頽雲浩當野，黯然天外涼。石壁森峥嵘，深澗多嚴霜。朱樓峙其間，窈窕松月光。永夜宿烟霧，獨鳥號山岡。夢境有超越，及晨滯餘傷。搔首登高臺，雲物都荒荒。人影亂木杪，絶磴相翱翔。遐哉池上飲，其樂不可忘。名士秀萬子，文苑長李郎。身在林泉際，思横日月旁。明時一握手，願言保孤芳。

酬萬年少二首

同上

石華秀南澗，幽蕙揚中陵。物情有欣慕，在遠各自矜。豐沛多奇材，東吴擅修能。與君新結交，意氣來相憑。帝京共游戲，江表觀徽繩。道歡洽清燕，雅負賢豪稱。傷哉禮俗士，焉能辨淄澠。風塵滿天地，阿閣飛青蠅。何年竦長劍，昔人如股肱。

秋英粲林麓，揚舲大江湄。子愛澗中藻，余愛瀨下蘺。幽芬娟以淑，心曲多恢奇。偕游不其山，道遠方俟時。流猋生雙闕，白日忽已移。赴難媿古人，變服良可悲。子負河朔風，默坐流英姿。問誰執此釁，我言既相疑。幽憤當見理，何言酬恩私。

寄懷萬年少

同　上

早霜戒疎林，勁秋吹已暮。憶別銅馬門，至今吴江樹。自對青冥間，無期弄雲霧。引領日參差，予美違往路。策馬桓山陰，鼓楫黄河渡。寄我瑶華音，中腸益回互。明時有樽酒，相期遺世務。誰能天一方，懷哉隔情素。

偕萬年少李舒章宿陳眉公先生山房

同上

與客俱好静，夕陽水上寒。遂谿晚山下，頗歷幽人端。烏鵲振風起，松杉入照殘。夜深更語笑，明月畏相看。

其二

連袂上雲岫，寒心各自知。預營高士墓，乃築仙人祠。時先生方營生壙，築吕仙祠于其旁。江海鳥飛内，冰霜月起時。幽幽林木下，浩蕩不能思。

送萬年少還彭城

同上

飄零蠻錦濕玄霜，永夜蘭橈小帳香。冬煖鏡臺飛孔雀，月明紈扇畫鴛鴦。大江北渡吴歸客，舊楚西來漢故鄉。指點橫塘春事近，莫教愁悵鬱金堂。萬子約於明春納姬吴中，并晤吾輩。

吴閶口號

同上

萬子風流自不群，盧家織錦已紛紜。可憐宋玉方愁絶，徒爲襄王賦楚雲。萬子，謂年少也。

贈彭城萬年少

李雯

龍護沙堤螭偃碑，彤樓清館傍河湄。已爲宋玉才難盡，更擅莫愁家易知。戲馬臺邊楚日月，歌風亭上漢威儀。千年霸氣今何在，并作君懷綺豔思。

臥病射陂喜逢萬内景有贈

同　上

故人薙髮意如何，一縷無遺足嘯歌。野袖最宜蕭寺静，絲毫更覺白雲多。班荆亂後無餘話，贈藥愁中日再過。海内弟兄零落盡，非君孰與慰蹉跎。

答萬孝廉壽祺惠書畫

侯方域

萬子爲僧後，棲遲又幾年。捨家豐沛宅，自注：萬彭城人。卓杖海雲煙。閒寫蘭亭賣，神從阿堵傳。萬爲僧後以書畫自給。猶能憶老友，新寄詠懷篇。

寄題萬年少隰西草堂

顧夢游

住處在蒹葭，門前繫釣槎。烟墟陶令里，風物梵王家。畫壁看山曉，開扉坐日斜。王裴來往熟，水木倍清華。

其二

山色過淮少，漁風出浦多。中林閒白板，高岸隱黄河。抱膝思當世，聞歌唤奈何。齋心真佛子，只此未消磨。

與曾弗人萬年少飲吴可黄燕邸

郭濬

客醉華堂上，雲生錦石傍。情深燕市酒，歌學楚漁狂。劍匣盤龍氣，詞名走雁行。漢宫猶在望，誰與賦長楊。

癸未仲秋晋江曾弗人彭城萬年少同邑吴可黄幼輿介子弟疇生夜集京邸分得文字

同上

勿道相逢便樂群，時危四海尚兵氛。諸公久擅長楊賦，聖主新咨較獵文。談塵競揮松柄出，醉顔齊傍燭花欣。請纓漸可抒鴻畧，筆陣誰先掃萬軍。

贈萬年少

同上

南國才人慰昔聞，薊門凉夜話清芬。鄉心對月秋同夢，道氣吹蘭酒半醺。羨爾風流今萬楚，赢他曉事老揚雲。京塵詎久淹神物，定有龍光貫斗文。

答贈萬年少

黎遂球

聞見眼中盡，愛君非小才。頻乘白門興，一棹黄河來。跨下英雄賤，門前楚漢開。却愁生更晚，叉手獨徘徊。

柬萬年少

同上

虎丘明月記詩筒，鳳闕芳塵西復東。垂柳色連堤草緑，落花流積御香紅。鶯聲喚友題詩遍，蝶夢還家貰酒中。蚤晚玉堂猶獻賦，陽春如和喜君仝。

送萬年少返吴門兼訊姜三如須時余亦將于役

杜　濬

一聚各有適，不須獨送君。偶然罷微酒，相與惜離群。京口見圓月，石城行落曛。因聲寄妻子，此外復何云。

贈萬年少

年少，彭城人，家于吴門。

方　文

淮西戈未息，居卜五湖東。挾瑟吴娃媚，臨書魏傅工。年少善鍾繇小楷。正勞霜水思，相遇酒旗風。痛飲殘花下，春衣片片紅。

河橋歸槳動，欲別又淹留。汀鷺衝煙直，林鶯坐雨愁。簫聲稀古市，劍影冷高丘。我到求吴女，煩君爲蹇修。

三月晦日送春江上并送史弱翁萬年少歸吴門

同　上

中宵聽子規，春去客心悲。看曆無三十，今朝是盡期。出門尋我友，散屧到江湄。容鬌總憔悴，東風任意吹。芳菲九十日，一日不曾懽。縱酒膓猶結，看花淚亦彈。終年行道路，何術免饑寒。懷抱真愁絶，吟詩强自寛。

題萬年少隰西草堂

閻爾梅

方外嗟行役，棲遲構竹菴。河淮躔户牖，江海畫東南。嘉樹經秋翠，晴峰浴夕藍。鉢池仙跡邇，笙月好同參。

其二

素壁承兼瓦，朱欄紐石藤。求羊三徑客，詩酒六朝僧。澤闊難窺岸，山遥不辨層。旅堂春緑曉，餅食看魚罾。

其三

上築兼城野，方袍託跡閒。滄桑非定駐，蘭艾豈同删。海夜珠方吐，江春雁自還。凭高看落日，歸熖鳳凰山。

其四

籬下栽桐桂，關前市米薪。妻孥真畏禍，鄉曲莫疑人。裝飾游山轎，闌跚漉酒巾。幸無傷歲暮，白馬效虞賓。

至徐州過萬年少故宅

同　上

當世誰堪語，斯人復永違。生前家已棄，没後櫬何歸。荒草埋虚閣，秋風鼓敗扉。多情惟燕子，還向舊巢飛。

其二

秋水堂前路，塵封晝不開。撫絃絶真賞，聞笛有餘哀。花落樊桐館，雲收戲馬臺。黄泉無驛使，誰説故人來。

天壇集飲偕楊維斗廷樞沈伯叙明掄袁公自徵李存我待問秦宏甫鏞張天如溥萬年少壽祺酒主人則徐九一汧張受先采戊辰夏初事

同　上

江南名下士，選勝集郊壇。苑肅春雲静，林深暑月寒。罘罳籠玉峙，星斗繪珠欄。道藏歌新製，仙童對譜彈。

其二

京市交游倦，樽移道院閒。花茵穠似繡，香霧裊如鬟。弱柳垂清沚，疏松漏遠山。欣聞明詔下，黨錮起田間。時高陽李國㮣主政，以同鄉樞輔孫公言，特舉姚文毅公、文文肅公，得俞旨。戊辰三月事。

秋夜水亭即事與萬年少張九霞孫不踰同賦

同上

菊閣收寒燭淚青，睡魚風醒唼橋欞。初逢恰是知名後，私語還因抱恨停。月視秋池雙岸樹，人歸曉露五更星。素羅零亂花前影，繫夢時時到野汀。

萬若過我耿莊和韻

同上

松門久杜幾曾開，竹木荒殘不可栽。私念誰當生處去，忽聞君自死中來。寒山寫意稱神品，別調悰魂歎鬼才。追誦白衣黄石句，至今慚愧有餘哀。萬若贈我近詩「穀城老父新黄石，衡嶽山人舊白衣」云云。

花朝不風而塵者竟日遂與萬若諸子登歌台禳之

同　上

郊居寒色鎖芳茵，四野無風一片塵。昔者星妖緣故國，今兹天變屬何人。西征笻竹皆歸漢，南渡桃花亦避秦。移酒歌臺澆不得，高呼亭長問前因。

陳階六坐中次王雪蕉韻與萬年少

周亮工

但歌莫聽夜蛩清，亂裏逢人意已傾。天外夢魂今夕話，杯中涕淚故園情。淮流古岸惟餘咽，秋到荒城别有聲。笑爾杖藜何所適，始憐雨雪一身輕。

江上同萬年少范小范

程　邃

樓閣縣登屐，華林臥鐵衣。硯山分狠石，麟塜牧新犧。謝遏垂竿地，焦先避詔磯。客心多感觸，珍重發音徽。

同諸公送年少還吴門

同　上

惆悵流鶯樹，鵑聲急落暉。何心工戲謔，無物著依違。之子亦遊子，曰歸不當歸。丹陽舊津驛，湖水拂春衣。

過訪萬年少隰西草堂二首

同　上

值得漁夫棹，江梅隱雪津。黄河冰腹厚，白草馬蹄春。既釋隆中業，還爲川上人。友生難解事，往往不須論。

其二

昔爲無地别，今懺有心言。庭户開寒澤，牛羊茁古原。誅茅薪再徙，啄石鳥同飧。近作巢居子，乾坤此獨存。

自返淮陰夜宿射陽湖懷萬年少先是如須同余過其寓廬比發五日矣

同　上

飄飄虚有夢思縣，深夜霜綈不可褰。興發大江千里駕，歸蹤碧月一枝船。遥天人在雞聲道，獨客行侵漁父眠。東海車輪相近遠，知君賦草互相研。

甓湖寄懷萬年少

同上

經年動定逢人問，心肖湖風發不時。北闕以來諸狀味，黄河之際昔栖遲。雲中書札飛秋水，國内賢豪誦近詩。葭影浮浮天地外，空教搔首問相知。

劍池聞歌同姜如須萬年少贈歌者

同上

一發高秋萬籟清，笙竽振宕闔閭城。客來徙倚中丘石，木落飄摇積水鯨。變節泠然星串串，銷魂老矣月明明。緱山湘浦耶非是，攜手仙人掌上行。

賀萬年少生子

李孝乾

萬君字年少，少余垂十年。聞道乃先我，兄事以爲賢。六宮皆春日，瓊麟誕育焉。厥祥鍾淮泗，造物豈偶然。水神玉似骨，熊政自翩翩。交謂紹乃祖，英英動細旃。其父方竭力，起後以光前。

贈萬舉人壽祺徐州人。

顧炎武

白龍化爲魚，一入豫且網。愕眙不敢殺，縱之遂長往。萬子當代才，深情特高爽。時危見縶維，忠義性無枉。翻然一辭去，割髮變容像。卜築清江西，賦詩有遐想。楚州南北中，日夜馳輪鞅。何人詗北方，處士才無兩。回首見彭城，古是霸王壤。更有雲氣無，山川但坱莽。一來登金陵，九州大如掌。還車息淮東，浩歌閉書幌。尚念吴市卒，空中弔魍魎。南方不可託，吾亦久飄蕩。崎嶇千里間，曠然得心賞。會待淮水平，清秋發吴榜。

萬年少自淮陰來延余教其子遂挈琨兒與偕行

歸莊

授經儒者事，淮浦路何長。别婦收緗帙，呼兒負錦囊。風帆殊迅疾，雲水正蒼茫。尊酒論心曲，新知樂未央。
落日下江津，河橋别故人。山川前路换，朋好異鄉親。涼月郵亭色，長風賈舶塵。亂離知未已，飄泊此間身。

過萬年少淮浦隰西草堂次元韻題贈

同上

千里來登君子堂，蒼苔階砌緑蘿牆。已看高士難逃竹，也識浮屠不宿桑。年少本流寓於此，又常僧裝行脚四方。避世尚嫌魏晋，潛身空復夢羲皇。袁閎土室休相擬，男子生來志四方。

人境於今難結廬，夕陽流水久躊躇。終思燕市交屠狗，漫向淮陰學釣魚。八陣縱横五彩筆，百城睥睨一牀書。吾徒盟主斯人在，願屬櫜鞬會乘車。

哭萬年少五首

同　上

平生聞萬子，當今之鸞鳳。山川雖阻修，常願執鞭從。千里辱締交，縞帶情良重。始接新知歡，遽抱永别痛。茫茫屈子魂，窈窈莊生夢。淺以哭我私，深爲天下慟。

人才古稱難，况經喪亂後。節士不多有，豪傑尤罕覯。惟君不世才，胸臆包宇宙。視天復畫地，智略洵輻輳。棲託孤獨園，游戲藝文囿。嗚呼豈本懷，用晦□避咎。相彼伏櫪驥，遇時猶馳驟。悲哉負壯心，没身無所就。

壯心夫如何，吁嗟不可説。自當鼎革後，賢者有守節。君念受國恩，三世榮官閥。區區不足酬，猛志圖功烈。發憤將一趕，幾爲豺虎齧。斂跡掃衡門，長歌唾壺缺。禪室究天人，錫杖訪才傑。天運倘終更，豈甘老巖穴。一朝寐黄泉，萬事皆灰滅。灑淚長淮瀆，淮流今涸絶。

淮瀆亦流寓，彭城有桑梓。足跡遍四方，交與必佳士。所以結婚姻，往往隔千里。向平緣未畢，遊岱何忽爾。傷心兩楹前，呱呱二孺子。孺子一在抱，長者我門人。我豈好爲師，賢主實擇賓。異地託同心，傾蓋如密親。同舟旬日間，叮嚀何諄諄。悉君付託重，感君情分真。敢不竭心力，誨之以立身。明德必有後，遺志終獲申。長言慰九原，魂兮毋苦辛。

萬年少藁葬南村輓詞一首次唐祖命韻

同上

希蹤陶令卜南村，蔬圃茅堂蓬篳門。千里吴依初託跡，一朝楚客不歸魂。西風古陌飄靈旐，白日空庭照佛幡。不負重泉孤子在，未容占畢閒朝昏。

淮安懷萬年少

劉有光

淮陰男子少，匹婦遂知名。重涕過城下，中流望友生。徒來書鳳字，獨去聽雞聲。敝帚留年表，曹滕賴主盟。

燕邸憶萬壽祺在淮南

姜垓

天秋摇落客同心，幸結高懷鬱古今。冀北地圖留督亢，城中國士向淮陰。孤鴻遠浦家依水，白露空山月滿林。江介丹楓承受曲塢，重扉竹屋掩長吟。

萬子年少自清江過訪值余同友他出闕焉傾倒返舟既迫後晤未期臨發惘然賦此寄謝

龔鼎孳

雪高清夜舸，爲訪少微來。豈有元龍至，空令題鳳回。雲寒淮泗合，兵定薛蘿開。天地蕭條興，遲君倚劍杯。

其二

彭城悲戰色，歲晏客心同。一飯憐青眼，千年想大風。中原從逐鹿，吾黨各飛鴻。厨俊相看盡，幽人得桂叢。

其三

門外清江路，張融萬里船。道窮寬出世，書就痛編年。豐沛英雄老，曹劉壁壘堅。過江諸俠少，心折祖生鞭。

其四

一雪新亭淚，乾坤有布衣。河深鱗甲臥，風逆羽毛微。管樂終難信，漁樵即漸稀。每逢天下士，相問故山薇。

季夏集萬年少隰西草堂同祖命、于一、偉南、階六、愚山諸子賦。

同上

蓬蒿風日異，處士繫前朝。策杖開花逕，臨河折柳條。琴書幽巷滿，江海客星遥。吾土傷王粲，人才屬鮑昭。蘭醪偏解事，栗里久尊腰。此地愁金粉，南州自玉簫。嘲于一也。清譚方亹亹，玄箸並超超。嵇阮能留晋，巢由獨遘堯。天心茅屋見，物態野雲饒。山静宜燒蕨，情芳總握椒。龍藏應有地，雞舞是何宵。歲月藜床度，兵戈桂樹摇。國風猶草澤，大道本松喬。猿鶴安高枕，烟波緩去舠。德衰均歎鳳，音好只疑鴞。沙暗離鴻路，林荒鐵馬樵。團瓢姑白眼，燈火半紅綃。逸史傳駒谷，餘生付鹿蕉。緑蘿長嘯合，錦瑟美人調。人社難逃醉，相攜過虎橋。

春夕髯孫過飲時將賦歸

同上

其七

淮海天風送客舟，隰西人遠碧雲浮。淒涼李白祠前月，一卷新詩萬木秋。

其八

織錦誰憐出塞情，英雄垂死欲成名。西堂没羽人如虎，半夜弓刀向客鳴。二首皆爲萬子年少。

答萬大年少見訪四詩兼以贈行

胡介

蘭葉被芳洲，春花吹白日。平生此離居，懷子念非一。江淮成阻修，心理喻琴瑟。何期惠前綏，其人在邇室。會合能幾時，春風送行客。

送子千里行，我心勞如何。回風吹短檝，寒影没長河。感念疇昔意，豈徒附女蘿。君歸及東作，抱甕事春和。江山正蕭條，瀼瀼零露多。悁悁遠行客，逐逐即前旅。同爲失路人，含辛不得語。况彼春遊子，苦樂異儔侶。我欲與子言，煩冤怨無緒。日暮難爲別，撤酒下高堂。踟蹰整襟帶，臨河復徬徨。弦望會有期，中心何悢悢。探策命靈氛，爲子善行藏。無咎占坤爻，吾道在括囊。

與萬大年少朱三蓼庵王三于一飲沈嗣宗園

同上

半酣推筆起，群坐感秋生。世亂家千里，堂空酒二更。踏殘門外月，歸去不勝情。竹下同清飲，嗣宗舊有名。

發邗上寄丘四宋大兼傷萬大朱三

同上

二月下蕪城，桃花春水明。新楊喧浴馬，廢苑一啼鶯。郊外餘軍壘，人間重友生。存亡兼契闊，悲喜總傷情。

和萬大年少

同上

雁冷霜殘人未眠，閒房孤坐擁詩篇。杯深漏短同今夕，月落樓空憶去年。驛馬五更閨夢過，清燈千尺客心懸。醉吟此夜歸何處，江北江南一望煙。

題萬大年少隰西草堂二首

同上

江茅淮柳自爲家，深巷蕭蕭日角斜。圯上獨逢黄石履，門前重返信陵車。春燈閒坐千家雨，孤夢空迴一苑花。多少傷心消未得，草堂風過試袈裟。

黄河如帶未能還，俯仰乾坤獨放闢。抱膝數看參户白，舒懷重對草堂閒。籬花老去冰霜苦，旅雁南來道里艱。珍重牆東各回首，相思人在鳳凰山。

花朝喜萬大年少至自淮南

同上

落落蓬蒿仲蔚居，門前流水接淮徐。三年夢去棠梨晚，千里人來碧草初。蕭瑟爲文憐庾信，漂零作客類相如。酒闌愛聽别來事，小弟南村已荷鋤。

夜雨初聞江警同萬大年少作

同　上

聞道風煙起，長江不可過。如何今夜客，偏覺雨聲多。

宿河口懷萬大年少

同　上

清江重渡恨離群，幾處旗亭唱白雲。萬里黄河兩岸雪，中天明月似逢君。

寄題萬年少隰西草堂

陸　圻

浦前樓閣楚雲中，浦外遥連瓠子宫。水自龍門環塞北，人如牛僧老牆東。常看日射黿鼉窟，不盡秋陰草木風。我媿南飛空繞樹，欲從廡下作梁鴻。

寄贈萬年少壽祺淮上隰西草堂同胡彦遠介陸麗京圻賦四首

朱一是

隰西堪比鹿門幽，近接元龍百尺樓。洞口問津無漢魏，堂前過客有羊裘。黄河瓠子秋風起，清浦桃花春水流。勝地登臨時極目，中原蒼莽使人愁。

年少如君已成老，詞壇還記舊時名。一身涕淚經興廢，千古文章没戰争。爲辟幽居倴栗里，漫勞故國憶彭城。臥游自畢平生願，五嶽何須慕尚平。

削竹編茅膝可容，五車書卷飽三冬。子真谷口人高隱，文舉尊中客過從。故國荒臺看戲馬，何年珠履盡登龍。飄零我亦東游者，應借君家廡下舂。

萬里橋西有浣花，草堂今復在君家。秋風燦燦籬邊菊，夏雨綿綿圃内瓜。閒倚高樓多作賦，愁聽遠戍一吹笳。百年勛業唯盃酒，莫負鬖鬖兩鬢華。

題彭城萬年少隰西草堂二首

韓繹祖

淮泗交流地獨偏，高原烽火接齊煙。沈湘正則天難問，漉酒柴桑事足傳。牧豕祝雞娱此日，調鷹走馬悔當年。縱横一任諸君策，舉世誰能識仲連。

九州歷遍盡蒿蓬，留得幽人一畝宫。門外柳誰知晋代，牆邊桑樹識豳風。湖山何處容稱長，田舍無能媿作翁。誓劃鴻溝成小築，黄河如帶草堂東。

報恩寺同萬年少夜坐二首

秦祖襄

積歲勞相憶，心期曠亦通。分身四海内，失路一時中。抱膝囂囂意，加餐蹇蹇躬。無言相對處，萬樹無號風。

蕭寺悲涼甚，從新説舊官。可憐亡國恨，翻作潔身看。龍劍光空暗，漁竿地未寬。重來弓劍處，流血莫應乾。

遥題萬年少隰西草堂

屠爌

商風振頽木，鴻鵠矯青岑。聞有淮陽老，離居獨拊心。美人日以遠，榛苓思不禁。浮雲自奄忽，陽景自侵尋。豈不賤苟安，壯往非所任。有客從外來，爲我張素琴。一唱唐堯曲，再詠微子吟。名材無細響，慷慨感同音。願託凌虚翼，從君松竹林。

哭萬年少

喬邁

史筆千秋在，傷心萬事非。途窮天地窄，世亂死生微。丹旐翻前驛，元烏送落暉。蕭條徐泗遠，白馬故人稀。

過板橋西街訪隰西草堂故址

吴寧謐

野水殘雲外，沙門慧壽居。此間留別業，歲晚伴樵漁。地僻經過少，年深巷陌虛。夕陽空徙倚，誰爲一迴車。

雪中喜萬年少至

釋讀徹

破雪何來客，攜筇忽扣門。回看松樹底，一路草鞋痕。簷溜晴逾急，溪聲凍不喧。未能稱缺陷，平地又波翻。

萬年少攜尊過話

梁以樟

青眼高歌老鬢蒼，尊前忍説舊行藏。書生投幘多戎馬，公子從遊半酒漿。巫峽斷猿千里别，蜀岡啼鴂幾聲長。古刀短袂雄心在，漫向人間弔楚狂。

送萬年少還隰西五首

孫　治

昔我思美人，淮南桂之樹。桂樹何攀翻，美人豈遲暮。卜築成幽居，雲巖得緩步。長伴漁樵人，賞心在吾素。

薄遊漸江湄，晤我澄湖陰。宿昔望容像，今者見君心。道情祛鄙吝，清言如鳴琴。下足感滛魚，上能動微禽。

良遊不恒遇，況復陶嘉月。交交黄鳥鳴，馥馥蘭薫發。如何歲寒心，相見即爲別。促管起悲端，中腸已如結。凌晨欲送君，終席更徘徊。搴衣起從之，大潮崩若雷。君諒不得停，且復盡金杯。恨無雙玉案，以叙平生懷。浮雲去江南，行飈泝江北。南北豈殊途，蘭氣同蕭索。唯還蔣生徑，爲返□桑宅。順得嗣徽音，瑶華慰離析。

秋客清江萬年少自徐州至晤集有感

王猷定

不盡湯湯對濁河，隔江猶自見漁蓑。幾年馬角悲雄劍，半衲浮雲共女蘿。滿地霜戈曹國外，粘天雪浪石城多。鶤飛不定看幽樹，把酒寒空問老荷。

其二

幽薊神皇四十年，芄蘭猶記策先賢。弟兄異國看雙鬓，聾瞽人間學半禪。故壘黄河明月夜，新詩鴻雁朔風天。石鐘沉響山何在，紅渫蕭蕭下楚船。

其三

南北風煙一海濆，家園鞞鼓雜聲聞。琵琶亭畔空啼鳥，芒碭山中幾朵雲。樓爐無勞王粲賦，戰頻應澁李華文。洋洋河水公無渡，畬火龍蛇莽不分。

其四淮揚人家雞多白日飛去，海水不成鹹，奇事也。

陰符焚盡寫丹經，日月交微守一星。幽磬已隨蕉夢遠，古刀猶帶獵風腥。荒雞久戍飛殘夜，鹽賦難供絶海溟。堪痛隕霜黄葉後，農官仍望黍苗青。

次萬年少韻惜别胡大彦遠

葉雷生

故國關河似入秦，勞勞亭下客中身。樵歌夜半生今古，俎豆千春見此人。玉座何年宣室夢，金泥不媚泰山神。與君更上蕭梁道，小雁長條咽去津。

再次韻投贈年少

同上

問余何意出淮津，木末芙蓉炤病身。白眼敢煩安邑主，青山送老義熙人。聽來鴻雁偏依塞，剗却桃花好望秦。漭瀁中原平不息，黄河東下獨傷神。

醞雞景裏望西秦，谷口桃開兩度身。天地無言空我輩，菰蘆有意夢何人。黄榆白草彭城路，細雨秋鐘北固津。惆悵江行却歸首，迴飆撾鼓悦江神。

訪萬年少

邢昉

城南路逶迤，水竹亦清妙。早旭破煙霏，高松挂蘿蔦。江海一相逢，雲林暫成笑。春郊碧草多，明發還來眺。

三月十五日夜龍友置酒金山寺同萬年少方爾止作二首

同上

遠靄漸成夕，微風已泊濤。巖光落户牖，月色在干旄。半醉誇横笛，深愁看佩刀。長江古如此，勿但恨滔滔。

涉江復登嶺，載酒即即官。月豈争潮白，花偏帶柳寒。持杯勸萬楚，把釣拉方干。莫謾憑欄久，心傷北望殘。

同萬年少程穆倩范小范方爾止鄔沂公潘江如錢馭少集戴公園得沙村二首

同上

城南微雨歇，轉逕向林斜。曉嶂青含旭，春潮白漫沙。遠江芳杜合，密樹曉鶯遮。何意一樽酒，相逢處士家。

芳春幾日盡，曲折入幽村。黄鳥啼官道，青山隔女垣。感時修禊過，臨子落花繁。忽訝林塘夕，翻翻衆雀喧。

三月晦日送萬年少還吴中

同上

每逢人説萬年少，何意春隨三月歸。京口楊花館娃鷰，幾多情思傍人飛。

己酉予與張子子才萬子年少同游於小谷山山有石穴焉土人以為洞予曰噫此古人隧而葬者也遂各賦詩

拾泰

憶昔先皇癸未前，隧門開處草芊芊。鶴歸華表市城變，龍起黄河波浪懸。白骨千秋迷舊穴，青山長夜幾何年。野人誤認桃源路，疑有秦人玉洞眠。

送萬年少歸淮陽

張　怡

達人志寥廓，世事等秕糠。濯足臨溪水，散髮晞朝陽。溪水日東流，歸彼百川王。朝陽隱豐部，昏噎鮮晶光。擾擾棼絲中，誰爲拾其綱。慨彼北風詩，虛邪徒自傷。

隰西草堂

靳應昇

雖少冬青樹，猶餘古薜蘿。閒居真處士，枯坐老頭陀。雲水隨緣過，江山入夢多。問津如有客，夜半看黄河。

傷萬年少

同　上

未得憑棺哭，相聞亦自憐。室啼蓬首妾，囊檢賣文錢。北上曾三刖，南村乞一廛。喜君存此意，松菊晚能全。

送萬年少歸南村

張養重

歲月忽已改，北風吹客舟。杖策入城郭，徘徊念良儔。良儔皆古歡，城郭非昔游。懷此常惻惻，躑躅語道周。心中悲不已，拂袖歸山邱。仰聽鴻雁鳴，俯瞰大河流。流水無西返，鳴雁自春秋。一去不回顧，高臥南村頭。

留胡天放萬年少劉訒庵小飲

李孫偉

疏簾畫檻挂煙蘿，雅集欣逢上客過。撥竹看雲行彳亍，挑燈聽雨話婆娑。留餐劚筍貓頭大，泥飲撈蓴雉尾多。風景正佳須少住，不知諸老意如何。

酬萬年少

岳 薦

南中昨得剡溪藤，舉目雲烟百喟增。從古鄉關鄰苦縣，至今鈎黨避甘陵。故山薇好春無恙，野寺花開感不勝。同此義熙書甲子，詩成先寄隰西僧。

萬年少業師隰西草堂

程　軒

晚食貪貧賤，衡門煙水深。松風鳴佩玉，蘿月引牀琴。中夜看天地，微言問古今。寧知隰西外，江海自浮沉。

懷萬年少年丈

邱　謹

蕭然古貌獨翩翩，領略春風在少年。杖履追隨人並老，琴尊往覆榻常懸。當時淮海推名士，此日江湖作散仙。悵望風規殊杳邈，安能陪奉日周旋。

送萬年少歸淮陽

張鹿徵

握手與子別，勸子進一觴。風日何黯澹，道路阻且長。舉世矜中行，無復狷與狂。達人志寥廓，世事等粃糠。濯足臨溪水，散髮晞朝陽。溪水日東流，歸彼百谷王。朝陽隱豐蔀，昏曀鮮晶光。擾擾棼絲中，誰爲振其綱。慨彼北風詩，虚邪徒自傷。

題萬年少隰西草堂

宋 曹

草堂高臥葛爲巾，江浦荒煙蔽石茵。歌傍素簾開楚月，道窮秋水避秦人。誰知東海還餘夢，何處深山别有榛。嘗把朱欄留浩骨，竹門疑對古漁津。

弔萬年少

同　上

雨到青山楚色深，雁鳴千里絶知音。空餘斗室蒼苔滿，尚有匡牀薜荔侵。夢寄秭歸悲隱地，書從背井見寒心。隰西人去三湘外，秋夜招魂再鼓琴。

題萬年少年伯隰西草堂

曾　畹

歌風臺下夜烏啼，堂在清江浦。鬱鬱山莊古木齊。半畝桑田人去住，一湖春水屋東西。星臨豐沛瞻龍虎，地接青徐雜鼓鼙。獨把漁竿憑月釣，門前草色正萋萋。

山子湖望隰西草堂

陸觀

水滿平湖秋日清，小橋三板入村平。蘆中士去留鴻爪，槎上人歸聽鳥聲。楚國遺黎三户在，蕭田廢土十年耕。彌天衰草殘蒲外，别有臨風望遠情。

題萬年少先生浩然蹋雪圖

任興簡

蘭室祕珍異，清輝開素練。蹁躚出世翁，冒雪争游衍。涷積長坂冰，肅結平林霰。不覺天宇闊，了了皆可見。趣塗南村遥，别路前溪轉。巾折林宗傲，杖曳康樂倦。奇懷豁千古，寒光凝一片。幸覯鉅公筆，欲讀高士傳。

詞

憶萬大年少調寄望遠行

胡介

夢裏沉沉聽鷓鴣，一晌關山路迷。草堂去後草萋萋，夜深人倦立棠梨。星欲落，馬頻嘶，記得春燈曉雞。月中人已隔苔溪，坐看楊柳月痕西。

憶萬大年少調寄調笑令

同上

惘惘心何已，岸草汀花還若此，箇中有箇人千里。明月一天如水，長年人在關山裏，今夜關山又起。

附録二　書畫題跋彙編

閻爾梅《題萬年少書册》

萬年少書法從天分中得來，往往於遒秀處作新姿，體氣高妍，款行匀潔，譬美人初起，着輕素單襦，縠紋踈映，肌澤晶然，余嘗推爲本朝第一。吴門顧云美集其往來小帖數十幅爲一册，皆行書也。嗟乎，萬子捐館舍十年矣。萬子捐館舍之年，即余畫明夷之年也。萬子捐館舍，萬子一生事蓋棺定矣。余畫明夷而不獲蓋棺，余一生事將安所底止乎。嗟乎，六書輟講，八法失傳，讀籀史之殘碑，猜疑石鼓，發蘭亭之真本，惋惜峻陵。古瑟音稀，高山絃碎。釵脚鈎銀，鳳閣之青氊已敝。刀鋩切玉，鵠銘之緑字難蒐。對北遺箋，潸焉出涕。嗟乎，萬子江北彭城人也。銅章粉畫，多藝多材。繡虎雕龍，不衫不履。可謂極才人之致，掇名士之長者。亡國以來，逃禪自廢。聽老鸜音，耻過劉瓛之墓。燒殘董草，微聞龔勝之香。信陵謝客，甘心醇酒婦人。尚子入山，瞑目男婚女嫁。嗟乎，支公長逝，冀神理之猶綿，張緒永辭，嘆風流之頓盡。顧白日之將沉，《廣陵散》於今絶矣。慨黄壚之非故，山陽笛不覺悽然。嗟乎，吉光片羽，織成塔影園中；安石碎金，鎔在虎丘山下。往矣伊人，慟哉吾友。

錢謙益《**跋野果山禽圖**》

萬年少孝廉雋才絶世，每見寫生，皆度越古人。此幅韻趣生動，真化工也。甲午秋日，舟過虎丘至於鄰藿齋中手題，虞山叟錢謙益。

朱彝尊《**跋野果山禽圖**》

藉甚淮南萬孝廉，人琴亡後筆蹤淹。唯餘野果山禽在，能事丹青水墨兼。竹垞彝尊生小葫蘆山書屋題，時年七十有二，康熙庚辰八月也。

唐允甲《萬年少先生贈徐君平書畫册跋》

古今傳贊，司馬、班、范尚已然，亦必其人、其事、其時、其地之拓落不群，足以洞心駴目，恣人馮弔，然後文人始得以其筆瀾墨瀋，曲折赴之，而纖髮其無遺憾。故《史》《漢》中亦有平平無奇者，非其文有軒輊，其人、其事無能縱其揚扢也。新安徐孝若先生，烺烺大節，今人所未逮，古人所僅有。泛宅吴楚間，海内識與不識無不知有徐先生者。今年五十，彭城萬大道人染短箋八幅爲壽。幅後書先生事略一段，又旁引古人爲喻，文不必盡與畫合，又不必不與畫合，若即若離，顧長康所謂「傳神寫照，正在阿堵中」，鄭處三絶擬之，卑卑不足道已。吾師漳浦黄石齋閣老，與余父執王心乾翰林問答語云，拚豪傑得聖賢，拚聖賢得神仙，又云拚神仙得聖賢，拚聖賢得豪傑，故石師被俘時，有《拚得》《拚不得》之作。兩先生語，俱關至極，徐先生之爲豪傑耶，聖賢耶，神仙耶？攬道人之文與畫，必有儻然遇之者。昌黎云，童頭豁齒没世無聞者，不可勝道。《伯夷傳》云附驥而名益彰。嗚呼，徐先生孝友廉潔，任俠好施，晚而慕道，海内識與不識，誰不知之而能言之，固所謂其人其事，與其所處之時，與其地，皆足傳者。然非道人極意刻畫之，亦安能使後人誦清芬而詠駿烈，永永無窮已耶？手此册者，作《史》《漢》中逸民高士傳讀可也。庚寅七月朔日。

邱隨《萬年少先生贈徐君平書畫册跋》

年少，聖明時孝廉，舉垂十六年，聲義滿天下。迨晚年，事不可爲，即僧隱，賣書畫自給，士論高之。而求其筆，遂不以錢不得也。乃獨爲君平作書畫册子，精神較倍深，特不以錢。昔子濯孺子問射，以尹公正人知庾公，然則天下後世有見是帙者，其亦可以知君平矣。抑予愴然重有感於筆墨叙述之外，知重友生之誼而痛哭流涕於身世之間也。西軒思道人。

李淶《萬年少先生贈徐君平書畫册跋》

壬辰秋，孝翁值予於道路扁舟間，邂逅即稱莫逆。嗣是神聽和平，相勖以道，而學道外無他事。孝翁蓋昂藏丈夫也，其所謂學道者，洞曉陰陽，深澈玄理，存養不二，我相俱亡，有入世而出世之據，是以生心在手，釋盡塵氛，吾道中賴有此君子。然予生雖晚，水乳無分，時以知易行難互爲策勉，而直欲參究，以幾精微。今孝翁六十餘矣，回視壽道人圖五十時，其獲益何知耶？《詩》曰「高山仰止，景行行止」，孝翁固知勵矣，然吾舍孝翁其誰與歸？癸卯冬日。

姚佺《萬年少先生贈徐君平書畫册跋》

年少平日作畫，有如范鴟夷三破千金，意不在此，聊示伎倆。然亦時近戲筆，獨爲孝若寫八幅箋，精盡於此。似柳林秀才觀甯采《竹林圖》，曰我當入畫治之，即騰身入圖，仿佛圖書中音聲者，又似圖上下墜指阮步兵像曰，工夫及此，衆視阮像，唇若方嘯者。嗚呼，孝若待道人嚴氣正性，不入懈怠，故年少視孝若不敢褻，畫其一端也。始知圖畫以象昭勸，觀其肅肅穆穆之容，猶如姚思元作《紫微二十四化》，皆所以警悟世俗，非止於遊戲丹青而已也。一時追魂入圖，今年少復述孝若之事，令人起敬起愛，是以君子貴慎交焉。若夫跋語，未甚當意，亦猶誤書，更自一適。戊戌長至前一日。

汪琬《萬年少先生贈徐君平書畫册跋》

余素聞年少先生風流文采，以豪俊自喜。惜余少時未及從之遊處。君平何人，乃得先生稱道如此？又先生雅善繪事，嘗見所畫洛神甚工，顧空此右方以俟禹功何也？堯峰汪琬識。

佚名《萬年少先生贈徐君平書畫册跋》

竹垞詩云「淒絶人琴萬孝廉」，指萬道人也。道人風義甚高，不喜人閒煙火食者。鈍翁數語，尚隔一塵，何怪世眼哉！

徐枋《萬年少先生贈徐君平書畫册跋》

猶憶崇禎癸酉歲，余始識彭城萬孝廉。時屆端午，觀競渡，先公爲主人，同集者爲陳給諫臥子先生、楊解元維斗先生也。給諫議論慷慨，顧盼衛如。解元渾渾噩噩，道以器重。孝廉卓犖多姿，暉映數人。而先公則言嘆沈敏，兼有諸君之美。是日賓主歡甚，而拊時觸緒，則感慨係之。又十餘年而國變矣。先公首爲汨羅之遊，給諫、解元相繼殉難，孝廉亦悒鬱以死，爲可哀也。今見孝廉手蹟，如見其人。回首如左，已五十年，余時爲童子，而今年六十二，亦積然老矣。不覺其俯仰傷懷也。癸亥歲春三月，秦餘山人俟齋徐枋題。

朱陖《萬年少先生贈徐君平書畫册跋》

崇禎辛未、壬申之間，余方總角，同先兄雲子讀書虎丘之西巖。時沛縣閻古古社長亦寓鄰房，往來無間。方當積雨，古古欲歸，先兄以禽言戲之曰：「如此泥滑滑，歸途無乃苦。山鳩解留人，牆頭呼古古。」適萬年少孝廉從彭城來，古古同鄉又同年也，見之相與一笑，遂偕枉過，先兄留酌竟夕。予得與末座，挹其豪邁風流之致。兩公亦謬稱予佳弟子，良足愧也。既而先兄館天長，予亦同往者二年。嗣以試事紛稠，又各餬口館穀，或渡太湖，或赴遠方，海内名流不時浹洽。丙子之秋，年少又同中州彭孝先見過，得敘閒闊。未幾四方多故，遂至鼎革矣。乙酉冬，予避地支硎，陸履常社長亦在光福，予行山逕三十餘里訪之。閒談之次，言及徐君平，俠士也，有伏羲像，云是文王時物，質係古玉，製甚佳妙，紫檀龕之。四江將盡，知留都有變，遂棄龕，束其像於胸，踉蹌而歸，因相與歎息。龕後流入吴門，予曾見之，亦名手造也，竟不知歸於何人。又六七年，予以看梅入山，忽遇年少于萬峰之秋遠堂。時先兄已故，相與欷歔道故，云寓於西郊之白蓮橋，及遊竣出山往訪之，已行矣。又幾年，古古來吴門，特枉過，因知年少已爲故人。迄今逾三十年，予既老矣，諸君已邈不可追憶。

復旦道兄以此册索題，見其辭義、手蹟俱非草草，與徐君之交誼從可知也。復旦得之，可稱希遘。予撫今追昔，歷歷如昨，有感於中，不能自已，遂不覺其言之長耳。戊辰十月朔日，亦巢朱陖漫書。

顧開雍《萬年少先生贈徐君平書畫册跋》

古者入山求道之志，皆有託而逃者。其爲仙骨天授，自致金闕之下，蓋百不得一。世故稠濁，麗跡非途，君子必灑心求去，旦夕漁樵屠沽，與黄冠而處，猶伯仲也。方孝若自爲少年，任俠負氣，游江淮間，江淮之士比於朱家、郭解。當是時，天下太平，一旦老死，爲化庸人，我曾不得以聲實致天下，則孝若恥，恥故入俠。洎乎龍蛇溷流，獸蹄行道，苟有達者，爊目佯狂，求弔後世，而罔弋罥布，戚將不免者有之。當是之時，則孝若悲，悲故入道。夫俠與道爽，而恥與悲互。孝若行年且五十矣，毋論掃神館，雞犬將入雲中。使孝若以今日之悲，易二三十年以前之恥，悲必不痛；其以二三年以前之恥，易今日之悲，其又可勝恥耶！萬道人者，不玄而佛，不冠而兜，不十洲而丈室，不女几而維摩，於孝若所爲有似南轅北轍。然其恥我聞之，其悲我見之。今特八拈孝若以成畫，畫已輒序，序已輒書後。半爲乙酉前之孝若，半爲己丑後之孝若。兩孝若具在，謂道人無所託，何以畫，何以序？謂孝若無所託，何以俠，何以道？嗟乎，不可言也！庚辰七月二十有三日。

顧殷《跋別本萬年少先生贈徐君平書畫册跋》

曩憶徐子君平同萬孝廉年少先生，每過吴門，訪予於餘閒齋，相與論談，胸次快暢。出示孝廉所書二公交誼，情見乎辭，文叙典雅，書法秀勁，展閲間手不忍釋。徵予畫，以備左圖右書，自顧陋劣，附名於驥尾，得無形穢，辭之莫敢。萬云，時習之流，咸以堆砌爲高，氣韻生動置之不講，至於畫之天趣，索然不問矣。謬余匠心獨妙，過許合符古人。且君平頗稱具眼，良賈深藏，非妄投耳。秘之奚囊，江山風月，或有相類者，借以永懷。雖稱過譽，益滋媿赧，勉爲應命。著筆五幀，餘素三紙，更伺異日。不謂别去悠悠，二公相繼謝世，迄今思之，倏忽廿多載矣。此册未知流落何所，爲予門人李復旦購得，重請補作，良堪歎羡。轉憶萬子之言，感慨曷能自已，遂爲續完，併志數語，不勝人琴之感耳。二公在仙之靈，當爲呵護，擇人而陰授之耶。復旦其善藏之。歲在戊午冬十月望日。

唐允甲《萬年少先生醒世圖跋》

此道人一幅《醒世圖》也。然道人卒以憂死，即妻子不能爲道人累，則有辨。宿草已深，墨光如昔，撫卷三歎。至摹寫精工，雖近代十洲、雲鵬無以過之，固知有至性人，事事不苟且類如此。畊塢甲題。

金陵孟景沂先生訪予姑孰草堂，言念道人，因出此圖相示，歎賞不已，遂輟以相贈。先生與道人有舊，置之衿袖間，以當山陽之笛。道人萬姓，名壽祺，字年少，以國變薙發禪隱，更名慧壽，別號内景道人，徐州人。庚午舉思宗烈皇帝孝廉科。僕不敏，弱息翁也。甲午十一月朔，畊塢樵允甲再題。

胡介《題萬年少畫漁父圖》

當年曾許爲漁子，莫使扁舟久待人。隰西先生見訪錢唐，泛河渚山水而樂之，相約以渚漁終老。嗟乎，息壤在彼，而邈若河山。今日垂死病中展對是册，呼萬若，其或出矣。

胡介《跋隰西金剛經》

隰西道人所書《金剛經》流傳海内者，予所見已十數本，字形大者彷彿梵本，小者亦類指頂。此卷爲吾友閻容庵所藏，獨收束如蠅頭其收縱攢捉之妙，遒麗蕭遠，真所稱鳳翥鸞翔者也。隰西常語予曰：「吾書無所不學，而於潁上二本悟得米法。」故宜其運腕落墨，無一實筆。予嘗以國朝書法真得米書神韻者，唯隰西得參董華亭之席，非趙吴興所得闌入也。

附録三 傳記評論資料

周亮工《印人傳·書沙門慧壽印譜前》

沙門慧壽，予友彭城萬年少壽祺也。年少後以一字字，字若。近以一字字者，予老友汝南秦先生京、同年友河陽范公正及若三人而已，皆一時聞人也。若庚午學於鄉，時沈治先眉生昆季招維斗、臥子、駿公諸君子飲，予始識若。若名方噪一時，好狹斜游，又甚工寫麗人，坐上妓以此索之，若輒爲吮毫，諸妓之有聲者，皆暱就之，風流豪邁，傾動一時，同輩謝弗及也。滄桑後罷公事，盡遣所買諸歌妓，冠僧冠，衣僧衣，遂自名曰明志道人沙門慧壽云。避邳徐之亂，移家公路浦，即其家模仿古先生於中堂，客來，坐之曲室中，然痛飲食肉則如故。酉戌間，餘官維揚，王雪蕉官泗，數以事偕至淮。予同年陳偕六飲予輩，必延若俱，雪蕉不能飲，而好爲詩，每飲恒分韻爲詩，若詩既工，書又美好，予得其箑子，輒藏弆之，後予訟係生還，過隰西草堂訪之，則久歸道山矣。雪蕉既歿，與若相約共隱隰西之胡介，共若避地公路浦之翁陵，皆相繼化去。戊申予再過淮，飲階六越庵中，追憶昔游，獨階六與予在耳。予與階六效昔年酒間分韻事，予有「雨餘掃徑看黄葉，燈影含毫憶故人」之句，階六讀之淒然不樂，爲之罷飲散去。若嗜圖間蝮精於六書，自作玉石間頫視文休，所蓄晶玉凍石諸章，皆自爲部署，一一精好，非世間恒有，對客每自摩挲，愛護如頭目。若既以此事自矜，竟不肯爲人作，予僅得一印，因以其自用之章，附於贈予後，然若自用之章，實自爲之，不倩他腕也。予甥唐堂曰：「徐州萬年少，以詩文書畫外，琴棋劍器，百工技藝，細而女紅刺繡，粗而革工縫紉，無不通曉，此是何等慧性？」以堂言觀之，若豈不誠異人哉。有令子睿，吾友唐祖命倩也，能讀父書，爲名諸生，作字能亂若。吴人徐石林旃、夏邑陳簡菴希稷皆學若書，然皆不及若。己酉，睿應舉人會城，以若所書《金剛經》并募《金剛古今解註疏》贈予，予共先得箑子一一寶藏之。若所書經，每一卷今值數十金，余雖甚貧乏，終不忍棄去也。

姜紹書《無聲詩史》

萬壽祺，字年少，徐州人。中庚午科南闈鄉試。有時名，與楊維斗廷樞、陳臥子子龍諸君相頡頏。嫻爲古文，詩詞皆雋永秀拔。頗精篆刻，得漢人章法，隨事賦形，不假配搭，絶去柳葉、鐵綫、急就、爛銅諸習，行楷遒逸，有鸞鶴停跱之概。畫士女作唐裝，楷模周昉，不必豔冶明媚，得静女幽閒之態，山水林石隨意點染，敻然出塵。其筆墨甚自矜惜，無所操而求，與操約而求奢者，皆不應，曰：「吾效唐子畏，間来寫就青山賣，不使人間作孽錢也。」鼎革之後，儒衣僧帽，往来吴楚間。

彭藴璨《歷代畫史彙傳》

萬壽祺，字年少，徐州人。崇禎庚午舉孝廉。兵後，儒衣僧帽，往來吴楚間，世稱萬道人。士女摹周昉，山水林石，隨意點染，敻然出塵，書法顔魯公，嫻古文詩詞，精篆刻，得漢人章法，精琴棋劍，百工技藝無不通曉，博覽群書，明數理，通禪悦，著

《隰西》《内景集》諸集。

王命岳《恥躬堂文集》

萬名壽祺，南通州舉人。同楊廷樞起義，臨刑得釋，即日爲僧，名明志，築隰西草堂居之。嘗寫真六幅，一廷試，二廬墓，三授經，四泛湖陳兵，五偕妻紉蘭抱甕，六披紅僧衣袒右，牽一小驢怒視。尋病死。

吴修《昭代名人尺牘》

萬壽祺，字年少，江南徐州人。明崇禎庚午舉人。甲申後避地吴中，當事欲授吴江令不就，自號沙門慧壽，書橅晋人，兼工篆刻，善白描人物，有《隰西堂集》。

王晫《今世説》

萬年少自詩文畫之外，琴棋劍器，百工技藝，細而女紅刺繡，粗而革工縫紉，無不通曉。唐叔昇歎謂：「我輩十指雖具，乃如懸槌。若是何種慧性，一能至此。」

陳鼎《留溪外傳》

萬年少名壽祺，徐州人，前朝崇禎年孝廉也。博學工詩，尚氣節，尤精篆刻，善書法，得晋魏人精髓，又善繪畫，丘壑谿徑，高出唐宋。父某，御史也，未老謝政。素饒於貲，田園數千頃，第宅如王侯，富稱埒國。年少幼有志，視之直糞土耳。弱冠時，性好刺繡，凡女紅針黹無不精妙絶倫，即良工弗能及。或哂之，年少答曰：「使壽祺操此技，登廟堂，裁短長，布文彩，補衮闕，黼黻天下，無以異此，何爲哂哉？」其志如此。父卒，年少操家枋。凡三黨及交游困乏者，多周濟之，一時有慷慨譽。明亡，即棄家僧衣冠，自號壽道人，往來淮南北。飢寒困苦，絶迹不入户庭。常乏食，飛簡四出，數乞粟於友人，不繼則飢數日夕，亦無悔。其子渠客睿累泣請歸，勿聽也。或詰之，則曰：「吾家世受明恩，國且喪亡，吾安忍獨享田園，飫膏粱，擁輕肥哉？願餓死溝壑，以了吾志。」其僻如此。與同郡閻古古善，閻有所爲，年少必襄之。然竟窮死於客邸，年六十餘。

外史氏曰：予讀年少詩，其音甚哀，若不可一日生者。擁百萬富而甘心窮死，人皆笑其僻，我獨憐其志。嗟乎，年少豈僻也哉！

真是奇人。新安心齋張潮。

矯情詭行，以震駭乎世，年少得毋類是？然觀其對或人數語，感慨橫溢，聲淚俱下，蓋有大不得已於中者。寧貧寧餓寧死，而卒不欲一日居温飽，朝飲墜露，夕餐落英，澤畔孤忠，可與並峙。新安雲逸吴啓鵬。

宋犖《筠廊偶筆二筆》

萬年少嘗僧服行淮陰市上，有日者他出，萬即其寓，代爲卜筮，得錢二千，留之而去。日者歸，茫然不知所以。

萬年少、張長人皆有小研銘，萬云：「萬里千歲，方寸之内。」張云：「是其微哉，眇乎小也，而眼光爍破四天下。」皆研銘之佳者。

張庚《國朝畫徵録》

徐州萬年少，嘗介任城僧郢子求臣虎畫，上題一偈云：「畫畫者誰，寄者誰，一爲居士兩爲僧，江山筆墨渾間事，何日同參最上乘。」又跋云：「海内如萬道人，不可不爲之畫，傳此畫者，又不可少郢子。」其自矜重如此。萬年少者名壽祺，讀書有宿慧，工詩文，舉崇禎庚午孝廉。國變，儒衣僧帽，往來吴楚間，世稱萬道人。工畫士女及白描人物，頗自矜惜，非重直不售也，兼精篆刻，書法顔魯公而變之。所著有《隰西堂集》。

朱彝尊《静志居詩話》

萬壽祺，字年少，徐州人。崇禎庚午舉人。有《隰西草堂集》。

年少多才多藝，詩亦清逸，無努目掀髯之狀。《入沛宫》一律云：「泗亭春盡樹婆娑，漢帝宸游不再過。魂魄有時還至沛，樓臺落日半臨河。風吹大澤龍蛇近，天入平沙雁鶩多。我亦遠隨黄綺去，東山重唱采芝歌。」

孫運錦《明孝廉萬先生傳》

有明孝廉萬年少先生，名壽祺，一字若或若若，侍御惺新公子。生有夙慧，成童時誦二十餘萬言。天啓改元，年十有九，入邑庠。侍御門人王紫芝來省師。王，浙人，萬曆丙午鄉舉，令新淦，棄官入天台山學道，精貫天人。先生以侍御命，從王游，盡得所學。凡經史諸子百家之書無不讀，禮樂兵農天文地理之奥無不究。且旁涉虚牖星卜書畫之理，雞碑雀籙繆篆之文，下筆成章，往往驚其坐人。侍御卒，無期功强近親，外侮沓至，母項孺人戒不與外事，閉户讀禮而已。既而外侮益甚，乃奉孺人命，避地江南。當是時，海内亂兆隱伏未形，江南又佳麗地，與諸名士文讌，縱横酒旗歌扇間，跌宕自喜。會外侮稍息，遂渡江而北。丁卯，以選貢入國子學。庚午，捷北榜。五上公車未第，而天下事大壞。蓋明自神廟時，江陵既敗，百務頹廢，廟堂水火，加以礦税四出，民不聊生。熹宗繼之，閹宦内訌，草菅正士殆盡，宵小塞廷，秦蜀晋豫間群盜如毛而起。思陵勵精圖治，當擾亂之極，矯以苛察，所託多非其人，時事遂不可爲矣。先生無心仕進，在京邸日與陳臥子、楊維垣、夏允彝諸公商榷今古，退則結社立約，賦詩作文，以古大家壽世相期。時則有李孝乾、雷汝遜、王先仲、曹澹如、馬空同、畢一士，門人王子克、王允懷、杜先榮諸人與焉。先是，天啓二年，山東盜起，徐匪人有謀爲之應者，先生浮家南避。後盜賊日熾，遂往來泛宅於吴楚間。甲申之變，慷慨起義，與練湖、三泖、笠澤諸兵合。乙酉，大兵南下。八月，兵潰，流寓吴門。攜鼎彝圖籍及累世蓄貲，尚兼艫聯艦。蘇人有垂涎而誣之者，遂被逮。將施刑，督師聞唱先生名，曰此彭城名孝廉也，釋縛，延上座，留軍營數日，將表請典宏文院，力辭，復命權吴江縣，亦堅辭，遂放歸，而家業盡矣。時明社已屋，國朝鼎定，先朝達官多膺佐命勳，山林逸佚之士，亦爭自湔濯，觀光上賓。先生乃削髮從浮屠氏學，易名慧壽，自稱壽道人，儒衣僧帽，遯跡斜江間，剩水殘山，憑弔欷歔。既乃卜築淮陰之隰西，負甕灌園，妻徐、子睿荷鍤相後先，過者疑武陵桃源去今未遠也。李舍人舒章者，先生故知也，入本朝復原官。時草創萬事，草創制誥多出其手。嘗假過淮陰造訪，先生以僧服見，李望見大慟，曰：「李陵之罪，上通於天矣。」鬱鬱遂卒。先生高風諒節，於此益顯。壬辰五月初三日，卒於淮陰，年五十。子睿、堂姪穆扶櫬返葬於徐之鳳皇山。先生生平凡三變：早歲風流跌蕩，人呼爲才子；中年詩壇文讌，與海内英雋相角逐，不愧名士；晚乃遁跡空門，爐香經卷，則又爲逸老，爲方外人矣。平生無藝不精，古文清迴拔俗；詩擅大曆十子之長；書由王内史入，後參用顔平原法，而胎息終在晋人；畫法倪高士，兼工白描佛像、仕女，矜貴不妄作，片楮寸縑，獲者寶逾拱璧。其著作存者，《文稿》數十篇，《隰西草堂詩》五卷，《印譜》一卷，《遯渚詞》一卷，《墨論》一卷，《印説》數十則，《隰西禁方》一卷，《算天文法》《占周易》各一卷，餘稿散軼矣。

趙宏恩《江南通志》

國朝萬壽祺，字年少，徐州人。由選貢中鄉試，五上公車不第。築室袁公浦，博覽群書，明曆法，通禪理，吟詠無虚日，有《隰西》《内景》諸集，書畫俱精工絶倫。

王峻《乾隆徐州府志》

萬壽祺，字年少，徐州人。明御史崇德子。崇禎三年舉於鄉，五上公車不第，甲申後避地吴中，當事欲授以吴江令不就。復渡江，卜築山陽清江浦。自號沙門慧壽，或曰明志道人。其學博集群書，深明曆法，旁過禪理，吟詠無虚日，有《隰西》《内景》諸集，書畫俱精妙絶倫。

張宏運《乾隆銅山縣志》

萬壽祺，字年少，徐州人。明御史崇德子。由選貢中鄉試，五上公車不第。甲申後避地吴中，當事欲授以吴江令不就。復渡江，築室袁公浦，自號沙門慧壽，或曰壽道人，高風亮節，世共欽之。其學博極群書，深明曆法，爲當代所推，工隸，尤精行楷，兼繪山水人物。

魯一同《光緒丙子清河縣志》

萬壽祺，字年少，其先自南昌遷徐州。父星新，天啓末監察御史，出爲山東按察副使。壽祺年十五，誦書二十餘萬言。崇禎三年，舉於鄉。甲申京師陷，明年壽祺被執，有陰救之者，得北還。攜妻子居山陽，再徙清江浦。號所居曰隰西草堂，曰南村。嘗自負甕，妻徐、子睿荷鍤隨之，灌園自給。晚被僧服，自稱明志道人、沙門慧壽，然痛飲食肉則如故，四方慕其名者日至。壽祺故家子，琴碁劍槊，百技通曉，家有良田美宅山莊百頃。及世事牽染，幾瀕於死，所藏蓄一時都盡，黄冠紫衣，蕭然物外，每與遺民避人歌嘯泫然泣下。所爲詩最工，與陳子龍、夏允彝相上下也。卒殯南村，或曰後歸葬徐州。

馬麟等《續纂淮關統志》

萬壽祺，字年少，崇禎庚午舉人。本籍徐州，因避邳、徐之亂，流寓山陽。初卜居于蔡市橋西山子湖濱，晚年又結廬于清江之南村，名隰西草堂。常被僧服，自稱沙門慧壽，而飲酒食肉如故也。工詩文，善書畫，百工技艺無不通曉。一時遺民故老過淮者，莫不枉道草堂，流連竟日。卒，殯南村。

郭麐《靈芬館詩話》

萬年少壽祺有盛名，詳見周櫟園《印人傳》。詩亦散見諸家選本中，清麗可喜，如「市橋春店馬，官驛晚檣烏」、「芳草舟車路，桃花秦漢人」，七言如《草堂舊梅一枝放花》云「亂後故人猶見汝，定中居士未忘情」，《隰西草堂雜詩》云「升沈日月此茅屋，俛仰乾坤今布衣」，《梁公狄過訪》云「斜月啼烏人罷酒，早霜驅雁客登臺」，置之劉隨州集中，當亦未易辨。靳茶坡應昇有哭萬詩極工：「未得憑棺哭，相聞亦自憐。室啼蓬首妾，囊檢鬻書錢。北上曾三刖，南邨乞一廛。喜君存此意，松菊晚能全。」

楊翰《歸石軒畫談》

壽祺字年少，崇禎庚午舉人，工詩文書畫，又工寫美人，他若琴棋刀劍、百工技藝，細而女紅刺繡，麤而革工縫紉，無不通曉，風流豪宕，傾動一時。滄桑後罷公車，僧冠僧服，自名明志道人，沙門慧壽，痛飲食肉如故，邳徐之亂，移家公路浦，著有《隰西草堂集》。

馮煦《萬壽祺像讚》

明季不綱，大盜移祚。南渡荒嬉，更鉤黨錮。隰西一老，邈焉高步。獨鶴無歸，冥鴻何慕。凌鑠侯陳，揖孫吳顧。抱樸含元，葆兹貞素。

趙爾巽《清史稿·萬壽祺傳》

萬壽祺，字介若，世稱年少先生，徐州人。與爾梅同郡，又同歲生，同舉鄉試，志節皆同，既同舉事。南都破，江以南義師雲起，沈自炳、戴之儁、錢邦芑起陳湖，黄家瑞、陳子龍起泖，吴易起笠澤，皆與會師，謀恢復。兵潰，壽祺被執，不屈，將及難，有陰救之者，囚繫月餘，得脱。乃渡江歸隱，築室浦西，妻徐、子睿灌園以自給。髡首被僧衣，自稱明志道人、沙門慧壽，而飲酒食肉如故。時渡江而南，訪知舊，弔故壘。遺民故老過淮陰者，亦輒造草堂，流連歌哭，或淹留旬月。雖隱居，固未嘗一日忘世也。順治九年，卒。壽祺善詩、文、書、畫，旁及琴劍棋曲、雕刻刺繡，亦靡弗工妙。爾梅論有明一代書，推爲第一。著有《隰西草堂集》。初，爾梅、壽祺同謀舉事，一起江北，一起江南，先後相呼應。及事敗，爾梅出走，思得一當。壽祺留江、淮觀世變，不幸先死。爾梅獨奔走三十餘年，亦終無所就。後世稱「徐州二遺民」，常爲之太息云。

鄧之誠《五石齋小品·萬壽祺》

萬壽祺，字年少，一字介若，又字内景。晚年僧服，易名慧壽，稱明志道人，或曰壽道人，或但曰壽，或曰若，或曰若若。銅山人。崇禎三年舉人，卒於順治九年，年五十。事具所撰《自志》及孫運錦《明孝廉萬先生傳》。其集爲吕維揚刻於康熙二十四年者，久佚。道光四年，運錦爲輯刻《隰西草堂詩集》五卷、《文集》三卷、《遯渚唱和集》一卷，近人刻《明季三孝廉集》，復爲增輯遺文九首、詩二十九首。壽祺多能藝事，詩文之外，書畫雕刻以及刺繡，無不精妙。詩直入大曆十子之室，一時甚罕儔匹。然其人實有志節，不當僅以詩文傳。《自志》述起義事云：「崇禎十七年甲申三月，京師陷，五月南渡，其明年乙酉五月，江以南郡縣皆陷。炳、儁、苣起陳湖，瑞、龍起泖，易起笠澤，皆來會。八月潰，被執，不屈，將加害，有陰救之者，困系兩月餘，得脱，還江北，作《泛湖圖》第四。」所謂炳者沈自炳，儁者戴之儁，苣者錢邦苣，瑞者黄家瑞，龍者陳子龍，易者吴易也。劉湘識其後云：「共有八圖，亡其二。」猶以不見圖爲恨。彭士望《山居感逝詩》自注云：「隰西嘗寫真六幅，其六披紅僧衣，袒右，牽一小驢怒視。士望曾親見此圖，無所謂八圖也。」牽驢怒視，何曾忘世？顧炎武於順治八年訪之淮上，炎武亦乙酉共義者，贈以詩云：

「何人詗北方，處士才無兩。」知炎武區畫山東，欲邀壽祺共事，其謀當甚密。今傳世《秋江别思圖》，有壽祺跋語，乃以舍商賈求所以爲寧人者。反復言之，蓋爲塗飾耳目。淺人不察，竟謂炎武真作商賈，舉此爲證，不亦偵乎！

附錄四　年譜彙編補正

按，萬壽祺年譜成書較多，如羅振玉即編有《萬年少先生年譜》（簡稱「羅譜」），曾數次修訂刊行。嗣後李輔中亦編有《萬年少先生年譜》（簡稱「李譜」），附於董士恩校輯本之後。相較而言，羅譜側重於出處事功，李譜因得見萬氏家乘，故尤詳於親族及交游。至於張相文所編《白耷山人年譜》，因有感萬氏與閻氏「同歲生，同以恩貢登庚午賢，國變後同以抗節逃禪，二人生平投契最深」，遂「據《徐州二遺民集》中行事之可考見者，附注之」，故此亦有目其爲萬氏年譜之一種者。然其考訂殊爲簡略，且多與羅、李二譜重合，故參考價值有限。今將羅、李二譜分别以《羅雪堂合集》所收增訂本及董氏校輯所附本爲底本點校整理，彙編一處，兩譜各條逐年排比，文字不避重複，以得參互之效。又間考時人著作及後世研究文章，稍事考訂，補其所闕，正其所誤。

萬曆三十一年癸卯十一月十三日巳時　先生生。

【羅譜】先生名壽祺，字介若，一字若，見先生《文昀》與顧云美自作《塔影圖記》。周亮工《印人傳》：後年少以一字字，字若。一字内景，一字年少，原籍江西南昌，曾祖以醫自湖廣游徐州，遂家焉。祖某，字懷谿，贈文林郎，福建道監察御史。祖母夏孺人。父崇德，字惺新，萬曆三十二年甲辰楊守勤榜進士，授浙江臨海縣知縣，入試雲南道監察御史，巡視北城，出按河東鹽法。以母老乞養，拜疏不待報即行。四十八年庚申，光宗、熹宗相次即位，入直禁中，備非常。遼東告急，欽差提督遼餉，轉福建道監察御史。魏忠賢用事，託疾去，出爲山東按察副史。母項孺人，殁葬徐州城南十里太山之陽。《徐州府志·古迹考》：萬崇德墓在太山東、奎山西。又《山川考》：雲龍山尾東數十武爲太山，在城南四里。此據先生《自志》作城南十里，與方志小異。

【李譜】先生姓萬，名壽祺，字年少，一字若，一字介若，一字内景，先世豫章人，正德間避宸濠之亂，曾祖以醫自湖廣遊徐州，遂家焉。祖曰顯，字懷谿，贈文林郎，福建道監察御史。祖母夏，贈太孺人。父崇德，字惺新，萬曆庚子舉人，甲辰楊守勤榜進士，授浙江臨海縣知縣，入試雲南道監察御史，巡視北城，出按河東鹽法。萬曆四十四年二月，以母老乞終養，拜疏不待報即行。庚申八月，光宗、熹宗相次即位，入值禁中，備非常。遼東告急，欽差提督遼餉，轉福建道監察御史。魏閹用事，託疾去位，出爲山東按察副使。母項氏，封孺人。《萬氏世系》載，壽祺崇德長子，字年少，一字若，崇禎戊辰科恩貢，庚午科舉人。配夏邑陳氏萬曆辛丑科進士名陞字抑吾女，繼配蘇州徐氏萬曆辛丑科進士官臨鞏道名鏌孫女、貢生名浤女副祖氏。子二：長睿，次穀。女二：長適滕邑黄蘭森，字畹九，康熙丙辰科進士，爲崇禎甲戌科進士黄家瑞之子；次適華亭楊醇鄒，字虛舟，康熙拔貢生，爲崇禎甲戌科進士官給事中名枝起字扶曦之子。案，先生次女著有《詠林閣遺稿》。

萬曆三十二年甲辰　二歲。

【李譜】先生父惺新先生捷禮闈，殿試三甲，賜同進士出身。

萬曆三十三年乙巳　三歲。

萬曆三十四年丙午　四歲。

萬曆三十五年丁未　五歲。

萬曆三十六年戊申　六歲。

萬曆三十七年己酉　七歲。

萬曆三十八年庚戌　八歲。

【李譜】先生弟壽禎生。《世系》又載，壽禎，惺新先生次子，原名天祺。

萬曆三十九年辛亥　九歲。

萬曆四十年壬子　十歲。

萬曆四十一年癸丑　十一歲。

【李譜】先生侍項孺人家居，奉養夏太孺人。

萬曆四十二年甲寅　十二歲。

【李譜】是年惺新先生奉命督鹺河東。

萬曆四十三年乙卯　十三歲。

【李譜】七月，夏太孺人病傷寒。

萬曆四十四年丙辰　十四歲。

【李譜】二月，惺新先生封敕印，上書陳情歸養。

萬曆四十五年丁巳　十五歲。

【羅譜】先生入學後歷更諸師，曰曹，曰朱，曰劉，曰陳，曰胡，曰許。至是年，誦二十餘萬言。

【李譜】是年先生祖母夏太孺人卒。先生少時歷從諸塾師曰曹，曰朱，曰劉，曰陳，曰胡，曰許，至是誦二十餘萬言。

萬曆四十六年戊午　十六歲。

萬曆四十七年己未　十七歲。

泰昌元年庚申　十八歲。

【李譜】是年惺新先生服闋，入都提督遼餉，轉福建道監察御史。

天啓元年辛酉　十九歲。

【羅譜】入學爲諸生。按察命先生從王紫芝先生受學。紫芝名立穀，字伯無，按察門人也。萬曆丙午浙江舉人，授江西新淦縣知縣。善内外止觀之學，以目失明，遂棄官學道，三年目復明，後爲沙門以終。先生從之游，於六經旨要外，兼受天人之學，澹泊明志，不慕榮利，以求至道。

【李譜】先生入庠爲諸生。是時惺新先生以魏閹用事，託疾去位，出爲山東按察副使，未赴回里，始命先生從王紫芝先生遊。王先生名立穀，字伯無，萬曆丙午浙江舉人，惺新先生門人也。授江西新淦縣知縣。通内外止觀之學，旋以目失明棄官，學道天台山中，三年目復明，北游徐州。先生奉父命受業其門，教以大道，論六經指要，歸於精微，故先生受書以來，究天人之學，澹泊寧静，以求至道。

天啓二年壬戌　二十歲。

【李譜】九月，山東妖賊徐鴻儒等由荆山口至徐營子房山下，焚掠民居，先生浮家南避。

天啓三年癸亥　二十一歲。

【羅譜】山東盜起，避難淮安。先生同學黄公字瑞，亦攜家避地，與先生同舍止宿。黄公字禎卿，亦字禎臻，號如千，滕縣人。仕至淮揚巡撫。乙酉罷官，寄居雲間，與沈公猶龍、陳公子龍等起義師於泖湖，兵敗死之。見《滕縣志》及《自靖録》。

【李譜】先生避難楚州。是時，其同學黄禎卿家瑞亦與老母幼弟避難於此，同舍止宿。禎卿號如千，滕縣人。官至淮揚巡撫。乙酉罷官，寄居雲間，與沈公猶龍、陳公子龍等起義師於泖湖，兵敗死之，見《滕縣志》及《自靖録》。

天啓四年甲子　二十二歲。

【李譜】七月癸亥，河決，徐州城中水深一丈三尺，遂遷州治於雲龍山。時家中鏡鳴甚悲，未幾，愳新先生目生黑子，於八月二十一日以痰疾卒。

天啓五年乙丑　二十三歲。

【羅譜】長女生。先生不知幾女，長女適李氏，壻早年卒，其名字不傳。又有女名淑修，字宜洲，適章醇鄒，能詩，箸《詠林閣草》。見《徐州詩徵》。

【李譜】長女生陳氏出。按《隰西外紀》，先生原配爲萬曆辛丑科進士夏邑陳陞字吾女，希稷字簡庵之姊妹也。抑吾先生弟陛，字損齋，萬曆癸丑進士，與姪簡庵俱工書。先生爲損齋先生書墓志，其跋云，壽親承先生書法，以猶子爲門下士，於今二十有八年，凡三變以成今書。後適滕縣黄蘭森，字畹九，號静致，淮揚巡撫黄公家瑞子也。

天啓六年丙寅　二十四歲。

【李譜】先生渡江歸徐。先是，惺新先生卒時，萬氏遷徐未久，族弱丁孤，外侮沓至，太孺人戒不與内外事，閉户持喪讀禮。既而益甚，乃奉太孺人命挾書篋遊江南，以避之。是年外侮稍息，遂渡江而北。

天啓七年丁卯　二十五歲。

崇禎元年戊辰　二十六歲。

【羅譜】以即位恩貢郡國士，先生與焉，入試於廷，以「百姓足君孰與不足」爲問，此爲先生受知遇之始。夏，徐勿齋汧、張受先采置酒天壇，先生與楊維斗廷樞、沈伯敘明掄、袁公白徵、李存我待問、秦宏甫鏞、張天如溥、閻古古爾梅皆集，主客皆南方之彥，極一時文章交游之盛。見閻爾梅《天壇集飲詩序》。

【李譜】先生以恩貢應廷試。時東陲不靖，兵餉孔亟，上以「百姓足君孰與不足」爲問，對策稱旨，荷主知。四月，徐勿齋汧、張受先采招先生與楊維斗廷樞、沈伯敘明倫、袁公白徵、李存我待問、秦宏甫鏞、張天如溥、閻古古爾梅集飲於天壇，極一時文章交游之盛。

崇禎二年己巳　二十七歲。

崇禎三年庚午　二十八歲。

【羅譜】南京鄉試，中楊廷樞榜第五十九名舉人，考官爲江右姜公曰廣，得人最盛，若楊維斗廷樞、張天如溥、錢與立位坤、鄭士敬敷教、陳臥子子龍、盛子裁王贊、沈巨山壽嶽、吴梅村偉業等並以文采風誼名當世，僉以爲極人物之選，有明二百餘年所未有也。

沈眉生壽民、治先壽國兄弟及黄太沖宗羲三人則以下第人亦與會。先生賦《秣陵舟讌詩》以記其事。見黄梨洲《思舊録》。

是年與王子于一獻定定交於淮安。

【李譜】舉南京試楊廷樞榜第五十九名，主試爲江右姜公曰廣，得人稱盛，若楊維斗廷樞、張天如溥、錢與立位坤、陳臥子子龍、吴梅村偉業、鄭士敬敷教、沈巨山壽嶽、盛子裁王贊、周光甫燦、魏道用沖、陸履常坦等，皆一時知名士。榜後，先生與沈治先壽國沈眉生壽民昆季、楊維斗、陳臥子、吴梅村諸人會飲於秦淮舟中，時周減齋亮工、黄太沖宗羲始與先生訂交，亦與會。先生賦《秣陵舟讌詩》以紀其事。按，錢與立題先生自寫小照云：「若個書生，當封萬户。淮陰年少，彭城尚父。出其懸河，淳于色土。攄以智囊，項王負弩。肝膽冰雪，文章璣組。天壤之間，誰與比數。大兒文舉，小兒德祖。題萬若盟兄小照，即乞印可。年盟弟錢位坤具草。」

崇禎四年辛未　二十九歲。

【李譜】夏，先生原配陳氏卒，爲《懷逝詩》七首以悼之。時霍維華戍徐州，以其居宅宏廠，遂假館焉。後以語謗東林，先生與閻古古力斥之。冬十二月，同年張天如與張受先倡復社。

崇禎五年壬申　三十歲。

【羅譜】先生至吳門。張天如溥合七郡文會爲復社，開大會於虎邱，七郡之士來會者七百餘人，先生與焉。是會得文二千五百餘首，從來社藝無如是之盛者。是年訪朱雲子隗於虎邱之西巖。見朱望子題先生贈徐君平書册，敘此事在辛未、壬申間，姑繫於此。

【李譜】先生游沙室，見達摩真相，面如滿月，與世俗所繪者不同。至吳門，訪朱雲子隗於虎邱西巖。時張天如以復社載七郡文會於虎邱，來會者七百餘人，先生與焉。是夏有懷夏彝仲、陳臥子詩。

【補】是年秋交朱隗、朱陵兄弟。朱陵跋先生贈徐君平書册云，崇禎辛未、壬申之閒，先生從閻古古訪其兄弟於虎丘，檢《白耷山人年譜》，閻氏游吳在此年，則先生過訪亦當在是年秋。

崇禎六年癸酉　三十一歲。

【羅譜】先生在京師，日與陳臥子、黄如千相往還。見《陳忠裕公自訂年譜》。始刻詩集於京師。是年五月至吴門，徐勿齋宫詹邀先生與陳臥子給諫、楊維斗解元觀競渡。見徐俟齋跋先生贈徐君平書册。

【李譜】先生寓京師，日與陳臥子、黄如千、陳木叔函煇、張學曾爾唯相往還。始刻其舊作《二雨齋癸酉詩》。

崇禎七年甲戌　三十二歲。

【羅譜】先生自吴中返里門。秋，就宅東舊屋葺治爲五室，壘石於庭，名之曰青泥院，爲文記之，以讀書養志於其中。

是年春，黄如千射策稱旨，以進士就官縣令，先生爲作《文稿序》。

【李譜】是年春，先生居京，應會試。正月，李小有招先生與同社陳木叔、譚友夏、韓雨公、鄭超宗、程大來、李端木、周燦甫、張爾唯雅集燈樓，復與洪載之、許我西、鄒廷若、劉爾受、沈鄰秋、黎仲實、鄒欲伯訪陳木叔，不遇，俱有詩紀其事。

是科黄如千射策稱旨，以進士就官縣令，先生爲作《文稿序》。秋，返里家居，就宅東舊屋葺治五室，疊石於庭，以青泥補其罅，名之曰青泥院，爲文記之。

崇禎八年乙亥　三十三歲。

【羅譜】項太孺人卒，先生廬居。壻李生樸人卒，作祭文以哀之。是年集十年所積之文，爲《二雨齋文選》，並爲之序。

【李譜】先生與同郡李孝乾向陽、雷汝遜□□、王先仲尚文、曹澹如志明、馬空同伯奇、畢一士廷謂、門人王子克允升立文社，又令門人杜仁夫先榮、杜子愚先發、王子穆允懷、畢山令庚、黄子道如春、萬子臣孝張爲小聚，隨文多少，作《文的》一篇，以立德立言相勸勉。復集十年次第所積之文，爲《二雨齋文選》。是歲夏，家中鏡復鳴，項孺人目亦生黑子，疾劇，先生刺舌滴血寫《金剛經》以禱之。未幾，太孺人亦以痰疾卒。先生居喪故里。

崇禎九年丙子　三十四歲。

【羅譜】先生與同志開文社於南京，數爲大會，與會者沈眉生壽民、冒辟疆襄、劉伯宗城、陳則梁梁、張公亮明弼、吕霖生兆龍、劉魚仲履丁、張芑山自烈、顧子方杲、侯雍瞻岐曾、方密之以智、孫克咸臨、沈崑銅士柱、麻孟璇三衡、梅惠連之熉、劉湘客湘、周勒卣立勳、李舒章雯、顧偉南開雍、徐闇公孚遠、宋子建存標、陳百史名夏、陸子元慶曾等。見冒巢民《吴樓山先生集序》。復與同郡李孝乾向陽、王先仲尚文、雷汝遜□□、曹澹如志明、馬空同伯奇、畢一士廷諤及門人王子克允升爲文社，月三聚，以九爲的。四時仲九日文七篇，餘日文三篇。又令門人杜仁夫先榮、杜子愚先發、王子穆允懷、畢山令庾、黄子道如春、萬子臣孝張爲小聚，隨文多少。先生作《文的》，以立德立言相敦勉。里中文社不知開於何年，《文的》中有「僕甲戌蘇門歸」語，知在甲戌後。乙亥歲，先生丁艱，丁丑則往吴中，疑當在此年。又里社諸人多不可考，李、曹最知名。李字晴寰，明天啓甲子舉人，崇禎末官金山衛教授。國變，閉户箸書，不應徵辟，與先生以氣節文章相砥礪。當乙丑，計偕魏閹慕其名，以大魁啖之，公峻拒，不入闈而返，閹怒，遣緹騎追之，亡匿金山寺。閹敗，始復出。國變，度門不仕，撰《五經疏》《莊子注》《道德經注》《陰符經注》《離騷注》。曹澹如事迹見下庚辰年。馬空同，諸生，好讀書，交游長者，尚孝弟，見先生所撰《劉氏墓表》。又王子克，年二十五而卒，先生有祭文，又爲《閔隕篇》以悼之，殆在及門中尤才秀而早卒者。

【李譜】正月，闖賊合埽地王金梁等二十四營攻徐州，不克。二月，閻古古丁父憂，權葬微山，廬於墓。先生謂古古曰，閻子先人墓舍，與齊劉瓛孝廬近，所謂鸜鵒三年去之者，今再見矣。答曰，吾敢望古人，庶幾心嚮往之。先生即以瓛名其廬，書而貽之。見《白耷山人年譜》。秋，先生與沈眉生壽民、冒辟疆襄、劉伯宗城、陳則梁梁、張公亮明弼、吕霖生兆龍、劉魚仲履丁、張芑山自烈、顧子方杲、侯雍瞻歧曾、方密之以智、孫克咸臨、沈崑銅士柱、麻孟璇三衡、梅惠連之熉、劉湘客湘、周勒卣立勳、李舒章雯、顧偉南開雍、徐闇公孚遠、宋子建存標、陳百史名夏、陸子元慶曾等開文社於南京，數爲大會。見冒巢民《吴樓山先生集序》。

【補】是年秋與彭舜岭訪朱陖。朱陖跋先生贈徐君平書册：「丙子之秋，年少又同中州彭孝先見過，得敘閒闊。」

崇禎十年丁丑　三十五歲。

【羅譜】卜居吴門。同年友鄭士敬之子仙弢，蘇志無傳，其名無考。以解試冠諸博士弟子，先生爲作《試藝序》。秋八月十六日，流賊十萬自宿州入徐。二十六日，自睢寧至者又不下十萬。幕府徐公邀斬甚衆，獲俘僞王子等，賊由山外奔西南，不敢入境。先生作《東徐治賊頌》，復作《請申詳徐公治績啓》。兩文均不載徐公名。案《徐州府志·職官表》：淮揚兵備道徐標，崇禎年任。繼任者姜兆張，十三年任。則先生所頌之徐公即標也。又《徐志·宦績傳》：徐標，山東濟寧人。崇禎六年爲徐州兵備參政，整飭屬僚，訓課諸生。河決常山數十里，力塞之。流賊至，率將吏晝夜城守，賊西走，遣將追至馬家林，俘馘而還。以憂去職，後擢保定巡撫，殉國難。南都時予祭葬，廕子，祀徐州名宦祠。

閻古古孝廉遭父喪，卜葬微山，廬於墓，先生謂孝廉先人墓舍與齊劉瓛孝廬近，所謂鸛鴿三年去之者，今再見矣，因書「瓛廬」二字以遺之。見《白耷山人年譜》。陳臥子先生是歲亦遭母喪，先生命傔以書唁之。見《陳忠裕公集》中謝先生手簡。

【李譜】八月十六日，賊至徐之房村、胡山等處。十七日，至城南焦山，官軍與鄉兵築寨列陳禦之，賊引去。先生有《東徐治賊頌》《請申詳徐公參議徐標治績啓》。是年，同社馬空同之母劉孺人卒，先生爲作劉氏墓表，陳臥子遭母喪，先生命傔將書唁之。冬十一月，至吴門，同年友鄭士敬之子仙鼓以解試冠諸博士弟子，先生爲作《試藝序》。

【正】先生爲閣古古書「瓛廬」事，羅譜系之此年，李譜則系之去歲，而二譜皆言據《白耷山人年譜》。檢魯一同及張相文所編年譜，俱訂此事在崇禎九年，疑羅譜誤抄。

崇禎十一年戊寅　三十六歲。

【羅譜】崇禎初，阮大鋮名在逆案，失職避居南京，與馬士英比。是年，流賊逼皖，大鋮招納游俠談兵説劍，冀以邊才召。八月，無錫顧杲、餘姚黄宗羲等百三十七人作《留都防亂公揭》逐之，先生與焉。大鋮懼，爲閉門謝客。是年卜築淮陰之西湖。見先生門人劉湘撰《隰西草堂集序》。案，阮葵生《茶餘客話》載先生溪東書屋在河下。李元賡《山陽河下園亭記》載先生初卜居菜市橋西山子湖濱，名隰西草堂。此所謂「西湖」，殆即菜市橋西山子湖，亦即所謂溪東書屋，惟《園亭記》誤以溪東書屋爲隰西草堂耳。隰西之築在戊子，後此且十年，其地在浦西，非河下也。附正於此。

【李譜】春，長子睿生，《世系》載睿字瞿客，康熙歲貢生。能讀父書，作字肖先生。娶唐氏宣城唐君平先生女孫、祖命先生長女。徐氏出。《外紀》載，先生繼配爲萬曆辛丑進士陜西臨鞏道蘇州徐鎮之女孫，歲貢生徐浤之女也。浤子枂，字石林，工書畫，昭法先生弟兄行也。李孝乾以詩賀之。《迪堂詩集》：「萬君字年少，少余垂十年。聞道乃先我，兄事以爲賢。六宫皆春日，瓊麟誕育焉。厥祥鍾淮泗，造物豈偶然。水神玉是骨，態致自翩翩。交謂紹乃祖，英英動細旃。其父方竭力，起後以光前。」冬十二月，先生爲文壽朱州守統鍏。全家泛宅淮陰。是年清兵入塞逼近畿，朝廷以和戰召議，惟盧象昇主戰。十二月，象昇率師遇清兵於蒿水橋，力戰死之，先生爲《戰城南》詩以弔焉。

崇禎十二年己卯　三十七歲

【羅譜】正月，與歙徐君平秉衡定交於淮安。秋，至南京。八月九日，與姜如須垓、錢開少邦芑、程穆倩邃夜讌聯句，先生作《建業聯句詩序》。案，先生與穆倩先生往還至密，穆倩從蕺山講學，非僅以藝事顯者。曹秋岳作長歌贈之，頗言其海桑之痛，而事實不可知。予意亦必與於義師之役者。先生諸友中若鄔處士繼思、胡處士介均必與義師事，惜其事實不可知矣。程、胡名頗顯，若鄔處士則僅見名姓于先生集及亭林先生贈詩而已。嗚呼，當有明末季，士之抱介節而行義不傳於當時者多矣，安得一一鈎稽而表章之乎？

【李譜】先生寓淮陰。上元六日，趙泰宇約先生過其家，於新城東門坊曲中，始遇徐秉衡君平，與定交焉。秋，至南京。八月九日，與東海姜如須垓、潤州錢開少邦芑、新安程穆倩邃良夜高集，舉觴賦詩，作《建業聯句詩序》。

【正】先生至南京似在春夏間。黎遂球《蓮鬚閣集》卷五有《答贈萬年少》詩，在《答徐子能》《湖上即事四首》間，前詩云「春歸客頻望，薄暮虎丘東」，後詩云「花落粘遊屐，荷開供酒筒」，皆爲春夏間景色，此詩當爲其時所作。

崇禎十三年庚辰　三十八歲。

【羅譜】流寇陷徐州，先生友曹澹如志明罵賊死之。澹如選貢生，事見《自靖録》。又《徐志·人物傳》：姚賊之變，志明臥病於山房，賊至不屈，憤詈被害。是年先生至吴中，訪徐君平於闔閭門之皋橋。

【李譜】是年，姚賊變徐州，先生社友曹澹如臥病子房山，賊至，不屈，憤詈被害。先生避亂居淮陰，常往來海陵、京口，所至哀時念亂，有夜泛海陵兼言所憶及過黄大家瑞海陵署中、登北固望江水諸詩。復至吴門，訪徐君平於皋里。

【補】是年春間，黎遂球有詩柬先生，曰：「虎丘明月記詩筒，鳳闕芳塵西復東。垂柳色連堤草緑，落花流積御香紅。鶯聲喚友題詩遍，蝶夢還家貫酒中。蚤晚玉堂猶獻賦，陽春如和喜君仝。」

崇禎十四年辛巳　三十九歲。

【羅譜】寓吴中，有《九日平江》詩。

【李譜】五月庚子，泰安土寇犯徐州，焚北關。先生是歲由京口至吳門，有過楊大廷樞、卞瑜芬家，九日平江諸詩。

崇禎十五年壬午　四十歲。

【羅譜】冬，返里門，書籍散佚，新舊本皆亡失。

【李譜】先生有東歸留別草臣、如須、穆倩、滿字、開少詩。冬歸彭城，書籍散佚，新舊本皆亡失。

崇禎十六年癸未　四十一歲

【羅譜】寓居京口。集庚辛以來避亂奔走四方與同志唱和之作，得樂府、五七言古詩、五七言律詩、七言絶句凡六十九首，爲《内景堂詩》，序而刊之。未幾，復移寓雲間。先生有《將自京口移寓雲間留別鄔大》詩，不自注何年，考其行蹤當在是歲，尚俟再考。

【李譜】先生居京口，偃仰一室，集庚辛以來避亂四方與同志倡和之作，得樂府、五七言古詩、五七言律詩、七言絶句都六十九首，爲《内景堂詩》，序而刊之。復爲《雲栖庵香火地碑文》。

【補】是年秋在京師，與郭濬彥深、曾異弗人飲吴夢白可黄燕邸。仲秋，復與郭濬、曾異、吴夢白、吴輅幼輿、吴爾壎介子、郭演疇生夜集京邸分韻唱和。見郭濬《虹暎堂詩集》。

崇禎十七年（順治元年）甲申　四十二歲

【羅譜】移家吴郡。三月，京師陷，賦《甲申》詩二章以志哀。五月南都建，賦《五月》詩以志喜。秋有《渡清河》詩，又有《大雪前二日與汪大嘉光包輔挑燈永夜》詩。是歲兵部職方主事楊文驄監京口軍，有《楊貴監軍南徐》詩。

是歲爲我朝順治元年。

【李譜】先生至吴門。三月十九日，李自成陷北京，帝殉國變，有《甲申》《初聞》詩。五月初一日，福王即位南京，有五月一日詩。八月，夜遊虎邱，復與程大邃夜飲西隱。未幾北歸，有過惠山、丹陽道中詩、九日再過京口、秋渡清河詩，大雪前二日同汪大嘉光、包二輔挑燈永夜詩，登淮陰城樓北望諸作。歲暮南還。冬十月朔，爲清順治元年。

順治二年（弘光元年）乙酉　四十三歲。

【羅譜】是歲爲南都弘光元年。先生在吴郡，赴鄭京山師召，至留都，訪徐君平於三山街，君平占石城星氣甚異，謂亂兆已見，乃與先生聯袂去金陵。五月，南都破，江以南郡縣皆不守。先生友沈公自炳、錢公邦芑、戴公之儁起兵陳湖，沈公猶龍、陳公子龍、黄公家瑞起兵於泖，吴公易起兵笠澤，皆與先生會師。八月，兵潰，沈、黄諸公死之。《自靖録》：沈自炳，字君晦，貢生，中書。乙酉起陳湖，率舟師圍城，不克，結營水鄉。八月，營破，赴水死。《小腆紀傳》：錢邦芑，字開少，丹徒諸生。隆武中上書言事，官御史。永曆間以原官巡按四川。永曆入緬後爲僧，號大錯。《陳忠裕公年譜》注：戴之儁，字務公，長洲諸生。乙酉同起兵，兵敗，降松江提督吴勝兆。順治四年，陰勸兆歸明，約島帥黄斌卿助師，事泄，勝兆與之儁等十餘人同被殺。又錢飲光《廣哀詩》注：戴初起義於陳墓，降虜，入松江吴勝兆將軍幕府，密説反正而事敗。與《忠裕年譜》合。《自靖録》：沈猶龍，字雲升，萬曆丙辰進士，官至兵部侍郎。乙酉募兵守松江，城破，中箭陣亡於東門濠上。　陳臥子起兵事詳《陳忠裕公年譜》。黄如千事實見前。《自靖録》：吴昜，字日生，號惕齋，崇禎癸未進士。甲申三月京師陷，五月南都立，憤不爲先帝討賊，乃起鄉兵，得水師千餘人，兵敗，父承緒、妻沈、女吴全家赴水死，昜僅以身免。收集散亡，與浙東爲聲援。丙戌六月，浙東潰，昜亡匿嘉興錢氏園，仇家執送浙江，不屈，死於武林之草橋門，年三十五。　案，錢開少先生與義師事，諸野史並不載，據先生《自志》六圖知之。錢飲光《生還集》有《讀開少御史諫草漫書》云：「吾家有仲文，風流擅文賦。横被黨人名，鈎校同我錮。吴江舉義師，竟被樓船誤。」自注：「鎮南黄蜚，初爲吴聲援，已遁海而敗。」又《藏山閣文存》載《上熊魚山先生書》，亦有錢邦芑留都陷後同吴日生舉事太湖，事敗奔泖湖，哭於黄蜚軍前，求濟師，不應而去。均與《自志》圖合，足補野史之缺。又如千先生之殉乙酉，《滕縣志》及《自靖録》並云投水死，先生《答門師書》言黄如千病故於雲間，《己丑詩序》言黄殉國難，卒於泖湖，又似病卒者，殆兵解至慘，先生不忍斥言之歟？又先生與義師事亦僅見於先生《自述》，一見於《自志》六圖，再見於《隰西草堂詩》末首，云「往事悲潯泖，餘生寄楚州」，三見於《偶成》詩，云「此日口吟淮里曲，去年面縛潯湖渦」，是其明證。顧亭林先生贈詩僅記被執得釋，事實隱約不明，山陽魯通甫先生撰《清河志》，載先生於《寓賢》，乃不及起兵事。近刊《徐州二遺民集》又删去《隰西草堂詩》末章，無識殊甚，故附論之。先生遯迹斜江五里之遯村。與同志作《遯渚唱和詞》。被執，囚繫兩月餘，得脱，遂還江北，寓居淮安。《鬼鴟詩序》言丙戌二月江南長老以書至云云，是此詩作於二月間。詩中有「我歸楚州已三月」句，是先生至淮安在十一月或十月末，與《自志》所言囚繫兩月餘語正合。是年有《元日雨雪詩》《二月十一日夜集錢氏廬詩》。集中有《冬日返里省墓詩》，當亦在是年。又案，先生甲、乙二年雖寓吴中，然恒往來於京口與南都，集中有《春過京口邦芑詩》，首句云「三年不見思徘徊」，先生以癸未寓京口，故云三年，是此詩亦作於乙酉，乃往來京口之證。又有《由京口旅寓再入南都久之思還詩》，殆亦作於乙酉五月以前，云再入，則甲申五月以後會一至南都，乙酉再至也。此往來南都之證。蓋先生初欲於留都有所樹立，及見群邪當國，知不可與謀，遂褰裳去以就陳洂矣。

【李譜】先生全家居吴門。元日雨雪，以詩紀之。二月，應鄭京山先生召，赴南都，過京口，遇錢邦芑。時貴陽楊文驄監軍南徐，有詩頌之。二月十有一日夜，同鄔大集錢氏兄弟廬，有詩並序。至南都，有石城道中春游南都雜詩八首。遇徐君平、陸履常於都寓，相見甚歡，論難連日，君平乃出伏羲玉像示先生，并謂曰「石城星氣甚異，亂兆已見，予將渡江，子亦從此去矣」，先生遂即還京口。三月，再入南都，有出南徐西門、繇京口旅寓再入南都、久之思還、早集南園兼送沈大詩。未幾，復還京口，有京口送范大小范西還、壽楊監軍母七十生日詩。四月，揚州新陷，有南徐雜感三首。五月，南都破。六月，江以南郡縣皆不守。唐王即位福州，改元隆武。是時沈君晦自炳、錢開少邦芑、戴務公之儁起陳湖，黃如千家瑞、沈雲升猶龍、陳臥子子龍起於泖，吴愓齋易起笠澤，皆與先生會。八月，兵潰，沈、黃諸公死之，先生避地斜江，與王于范、嚴調御往來遯渚，有《遯渚唱和詞》一卷。八月二十六日晨，房主金楚白鈎同金跂宋之甥張同知，傾陷先生，先生被執，不屈。時先生全家避難太湖，繫舟湖心，誓聞凶耗，即沉舟波底。幸軍中執政監刑，聞唱先生名，曰此彭城名孝廉也，奈何就戮，釋之。延爲幕賓，表請典弘文院，堅辭不受。使出就吴江令，亦不受。囚繫兩月餘，得脱。還江北，過虎邱，遇徐君平，君平謂曰：「吾避難臨安，家口散寄四方，皆不憂。惟憂子剛戇，負大義不顧身，恐不免。今幸脱矣。」執手悲喜。别後即渡江而北，過平山堂，至楚州舊寓居焉。《遯渚詞自序》：于范名堅，支硎人；調御名時，吴趨里人。本集：門人何堅，字于范，此云王于范，疑涉王于一而誤。又以下所引詩，凡補編已刻者皆從略。徐東僑校記。

【補】三月晦日，方文有詩送先生歸吴門。見《嵞山集》。

順治三年（隆武二年）丙戌　四十四歲。

【羅譜】先生自甲、乙兩年居吴郡，數爲兵寇所掠，數世之蓄一旦都盡，瀕死者不下十餘次，故里屋宇皆已焚燬，餘者官據爲公廨，田園可售者皆鬻賣，所存磽确，牛力兩窮，追呼之聲不絶於耳。伶仃北還，八口待食，乃賣書畫以療饑。是年春，祝髪於普應寺，爲浮屠，幅巾衲衣，名曰慧壽，號明志道人，市人謗爲異服，淮安推官馬公杞獨敬先生，圖保衛乃私夜謁先生，於是謗議乃息。見閻古古《馬進士墓誌》。

是歲有《正月一日詩》《寒食詩》《重午和吳大詩》《中秋詩》《鬼鴟詩》。

【李譜】正月一日詩有「國讎未雪身仍在，家散無成志有餘」之句。二月，清會試天下舉人，督師擬押令先生北上應試，山陽令某素重先生，具文申請上官云，萬某江行被劫，身受重傷，不能會試，乞留淮養傷，畢某等出結，得批准。先生是時已禮三寶於普應寺，祝髮爲僧，名曰慧壽，自號明志道人。市人謗以異服，推官馬杞夜往私候之，謗乃息。五月十三日，得西來信，感而有作。連年皆五月，黠虜陷雙京。君父讎仍在，華夷恨已盈。枕戈空待旦，忍淚暫偷生。又得西來信，乘輿殞北平。秋之宜安，有留別諸子、登宜安西門二詩。八月，福州陷，唐王徙汀州，有初聞閩陷痛哭詩。痛哭初聞信，南天又已傾。八閩龍虎地，十隊犬羊營。祖德深於海，天心未厭兵。何方存夏祀，胡騎正縱橫。十月，桂王立於肇慶，改元永曆。冬，先生還里省墓。又集王二尚質山房，遂登東山賦詩。聞東省北直信，慨然有作。帝命人心眷大明，春陵公子起青衡。三齊義士收東省，六郡良家圍北平。運轉殺胡天紀正，彗將見昴泰階清。山僧倚杖柴門外，笑向西南拜二京。歲杪，東歸，至桃源遇雨。

順治四年（永曆元年）丁亥　四十五歲。

【羅譜】是年秋，積潦爲害郭外皆没，作《家藏楷法跋》《宋儋帖跋》，有《中秋詩》。

【李譜】正月，先生過下相，遇天台沙門澄瀚，即還淮陰，閉門寫經。三月一日，致書其岳翁徐公，轉典斜江寓宅。案，原書云：日月易邁，兩年不獲趨侍。自去秋奉候後，不覺半載，勞心忉忉矣。岳父母内弟妹闔宅新祉爲慰。自沙門之後，一切富貴升沉不相關涉，省却許多榮辱傷感，於本心粗愜。去冬還徐州，即披緇衣，見當事者幸皆相安，則從此可以高天孤鶴矣。今春閉户寫經，往來徐睢間，爲八口謀食之計，頗聞北上諸公皆踉蹌兵戈患難中，多有不能保首領者，則熱中亦何爲乎？此時即不論是非，至於禍福當前，瞬息萬變，何迷者滔滔皆是耶？山東大亂，勢且駸駸，尚不止此，左明兄能詳陳之。徐淮粗安，將來亦非樂土，真蹙蹙靡騁也。聞吴中暫時平安，此時此勢，所謂得一日且過一日爲上策也。淮上兵過不絶，人家惶惶，寒家人口皆無恙，令愛與外孫皆平安，可免遠慮。嚴元復盟兄到淮，傳言趙恭叔、源屋兩親翁去冬又被盜劫，何多灾如此！致書附候，乞爲轉達鄙意。元復又言斜江兩邊港門皆已用木釘住，從此外船不得入，可以粗安，則壽所典之房，當有人要矣。乞岳父、大舅約同孺邁襟丈與趙恭老言，覓人轉典，寄價來淮，以濟燃眉。此真饑時一口，至懇至懇。錢大老處事因去年未曾說妥，今又特託何、呂二兄來説，務要妥帖，其詳呂左明兄詳陳，專欲借重鼎力，以必妥發出序板爲望。骨肉肝膽，全人名節，不終賴岳父，更何賴焉！萬祈同何、呂詳謀必妥。俟兵過已完，陳階六親翁即南來，尚有書寄候門老師，此時先便書，候見時多爲致意。至囑至囑。三月初一日，壻僧壽稽首發。四月，同年生楊維斗被執，不屈，死。凶問至，先生爲位哭之以詩。《哭楊大廷樞詩》：□□□□□，師潰隱東湖。别後交相念，微聞他有圖。全身謝諸帝，延頸濺群胡。君已爲其易，留予待□□。五月五日，大雨，龍鬭淮城西湖。二十一日，跋家藏楷法。夏，跋《宋儋帖》。八月，復大雨，積潦爲害，郭外皆没。是時河決，歸仁南岸泗州祖陵淪於湖中，有中秋積潦、夜報二詩紀事。九月，山東丁可澤、謝遷等起兵復臨淄。十一月，帝至桂林，先生有得□中□志喜兼得山左之報詩。天掃欃槍開日月，帝親櫜鞬富春秋。滄江飲馬天河滿，青傳聞行在幸南州，百萬雄師駐上流。濟烹牛星塞收。指顧犁庭追二祖，明堂左个見諸侯。時有明室勳舊某，專使以書聘先生，先生以書却之。書曰：夫揣摩利鈍，指畫興衰，庸夫聽之或爲色變，而忠貞之士則不然。其所争者天經地義，所圖者國恤家仇，所期待者豪傑事功、聖賢學問，故每氈雪自甘，膽薪彌勵，而卒已成事，古今何可勝數。若僕者，將略原所長，祇以讀書知大義，痛憤胡氛，左袒一呼，甲盾山立。區區此志，以濟則賴君之靈，不濟則全臣之節，遂不惜憑履風濤之中，縱横鋒鏑之下。迄今踰一紀矣，同仇漸廣，晚節愈堅，練兵海宇，正爲乘時。今何時乎？兩粤天聲，三楚露布，以及八閩軍書，何啻雷霆飛翰。而島夷外訌，插虜内攻，□□左支霏右吾，將見立消滅矣。僕方當起而匡扶帝室，克復神州，此忠臣義士得志之秋也。即不然，謝良平竹帛，抗黄綺衣冠，亦之死靡他。豈復浮詞曲説，足以動其心哉？乃執事儼然以書通，似以僕亦庸庸者流，可以利鈍興衰奪者。譬之虎伥戒途，雁奴伺夜，既受其役，當忘其恥！在執事固無足怪，而僕聞之髪且衝冠矣。雖然，執事固我明勳舊之裔，而遼左死事之孤也。念祖宗之恩澤，當如何悲傷？思父母之深仇，宜如何報雪？稍轉一關，不失中興人物。顧陵、律自居，華夷莫辨，甚爲執事不取也。即執事恩仇之説言之，自遼事起而徵調始煩，催科益急，故潰卒散而爲盜，窮民亦起而弄兵，是釀成寇禍者□□也。乃乘京華失守，屬國興師，倘然挈舊物而還之天朝，將吐番、回紇不足稱美於前。乃拒虎進狼，既收漁人之利於河北，長蛇封豕，復肆蜂蠆之毒於江南，則果恩乎仇乎？執事亦可憬然悟矣。以來函温慎，諒執事非憒憒者，遂附數行以復。斬使焚書，適足見我不廣，亦不爲也。此復。

【補】是年秋送劉三北還。張相文《白丘山人年譜》：相文案，劉三事蹟不可考。據年少題劉三城西水館詩云：「妻子還鄉里，相扶問舊廬。身經百戰後，家破十年餘。」以此知其爲故將軍也。玩送劉詩語意，知劉三此行期望甚大，蓋欲起兵夏鎮，而與山東榆園之衆相呼應也。夏鎮居淮岱間，握運河之衝，要害地也。劉三北行踰年，山東兵果畧夏鎮，其殆劉三所爲歟？知在此年者，丁亥中秋詩自註「是秋積潦，郭外皆漲没」，而送劉詩亦有「秋水没蒿萊」語，二詩編次相連，故知爲同時事也。

【正】李譜所云「有明室動舊某，專使以書聘先生，先生以書却之」，誤。此書乃張煌言却郎廷佐書，見《張忠烈公集》《明季南略》及《小腆紀年》諸書。

順治五年（永曆二年）戊子　四十六歲。

【羅譜】游廣陵，以五千錢得五字損本《蘭亭序》，乃甲申國變後自宫臧手流出者，先生重其爲内府法物，屬雲間包生重裝，自爲之跋。仲冬，徙宅於浦西，去城三十五里，西近洪澤，南曰徐湖，北則河淮合流，東入於海，四區皆隰，築其原爲隰西草堂，賦詩以志之。是年胡彦遠處士訪先生於草堂。見胡彦遠《張胎響六十壽序》。先生集淮楚名士十餘人觴之，流連嘯詠者越旬月。

【李譜】先生居淮陰。五月朔日，發願書《金剛經》。遊廣陵，以五千錢得明内府流出唐天后搨五字損本《蘭亭》帖，先生重其爲先朝法物，屬雲間包生用原紙重裝。九月二十四日，自爲之跋。仲冬，徙宅於浦西，去城三十五里，西近洪澤，南曰徐湖，北則河淮，合流東入於海，四區皆隰，築其原爲隰西草堂以居焉。先生自督師放歸後，徐之州宅焚毁，餘皆據爲官廨，佃逃地荒，貧不能歸。沙門友蒼祖庭爲先生作啓，傭書畫篆刻以自給。啓曰：隰西道人既貧且賤，傭書以自給，而繪畫刻篆兼之，自食其力，是猶行古之道也。筆墨之藝，於世爲無用，而賢者好之，比諸鼎吕，豈獨重其人乎？迺以自重。爲之者不惜勤苦，得之者掉臂竞去，揆之施受，彼此皆厲。等而下之，迺不如以粟易器之農與陶，豈大雅之道哉？古之人置屨道傍，而人皆知其價。今與諸君子約，有能爲道人具饘粥者應之，不則已，所以養賢，所以自重，亦猶行古之道也。寓長干寺友蒼沙門祖庭啓。

書　小楷三兩起，至三錢止。中行五兩起，至三錢止。大書五兩起，至五錢止。

畫　人物五兩起，至一兩止。不畫扇面。大幅山水五兩起，至一兩止。小幅及扇面山水三兩起，至五錢止。

刻篆　石五錢，金銅一兩五錢，玉二兩。

先生附狀許之。狀曰：唐子畏云「閒來畫幅青山賣，不使人間作業錢」，余既作書傭，相屬者衆，力作勤苦，而無以贍饔飧、具筆墨，無爲也。蒼公既爲余作啓，繇兹以往無所操。操矣而以一豚蹄祝，皆不敢聞命。多病以來，繁思傷心。酉戌之後，不爲人作文字序贊久矣。凡有傳者，皆非鄙撰。既以告人，亦以自勵。古之君子，款識止著己名，後世始題來屬者字號。無盟社、翁臺、詞伯、父師諸諛辭，長行稱先生，平行稱居士，幼行稱字，以追古處。掉運不息，肢體漸廢，偶弄筆墨以爲戲耳，遂兼養生。若復操以市井，則心手相違，雅道淪墜，一切賀祝、奠誄、章啓、募疏、市牌、春帖概不應教。漢印無刻詩句長篇者，止刻姓名，唐以後始兼亭館。今從漢法。隰西道人壽附狀。

【補】是年冬，閻爾梅過隰西草堂訪先生。張相文《白耷山人年譜》：本集有《題萬歲杪，作《遯渚圖》數幀以貽故人。

年少隰西草堂四首》，味詩意蓋是年秋殆由淮回沛過隰西時所作也。按，是詩其三有「海夜珠方吐，江春雁自還」，其四有「幸無傷歲暮，白馬效虞賓」，是知閻氏過訪在冬而非秋也。

順治六年（永曆三年）己丑　四十七歲。

【羅譜】孟春，暫返里門。二十七日由隰西啓行，二十九日過下邳，拜明義士王贊明之墓於相山，以詩弔之。《徐州府志·人物傳》：王台輔，太學生，邳州衛人也。少孤介，崇禎末聞宦官復出鎮，將草疏極諫，未上而京都陷，痛哭南還。福王立，劉澤清等張會於睢陵，台輔衰絰直入，讓之曰：「國破君亡，此公等臥薪嘗膽時也，顧飲酒高會耶？」及南京傾覆，台輔泫然流涕，視其廩曰：「此吾所樹，盡此死耳。」明年粟盡，集其里黨，深衣幅巾出見之，大呼烈皇帝，北面再拜，自縊死。又《古迹考》：義士王台輔墓在縣北四十五里象山顛。仲春十有二日辛丑，過沛主劉下邳家，作《郭烈女碑》，爲閻古古書《孝經》，入沛宫，登歌風臺，有《再入沛宫詩》《登歌風臺詩》。孟夏五日，至夏鎮。二十有六日，至滕縣西鄉之皦溝泉，故淮撫黄公家瑞家在焉，往恤其孤。仲夏二十有三日，抵里門。季夏十日，至蕭縣西鄉。十有一日，抵碭山縣賣田。二十有四日，病風痺。孟秋三日，還里，病不能興。仲秋二日，始扶杖而起。八日，買舟東下。十日，還草堂。此行得詩五十九首，名之曰《己丑詩》，爲之序。季秋十有八日，劉下邳遇害，爲詩哀之。此詩不見集中。又劉下邳名字亦不可考。徐州竇氏藏先生詩集寫本，中有佚詩，爲刻本所無，曰《悲哉行》《飛雲橋行》皆記劉下邳事，述下邳事實甚備。下邳蓋以乙酉駐軍下邳，國變後家居，後山東土寇入徐，官軍敗績，下邳爲招撫，欲陰結之以謀恢復，後爲人告發，全家論死，惜徧考群書不能得其名字，爲可憾也。又案，先生乙酉以後雖遁迹桑門，而移山之志未嘗少輟。是年主下邳家，殆有所圖謀。及下邳遇害，仍懷抱孤憤，至於没齒。哀哉哀哉。是年，買圃於草堂之陽，取靖節詩語名之曰「南村」，引泉樹蔬之處曰「平疇」，疇北折有廊曰「韻步」，上有館曰「遠游」，其側有榭曰「春陰」，作《南村記》。

【李譜】孟春一日辛酉詩，紀本朔也。二十七日丁亥，由隰西北行，有暫還里門示送者詩。二十九日己丑，至下邳之相山，拜明義士王贊明墓。案，《乾隆府志》載：王台輔，字贊化，邳州衛監生。崇禎末復遣宦官出鎮，台輔草疏將極諫，甫入都都城陷，痛哭南還。福王立，劉澤清等張樂大宴於睢寧，台輔衰絰直入，責之曰：「國被君亡，此公等臥薪嘗膽時也，顧飲酒大會耶？」及南京覆，台輔泫然流涕，誓以廪粟盡爲死期。明年，粟盡，集其里黨，深衣幅巾，出見之，大呼烈皇帝，北面再拜自縊死。或曰乙酉五月，台輔聞金陵不守，乃攜家積糧至相山，期九月二十八日戌時死，盡散其家財族屬。至期日，設席徧邀親友作別，妻子痛哭，百計勸説，台輔望天曰時至矣，大笑，拱親友，入布幕縊死。有白雲如布，從幕向西去。仲春十有二日辛丑，至小沛，主於劉下邳家，有題劉三西城水館詩四首。案，詩内「身經百戰後，家破十年餘」句，劉三當爲下邳之行稱，惜名字不詳，待考。過閻大爾梅，爲書《孝經》跋，登歌風臺，有再入沛宫，與閻大古古、周二黄會、吴一興公夜集詩。孟夏甲午，往北渡紅溝，至夏鎮，與俞大善長亂後重見齋閣詩、答王三檠玉、再過俞大善長舊閣、將去夏陽留别善長檠玉及送别諸子詩。二十六日乙卯，涉運河，循河北行，至滕之西鄉皦溝泉，存視其壻黄畹九。畹九，故淮撫黄如千之子也。仲夏過沛，作《郭烈女墓碑》。二十三日辛巳，南還彭城。過李大向陽樓上，復與李孝乾及里中舊友七人約遊雲龍張山人之放鶴亭。過黄茅岡留飲，醉吟子瞻岡頭之句，酣遊累日。先生爲作《黄茅岡圖》，以貽孝乾。復爲其姪遐客穆畫山水，自跋其顛。季夏十日戊戌，西行蕭縣西鄉。十一日己亥，抵碭縣賣田。案，據先生《呈狀》，河北祖宅一區，田壹百伍十七頃，自乙酉之後，宅爲官據，田被書鏇，屢請清豁，雖經批還，而奸書李三汲等仍不時期鏇。至是年六月，門庭蕭索，日夜追呼，不堪其苦，乃具呈列册，除内有賣出之地五頃八十畝，餘均乞批保全。二十四日壬子，病發。孟秋三日庚申，東還彭城，病不能興，有秋後病中夜雨詩。仲秋二日，扶杖而起，腰骨折，不復屈伸。八月乙未，舟東下。十日丁酉，入隰西草堂。季秋十有八日甲戌，劉下邳遇害，爲詩哀之。冬，送王大于一還廣陵，以詩寄張稺恭。除夕，有詩紀事。一歲之内，凡得詩五十九首，爲作《己丑詩序》。

【補】是年正月，跋自書第十一部《金剛經》。見白堅《萬壽祺及其藝術》。

順治七年（永曆四年） 庚寅 四十八歲。

【羅譜】姑熟唐祖命舍人允甲自家來訪，留草堂者二月，流連倡和，得詩十七章，手書以贈舍人。吴中何定嚴道明亦來訪，爲作《定嚴贊》。是歲有《孟春一日詩》《二月二十日冒雨同何定巖徐青山由普賢社入西寺詩》。是年徐君平年五十，先生爲作畫，並序其行誼以贈之。

【李譜】有孟春一日詩、程大來説郡中新年大張燈火淒然淚下詩、燈夕集方大家詩、夜同徐大淇鼓琴詩、記隰西草堂五律詩、送孫一還廣陵詩，又詠隰西草堂七律詩。吴縣何定巖道明，緇衣氈帽，策杖來訪，先生爲作《定巖贊》。二月廿一日，有冒雨同何一宣巖、何大青山谿普賢社入西寺，寺中男女春賽買螺螄放生訖，徐大先歸詩。唐祖命舍人允甲自姑孰亦來訪，有唐大允甲過訪草堂爲唐一歌、雨中同唐一飲酒限韻諸詩。四月十有六日，徐君平年五十，先生過其家，時榕花滿野，乳鶯亂飛，交勉進修，借稱觴焉。仲夏，唐祖命還姑孰，有送唐一詩。友人説南渡事，作長歌以示之。枯桑花開鵂鶹啼，陰風吹火燃東西。日光十丈不炤地，黄沙如雲雲如泥。憶昔走馬陪京道，幾年江上生春草。雲中雙闕高巍莪，闕下群臣衣素縞。六龍西來初渡江，千乘萬騎發淮揚。即日上陵祀高廟，南向庶臣涕泗滂。三朝耆舊坐論道，曾無片刻忘疆場。重臣跋扈入相府，次第驅斥諸賢良。天子無憂始好色，進前左右稱傾國。內人樂隊居上頭，鷹使毬場皆領職。政府追言定策勳，援引私人樹羽翼。鈎黨已成大獄興，日暮斜封降墨敕。遐邇解體將士驕，雄藩傳檄清君側。駱駝千群東北來，中原處處生塵埃。南徐失守守將潰，金川通濟城門開。乘輿數騎沿江步，夜領黄門太平駐。樞相倉皇挾後宫，盜兵南走臨安路。大明門内竟無人，百姓悲啼淚長注。日新宫中傳新旨，黄袍小兒佩國璽。虜騎入城隨迸散，草草一時盡殺死。裔皇魯后越江東，高帝子孫稱大宗。環江列守議恢復，遥與粤閩聲援通。臣民勸進不敢受，暫領監國專治戎。湔除前凶赦元惡，共圖雪恥成大功。舊相僉人内危懼，謀挾兩朝以自固。將煽誣詞震八閩，先出危言動節度。上下同心不可摇，潛通江北撤江戍。嗚鏑吹笳滿紹寧，粤東千里無堅城。從此仙霞關不守，桓桓監國幸東溟。福京君臣殉社稷，直驅兩粤滇南驚。敵還始論迎降事，二人先後從軍贅。夤緣内院且論功，隨入三韓圖大位。明明天地視聽卑，連亡三國抑何悲。西市鳴鼓肉寸磔，南關落騎身成灰。逆臣巨慝不可赦，是時上帝方誅夷。嗚呼南渡策已下，兩凶追逐亡宗社。至今葉落哭秋槐，宫殿沉沉烏啄瓦。隰西老人仰天哀，深夜彷徨泣如瀉。疇昔曾聞道路傳，依稀記得阮與馬。

詩。冬，爲孫大新齋作想園詩。先生戊子既築隰西草堂，己丑始買圃于其陽，九日，有雨中同張大瑱若門人程軒雜蒔群藥，築館引畦，取靖節「昔欲居南邨」詩名之曰南邨，種蔬以自勤苦。

是年冬，作《南邨記》並雜詩四首。十月十有七日，至受祿山李氏，壽王四仲則，遂返里。夜渡吕梁，將過迪堂，先以詩呈李大向陽。抵家，僅同王二、張一、畢四、猶子穆按，《康熙州志·列女》載，穆字遐客，萬天祺子。穆三歲孤，其母畢氏撫養成立，爲名諸生、子睿晚登東山及雲龍山，即東行，有重過相山拜王先生墓詩。相山亦已砥，黄流亦已涸。日暮驅車來，再拜王生墓。王生社稷才，黼黻翼天步。屈抑諸士間，時窮當大故。先帝嗣宗廟，國爲群臣誤。盜滿秦豫中，東窺問晉渡。三輔力不支，樞宰迎道左。乘輿奔煤山，殉國以尺組。賊首升殿坐，群臣争拜舞。諸將潰南下，高會淮西浦。王生仰天悲，聲罪直前數。陷身囹圄中，與國竟無補。偷生行視息，黽勉望南渡。胡馬逼孝陵，北狩一何苦。男子朝懸頭，婦女夕爲擄。垂髪髡其顛，衣冠成胡土。邳城失其堅，邳池水已滷。勢潰人不守，相隨陷東魯。至下相望黄河，時河從荆隆口北徙詩。季冬十有二月十三日，先生由隰西南行，有始行詩。白日何頹澹，炤我隰西船。酸風動行李，杖鉢盈一肩。親戚遠相送，行行涉東田。亭午集微霰，林木吹沈煙。冥冥水聲闊，鼓枻發前川。抗音謝送者，公等寧獨賢。皇塗方污濁，陸海紛糾纏。嗚鏑交路衢，哀哉多腥羶。牛馬異其風，炤臨同一天。出處恣苟且，彝倫名空沿。誰能蹈東海，或遊西山巔。豪傑已雲蒸，黽勉謀幽燕。坐聞郭李策，鞭弭相周旋。滄海洗殘穢，與爾歸山泉。寄謝石城路。春日帆雙懸。二十日早雪，渡江。有贈錢二鄔四詩、歲暮會詩詩。二十有九日，繇六合縣瓜步渡江，抵燕子磯，南望泣下。時人家爲除夕，以詩哀之。陰風吹雪黯然哀，野□黄羊毳帳開。此□無人知□□，只今有客哭宫槐。殘年漢朔方餘閏，□運壺□□改□。高帝觀星古臺在，月明依舊晚潮來。

【補】是年季夏，與龔鼎孳、唐祖命、王猷定、顧開雍、陳台孫、施閏章等集隰西草堂賦詩倡和。

是年夏，賈開宗南游，過淮安，訪萬壽祺於隰西草堂。見王樹林《侯方域年譜》。

順治八年（永曆五年） 辛卯 四十九歲

【羅譜】春，至姑熟，爲唐髯孫念祖圖其祖君平先生象，並爲之贊。是歲崑山顧寧人處士炎武過淮上，至草堂賦詩以贈，先生爲繪《秋江别思圖》酬之。

【李譜】正月一日，登採石翠螺山。有留别、仰臥松下二詩。登清涼山，有得英六之信詩。登臺城，有東望詩。過訪秦祖襄汝翼、包驚機於報國寺，石象雲、張瑶星隱長千里，韓聖秋寓烏龍潭，先生往訪，皆有詩。又同蒼師祖庭説兩朝事，爲故國道人陳台孫歌楚聲。泯泯酒百壺，坎坎伐大鼓。我爲若楚歌，若爲我楚舞。日月不知落何處，蛟螭上天龍爲脯。乾坤浩浩磧風深，□□群遊□爲伍。天帝自深醉，山川獨勞苦。嗟哉三户民，爾無忘爾楚。紀伯紫席上逢魏婉容。二月，送躬庵還山，先生亦從茲肥遯矣。閏五日，大雪。是年閏二月。至鳩茲，有贈唐一祖命及髯孫二詩。至姑孰，爲髯孫圖其祖君平先生象，自跋其端。楊皛岫宮諭卒，以詩挽之。時先生將別姑湖，有夕同唐一祖命唐三介瞿登樓詩。閏二十有七日，繇太平路至蕪湖，遂見劉大遠公、陳一伯璣。朝發姑湖里，夕達鳩茲城。東風吹江縣，白日西冥冥。君子服古度，佩蘭吹玉笙。良友永晨夕，濁歲同躬耕。鼓枻匡廬門，垂釣蟂磯硎。陵闕二百里，閔亂潛經營。客至互攬接，授版導姓名。燈火傳中夜，歡笑傾平生。慷慨感疇昔，各能宣其情。顧影忽起歎，仰見天津星。昴弧久失次，中原勞鬭爭。大道嗟淪喪，□□方從横。賢者避其世，誰爲謀周京。願言茹荼蓼，□□□□□。重過京口舊邸，有懷錢大侍御兼送曾一入關詩、送青藜止山還虔州詩、遊陽棚京硯諸山詩。暮春，先生將還隰西，有留別夏臣子綺沂公及登唐追山賦別諸公諸作，遂出潤州東門，理棹以歸。鄔沂公繼思、蒼沙門祖庭、張瑶星鹿徵均有詩。徐旉並作詩序，以送之。《送年少歸隰西草堂詩敘》：隰西萬子，闢業淮浦，作客彌年。庚寅歲冬杪，乃復渡江，相見諸子於京口，遂去尋當塗之約。片帆破風霾，泝梁山、石門而上，覽勝於牛渚、采石，慨然悵望，淹於塗者再閱月。明年歲辛卯，春乃板輿之長干，入自西州門，問訊謝公墩無恙。已而裵徊桃葉渡口。興感今昔，遂道龍潭，望鍾山遥拜，弔其草樹，還舍於京口焉。日來江上三山望京峴之氣，城南諸名刹足跡殆遍。一時維酬和，諸子外，蓋從遊者衆也。莫春忽興盡，將理棹以歸，諸子復倡詩送之。予徐曰，隰西雖歸乎，殆其行者也，而居者輒復有旅，况後之讀是詩者，登高遠望，夫豈欺我。五月，有送素臣孟益詩、哭韓繹祖茂貽詩。八月，崑山顧寧人炎武至淮上，過隰西草堂訪先生，贈之以詩。秋爲夏樂只作《隱居放言序》。

【補】是歲宋曹與朱桐軒過訪。見白堅《萬壽祺及其藝術》。

順治九年（永曆六年）壬辰　五十歲。

【羅譜】春，至吴郡游顧處士苓塔影園，作游記。作《沈古乘寫經葬親啓》。四月，過廣陵，偕歸玄恭訪王于一先生。時已有脾疾，返隰西後作畫寄徐孝廉枋，並乞孝廉作《草堂圖》。見《居易堂集·懷舊篇》自注。五月三日，卒於隰西。錢唐胡彦遠處士聞赴，爲位哭於旅堂。明年八月，歸葬徐州鳳皇山，胡彦遠、王于一先後並爲文以弔之。

先生箸書有《隰西禁方》，有序，見集中，書不傳。《隰西草堂集》，先生自刻《内景堂詩集》。卒後門人吕維揚編《隰西草堂詩》一卷。康熙乙丑劉湘序之。道光間刻《隰西草堂詩集》五卷、《文集》三卷、《遯渚倡和集》一卷，署邑後學孫運錦輯，湘鄉左茂桂、左茂樹編刊，每卷後有高郵夏崑林、王敬之校款，殆刻於高郵者。先生集本，此爲最足。光緒間桂太守中行守徐時刊《徐州二遺民集》，改詩五卷爲二卷，文三卷爲一卷，删詩一百七十一篇，文十一篇。遺民之作，隻字皆關史事，不可删也，不知當日校刊諸人何不學至此！蓋刊行之功，不能免其妄删之過矣。異日當取秦郵本重刊之。《墨表》四卷，《算天文法》《占周易法》各一卷，今但存詩文集及《墨表》，餘均佚不傳。

先生元配不知何氏，繼室徐碩人，能與先生共甘苦。先生元配不知卒於何年，山陽邵氏藏先生致山陽李穎升尺牘，曾託穎升友人字爾亮者作伐，欲議婚沈氏，書中有云「弟明年秋杪除服，始講吉禮，此時正可從容行聘」云，所云明年除服，殆在項孺人喪後一年，時先生年三十四，是元配之卒在三十四以前。至後來繼室爲徐氏，是沈氏這婚議而未諧也。徐碩人聘於何年亦無可考。子二：長子睿，字渠客，能讀父書，爲名諸生。作字能肖先生，吴人徐石林旃、夏邑陳簡庵希稷皆學先生書，然不及睿。見《印人傳》。娶於唐祖命先生女也。次子穀。猶子穆，字遐客，從先生游，亦知名於時。

先生於詩文書畫外，凡琴棋、劍器、醫藥、刻印、鑒賞，下及刺繡女紅之事，無不通曉，所爲《印説》謂印法根於書法，書法亡而印法亦亡，痛詆世俗所謂章法、刀法及文字杜撰、補綴增減之弊，一洗前人之陋，周櫟園謂其頫視文何，非虚譽也。

【李譜】春，至吴郡，遊虎邱顧處士塔影園，爲作《塔影園記》。是稿近藏予家。又書《吴郡沈載古乘寫經葬親啓》。後四月二十日，先生自吴歸，過廣陵，與歸玄恭訪王于一猷定，朝食而去。至隰西，作畫寄徐俟齋孝廉枋，并乞孝廉作《隰西草堂圖》。二十六日，疾作，凡七日，以五月初三日癸酉未時卒。越明年癸巳秋八月，其長子睿、猶子穆舉先生柩歸葬於徐州城南五里鳳凰山右，惺新先生之墓次。王于一爲文祭之。《四照堂集・祭萬年少文》：維歲在壬辰夏五月，萬君年少卒於清江浦之邸舍，其年家友弟寓廣陵，聞訃欲往弔，牽於事不果。越明年癸巳秋八月，君之子舉君柩歸彭城，定抱痾不獲，工爲文辭，謹齎瓣香，造君之草堂而哭焉。其言曰：嗚呼，君死矣！夫君死入吾夢者三焉，每夢知君之死，涕淚嗚咽不自勝，覺而猶依稀幅巾布衲共笑語，有莊者諧者，有荒唐而莫解其故者，此何莫非疇昔之情，靡境弗造？而吾經年不得一展拜柩旁，似乎人情之真，反不如夢，誰實爲之？嗚乎，忍言哉！萬曆之季，予先人與君之先人同舉於鄉，復同官御史，予多君五歲，先君謂予曰：「萬氏子才，汝識之。」迨庚午，君得雋，予始遇君于淮，而兩家之先人已下世。君方盛四方交，出入車從甚都。是時，齊魯方苦寇，君慷慨抵掌談天下事，何壯也！不謂十年而天之所爲遽若此。君能以無死耶？曩者乙酉之役，君之爲生亦岌岌矣。當是時，予赴友難，竄身燕薊間。已挈妻孥涇上，顛毛種種，羸憊非人，而君亦緼袍草屨，瞥見似不相識，久之乃執手相勞，曰子爲故人良苦。自是每過韓王臺下，必造君子之浦，委巷春泥，茅堂秋草，乃留連不已。酒酣則徜徉于黄河之岸，望故壘，聞水聲濺濺，雄心激盪，相與走狹邪，狂吟大叫，世俗之人鮮不詫：「王子貧而乞食，何乃猖狂若是？」而不知王子苟非是，將不活。蓋舉人世可悲可涕之事，藉君以少寬焉。及予再遷邗上，求一髣髴君之聲音笑貌而不可得，予以是歎友朋之難也。去歲，君自吳歸，訪予故居，止君宿，君倉皇且出關，詰朝偕歸子玄恭來就朝食，維時四月二十日也。予見君脾病頗達於面，豈意未幾而君之蒼頭至，忽報君死，竟以此日成永訣耶，傷哉！君學道人也，浮生百年之夢，腐而不足道，何懼何榮，而介介此乎？所可傷者，吾儕老人生無井里邱墓之樂，而又畏見一切後來功名之人，惟是二三遺老相與談洪荒海外之事，以送餘年。而今亦並奪之去，使人寂然如日行陰雪中，仰視蒼天，謂之何哉！至於君有子，足以光君之業，君之文章，天下後世必有能傳之者，奚俟予言！嗚乎，尚其饗之。先生著述存者《內景堂集》一卷、《癸酉詩》一卷、《二雨齋詩》一卷、《隰西草堂編年詩》八卷、《遯渚唱和詞》一卷、《印譜》一卷、《隰西禁方》一卷、《曆法》《星命》各一卷。案，今行《隰西草堂集》分類詩五卷、文三卷，乃孫心仿先生選本。又附《遯渚唱和詞》一卷，均非全帙。

附錄五　序跋及著錄彙編

隰西草堂集跋 正誼草堂本

吾郡萬若若、閻古古兩先生全集鐫本散軼，流傳未遍。吾師繡田徵君恐鄉前輩著作久而失傳也，殘編斷簡，隨在收拾，數十年始克成帙，藏諸篋笥，以貲力維艱，未遑付梓。咸豐辛亥，客湘鄉左青士州牧高郵行署，州牧亦以兩先生高風諒節，著作不可淹没，慨然鳩工開雕。乃萬集甫就，寇亂遽張，吾師於數百里兵燹中，輦致歸里。以是集雖經王寬甫農部、夏瘦生明經校正，字畫尚多訛舛。丁巳秋命介與達重加細校，監工剔補，期毫髮遺憾。萬集既蕆，閻集嗣當續刻，以成合璧云。同邑受業弟子張介石夫、張達若夫謹識。

徐州二遺民集序一 徐州二遺民集本

明社既屋，士氣未雕，東南一陬，彌竺風節。亭林行遯於關隴，樓山執義於江介，東海之蹈，西山之餓，所至有之。上之食重士之報，下之高不事之事，二老拳拳，亦履一軌。纍然孤往，並志荒朝。而南渡一誤，北征再沮。宗臣首鼠，既持兩耑。群小處蝨，復媮一息。一成之召，無望於少康。九章之奏，有託於正則。彼黍離離，故宫豕墟。視天夢夢，長夜胡旦。志不獲竟，黄冠以終。裒貞孤而自芳，鬱怨悱而不亂。秦川公子羈泊無歸，杜陵野翁行歌當哭。頡頏吳顧，其殆庶幾。煦三復是編，慨焉頹息。少事排比，授之劂氏。書曰遺民，猶初志也。覽其篇什，竊比疊山却聘之書。猶有典刑，無忝蔚宗逸民之傳。光緒甲午春正月，金壇馮煦。

徐州二遺民集序二 徐州二遺民集本

嗟嗟，遼城鶴返，訝人物之室非。蜀道鵑愁，慘容顔其易變。銅駝蝕露，委翳荆棘之叢。鐵騎絃秋，嗚咽桑乾之水。家殘國破，涕淚雙瞳。地老天荒，煙塵百丈。故宫何處，傷哉麥秀之墟。流水人間，杳然桃花之洞。卒至韜勝國衣冠，隸法王世界，抒頑民孤憤，了黨籍餘生。若徐州萬年少、閻古古二遺民，殊可悲已。在昔天坼北維，地傾南柱。鼎湖龍震，遺弓號軒后之陵。金粟禽飛，義士泣冬青之引。薊雲灤水，烽燧頻年。衰草黄沙，瘡痍滿目。長虹晝白，煽逆燄於三辰。燐火宵青，埋鬼雄於一垤。又况君臣同醉，高宴於江東；壯士不還，灰心於河北。燕箋十幅，選樂府之新聲。鐵鎖千尋，黯金陵之王氣。舊内祇餘芳草，孤臣空殉梅花。雖復散家養士，杖策從戎。劇孟游俠，隱若敵國。祖生忼慨，志在中原。枕戈飲泣，乾坤戰鬬之身。被褐談兵，霸國山川之氣。而偏隅岌岌，潰等敗瓜。軍心恟恟，散猶解瓦。南北之勢既合，天人之際可知。嗚呼，哀失路之王孫，白烏啄屋；碎招魂之如意，朱鳥登臺。腥留碧血，曾經滄海旌旗。夢錫黄冠，從此高天雲水。誼則正而跡轉奇，身未亡而心先死矣。夫庾信暮年蕭瑟，不無危苦之詞。應瑒世故流離，頗有飄薄之歎。靖節以義熙紀年，意多廋隱。子美以天寶興感，詩雜悲歌。在風雅爲變聲，實深人無淺語。至若名流領袖，江左詩壇。仄席以咨朝，築禮賢之館。褰裳而起家，焚却聘之書。豈不軫念海桑，驚心刦火。清歌三疊，輒喚桓郎。故國重經，怕聞河滿。激楚之音斯作，忠孝之旨無關。爾乃菀枯萬變，夷險一致。巖巖者石，南山可銜。滔滔者波，東海願蹈。魂銷燕市，慘絶水雲之琴。淚溢窮途，慟甚步兵之哭。讀二老遺集，其殆以貞臣烈士之苦心，收賸水殘山之餘燼者乎。履真太守彙而刻之，屬序編首。綜述生平，彌用愴惻。樹兹偉節，争首陽片石之高。闡厥幽光，比天水遺民之録。江寧魏家驊。

徐州二遺民集序三 徐州二遺民集本

予刻《徐州詩徵》竟，復得銅山萬壽祺年少《隰西草堂集》、沛閻爾梅古古《白耷山人集》。伏而讀之，激楚之音，怨悱之旨，並足鼓吹變雅，針砭頹俗。爰乞蒿庵編修復别擇之，壽諸木。人事牽迫，七歲而後卒業。昔史忠正之視師於徐也，禮古古賓右，古古再上忠正書，請開幕府於徐，號召河南北義士，得其一成一旅，規畫中原，而以身爲之。先年少亦起豐沛子凝應之。忠正不能用，遂有揚州之殉。年少、古古亦散其衆，變僧服，行遯山澤閒。天眷既東，令忠正用古古之策，左以年少，亦必不能爲江左一綫之延。然宅徐以馭四方，左控淮肥，右帶兖濟，以視頓兵廣陵，爲畫江自守之地，其得失自灼然也。年少、古古亦明存亡之幾哉。編修署以二遺民，可以哀其志矣。予復申此義於簡耑，知年少、古古文外有事在，而明三百年養士之效爲不没也。光緒甲午人日，臨川桂中行。

萬年少遺詩跋鄧氏刊本

壬子秋，竇君存我自邳州來，携示其家藏萬年少自寫遺稿一册，云竇之數世，原有四册，遭亂散失，衹存此册。予取以校桂氏所刻《徐州二遺民詩》，其所未刊者尚不下數十首，惜未獲見隰西草堂原本，再爲斠勘。姑先録此。册中凡涉清世稍有忌諱之字，當時悉爲人指抹塗乙殆遍。今未敢妄補，悉仍其舊。鄧實識。

隰西草堂集序 董氏校輯本

泗陽張蔚西得白耷山人自刻集，纂山人年譜，以萬年少氏事蹟附焉。予助其印行。求《隰西集》清初刻本無有也。董君右岑留心鄉邑文獻，重刊此集，思於孫氏刊本之外，增輯佚篇，以成足本，遲之又久未能有加於此，引以爲歉。右岑自跋原委詳矣。刊竟示予曰：「子望書之成至切，原書子所舊藏者，盍序之？」隰西丁國變，志光復，悲憤之言，時時形諸文墨，是以有清盛時，銷燬之惟恐不盡，雖其後裔莫敢存也。禁弛，孫繡田先生勤於訪求，僅乃得此。又越百年，不能加多也。固宜《二遺民集》於孫本復有删節，更不厭讀者之意。孫本板失，書無由得，此刻胡可緩耶，胡可緩耶？先祖爲繡田先生門人，於隰西文所最篤嗜，以爲托體峻潔，出閻氏上。抑鬱早世，傳作故少。又謂隰西詩文書畫皆如其人，玉潔金粹，無纖豪塵翳。吁，此隰西定評。趨庭所聞，猶謹識之。藏《遯渚詞册》，即刊本所自出，命予珍守。予亦續有所獲，則先祖不及見。崔泉山莊者，萬氏别業，距敝居榆莊數里而近，隰西舊讀書處也。泉出女兒山之東麓，宜秔稻，異他所産，近泉者尤香美。柳塘荷渚，稱高人之幽居。先祖每攜予經其地，道隰西遺事，心嚮往焉。童時耳熟其名，多存其手迹，文字因緣若獨於予厚。顧力不能刻其集，而親見吾友成之，其愉快爲何如！飢驅南北，崔泉山莊數十年不一至，念侍先祖往游，猶目前也。何時歸榆莊乎，春秋佳日，約我右岑暨與刊集之役者，攜集並其遺墨，同詣崔泉，蔭茂樹，濯清流，爲隰西設位而薦之，詎非吾黨盛事？惜乎蔚西往矣。癸酉七月既望，邑後學張伯英。

勺圃令祖卓堂先生，諱達，號若泉，學行爲鄉里重。光緒甲午，予館榆莊，親承道範，獎勖之者甚厚。先生是歲即歸道山。今四十餘年，以勺圃之約，助纂《黑龍江志》，相從舊都三易寒燠。《江志》役竣，參校斯集，勺圃弁言，情文兼至，具有家範，讀此不勝知己之感、懷舊之思。附名紙尾，斯爲幸矣。中秋前四日，徐東僑惠伯記。

重刻隰西草堂集序董氏校輯本

銅山董右岑使君將重刻《隰西草堂集》，而屬余序之。隰西草堂者，徐州萬年少先生所作也。或問於余曰：「彭城自古居天下之中，東望鄒瑯，西通函谷，南控句吴三楚，風雲異人間出。近今以來，抑稍凌替矣。比者，中原俶擾，淮泗之野，豐沛之墟，未聞有蕭、曹、樊、季之倫邁迹而興者。使君讀書尚友，憑弔故居，將欲振厲土風，激昂霸俗，使後來者踵武有人，兹集之刻，意在斯乎？」余曰：「是則然矣，雖然未盡也。」夫知人者必論其世，言古者必驗於今。萬先生當明季鼎革、諸夏亡君之時，奮其文章氣節，奔走顛躓，蹈九死而不悔，其跡近柴桑，其志類西臺，其文辭則介似樊川、西崑之間，此有識所共見也。至若嚴種族之辨，峻夷夏之防，當時論者未必知之，或知之而不敢昌言，以表襮其衷隱，故後無傳焉。然驗之於今，則先生之學術會際其時，乃皎然大著於天壤，更得有力者推而衍之，尤足激發國人忠愛之心，而助長其氣力，此又章闡之微恉。夫豈姝姝於一鄉一曲而適以自隘者哉？烏虖，先生往矣！後之人誦其詩，讀其書，因以尚論其世，則處變革之時，雖頑懦足以自立。余故推使君之意而申叙之，若兹集鋟版始末，張君勺圃述之已詳，故不復贅云。民國癸酉臘八日，錢塘鍾廣生蓀盦甫識於舊京之五雲山館。

重刻隰西草堂集跋 董氏校輯本

《隰西草堂集》，萬先生門人吕藺庵維揚刻於康熙乙丑，同門劉子琴湘爲序，是爲甫見著録之始。其後雍乾間文字之役婁興，版本燬滅，間有存者，大半流散民間。迨禁網稍疏，遺文復出，則已什亡二三矣。士恩生長鄉曲，瓜棚枌社，每聞父老聚譚於先生之孤躅高風，景行備至。及讀《徐州二遺民集》，益感歎興起，以不獲闚全豹爲恨。二遺民者，先生與閻先生爾梅稱爲白耷山人者也。比歲居燕京，與同邑張勺圃秘監伯英游，始聞有道光甲申孫繡田廣文運錦重輯之本，樂府古近體詩五卷，文三卷，《墨話》《遯渚唱和詞》一卷。時孫氏館於高郵左青士仁州牧署中，青士出資刻之，始再流傳於世。然自咸、同兵燹，孫氏式微，而集版亦不可問矣。士恩慨慕先得民，大憫善本湮没，無傳於後，因鄉人張雲生孝廉從仁、陳璞完茂才詒素多方購求得之，更屬二君搜遺訂墜，於《墨話》一卷多所增纂。又以先生行略當時未有定本，參近年上虞羅學部振玉有《年譜》之輯，頗稱精覈，蕭縣李君允庵輔中規羅譜之舊，以名人專集、郡邑志乘，因而加詳，乃采用李譜。並附孫廣文所撰《萬先生傳》繫於譜後，用資考證。第十卷内補遺文十九首、詩二十九首，皆羅學部所搜輯彙録成編，衹慙掠美。其預校讎之役者，老友璞完用力最勤，而攖疾南歸，不及觀成。屬徐惠伯明經東僑覆加審核。殺青既蔵，爰不揣譾陋，撮其梗略，綴諸簡末，後之覽者庶得要删焉。民國二十二載夏建癸酉孟秋朔，銅山後學董士恩敬跋。

墨表跋一 黄氏刊本

《墨表》四卷，萬年少壽祺先生所輯，長興吴榷號木雀又號習隱手鈔本也。鮑氏知不足齋得此本，欲刊入《叢書》未果，余從渌飲借得，手録副本藏之。嘉慶甲戌四月，戴光曾記。

墨表跋二 黄氏刊本

嘉慶丁丑初冬，訪松門於吴涇橋，出萬年少《墨表》，托付剞劂，曰此鮑丈渌飲遺書也，余梓之以竟彼未竟之志，遂攜歸付刊。因思向年曾於張白華家見萬所畫《祭硯圖》，筆墨古雅，令人愛絶；今又讀其所著《墨表》，余於翰墨因緣抑何深耶！惜老友云逝，賞析惟艱，止此一二素心如松門者，又在異地，不能常晤語，益知商榷此事爲不易矣。戊寅春分後四日，蕘翁記。

王學淵《徐州二遺民墨蹟》

昔白奪山人題年少先生書册，推爲明代第一。謂其「於遒秀處作新姿，譬美人初起，著輕素單襦，縠紋疏映，肌澤晶然」，今觀先生所書詞册，自謂仿智永、元常筆意，精腴幽秀，饒晋人蕭散之致，洵可珍寶。山人所作家書，語足垂訓。書法亦挺秀宕逸，動合古法，非所謂「遒秀處作新姿」者，殆兼以自道歟？明社既屋，二先生並抗首陽之節，故書品肖其人品。馮金壇、桂臨川兩師囊有《二遺民集》之刻，遭亂板闕。宿遷王果亭同門，既邀集同志補刊，復蒐採遺墨，付之石印，俾覽者觀其書如見其人。吉光片羽，照耀人間，當與《二遺民集》並傳不朽。而果亭表章鄉先賢之功，亦云勤矣。年少先生書流傳尚多，此本藏吾邑周氏，其最精者。白奋山人此册，則山人十一世孫雲街明經家藏也。年少，萬氏，名壽祺，字介若，一字内景，晚年所作書畫，或署壽道人，或署壽，徐州人。白奋山人，閻氏，名爾梅，字用卿，别字古古，沛人。皆明崇禎庚午舉人。甲寅仲春，銅山後學王學淵謹跋。

張伯英《法帖提要》

隰西草堂集十二卷　銅山董氏本

明萬壽祺著。壽祺，字若，又字年少，崇禎庚午科舉人。國變後隱於僧，曰沙門慧壽，世稱爲萬道人。書畫篆刻，莫不精妙。其詩文與沛閻古古集同爲禁書。銅山舉人丁泗吉靖山録詩一册秘藏之，非全帙也。道光時，拔貢孫運錦繡田得手書文稿殘本，合丁氏所録詩，刻爲《隰西草堂集》。集自遭禁而後，清初刻本無一存，其後人亦莫敢藏弆。孫氏多方採輯，得文三卷、詩五卷、詞一卷，刊成印布無多，而板已失。蓋爲捻亂所毁。光緒時徐州府知府桂中行履真刻《二遺民集》，於孫本略有删節。孫本又不復可得，邑人董士恩柚岑重刻之，文及雜著四卷、詩五卷、補遺一卷、詞一卷、年譜一卷，共十有二卷，成於癸酉之冬。萬集無多於此本者。上虞羅振玉叔言曾爲年少年譜。此譜則蕭李輔中允庵新編。李曾見《萬氏家乘》，故視羅氏本爲詳。集中多國變以後之作，芬芳悱惻，其託體峻潔，爲閻氏所不之逮。閻、萬齊名，古古年逾八旬，詩篇故富；道人五十而終。閻之子孫有得科舉名登仕版者；道人後裔居徐城北，終清之世，皆耕讀守鄉井。其詩云：「父老安知王氏臘，子孫不受北朝官。」讀者哀其志焉。